ヘル・オア・ハイウォーター2

不在の痕

S・E・ジェイクス

冬斗亜紀〈訳〉

Long Time Gone

by SE JAKES

translated by Aki Fuyuto

Monochrome Romance

Hell or High Water book2:
LONG TIME GONE
by SE JAKES

LONG

ヘル・オア・ハイウォーター
Hell or High Water 2

TIME

SE JAKES
S・E・ジェイクス
[訳] 冬斗亜紀 [絵] 小山田あみ

[不《ふ》在《ざい》の痕《あと》]

GONE

プロフェット

元海軍特殊部隊。
CIAの工作員
でもあった。31歳。

トム・ブードロウ

36歳、元FBI。

エティエンヌ

トムの同級生で元彼。

ジョン・モース

プロフェットの幼なじみ。

野生のものを愛しては駄目。
愛すれば愛するだけ、向こうに力を与えてしまう。
もし野生のものを愛してしまったら。最後には空を見上げて終わるだけ。
——ティファニーで朝食を／トルーマン・カポーティ（一部抜粋）

プロローグ：スーダン

ケイシー・クッツェーは井戸の冷たい壁に背を押しつけ、後ろ手にナイフをつかんでいた。絶望と恐怖に詰まりそうな喉で、無理に唾を飲みこむ。

死んでたまるものか。こんなところで。

ずっとここに放ったらかされてきた末、今、井戸をのぞきこむ誰かの姿が陽をさえぎっていた。一体、どちらが恐ろしい？　死ぬまでここに放置されるのと、誘拐犯たちに外へ引き上げられるのと。

最後に奴らが水のボトルを数本投げこんできた時、一日半前のことだが、男たちの一人が彼女に言葉を投げつけたのだった。

「ヤイ・ベーター・ディット・ヴァート・ヴィエス・ファー・ヨウ・ファ・ダー」

〝父親にとってお前がそれだけの価値があるよう祈っとけ〟

今、頭上からはアメリカ人らしき声が彼女に話しかけていた。

「君を助けにきた、ケイシー」

ケイシーはぐったりと崩れ、安堵にむせび泣いた。たとえまたあのＣＩＡ連中のところに戻されるとしても、この穴からは出られる。

男が何かを井戸に下ろしてきたのに、ケイシーは手の届く範囲までそれが近づいてきた時になって気付き、さっとつかんだ。両脚が入るよう輪にされたロープのハーネスだ。脱出できる、と実感が迫り、彼女はこみ上げてくる涙をこらえた。

「脚を通せ。引き上げる」

五日前、誘拐犯たち――彼女と同じ国の兵士たち――も似たようなハーネスで彼女をこの井戸の底に下ろしたが、あの時は両手を前で拘束されていた。何日も、手首のロープを切る方法を探し回ったものだ。それで井戸の底にあったナイフを見つけたのだ。

骨も。

井戸は四メートルあまりの深さで、壁には登れるような手がかりもなく、幅も広すぎる。もちろん、それでも登れないかとためしたが、結果は血にまみれた傷だらけの両手と、めくれて割れた爪だけ。底はいくらかでも涼しくて、深さの分それは助かった。この数日でありがたいことと言えば、それだけだ。

だが、この男の出現こそ本物の恵み。男の声が、彼女の心の乱れをすうっとなだめていく。深く、低く、迷いを許さぬその声、逆らう気など決しておこさせない声だ。

「ケイシー、考えるな」

男の声がそう命じた。

「ただそれに脚を入れろ、そしたら引っぱり上げる。ほら、やるんだ」

両脚をハーネスの輪の中に入れるまで、男はケイシーを励ました。輪は彼女の腿と腰を支えるように作られていて、ロープが引き上げられるのを感じるとケイシーはナイフをジーンズのウエストにさしこみ、ロープの結び目をつかんで、なめらかな壁に必死に足をかけようとした。男が力強くロープを支えていてくれるおかげで、ずっと楽に石壁で踏ん張ることができる。

「いいぞ。がんばれ。俺が支えてる」

非情なほど足がかりのない井戸の壁を、ケイシーは男の力をたよりに上へと、結局はほとんどロープに引かれながら登っていく。出口が迫ると夢中で、男の腕をつかもうと手をのばしていた。筋肉がきしんだが、男に楽々と支えられ、ほとんど相手の力だけで引き上げられて、ついに、午後の最後の陽が熱くケイシーの顔を打った。井戸の縁から半分出たところで、男が彼女の腰を抱き、ぐいと全身を外へ引っぱり出した。

数秒、男によりかかって、光にくらむ目でまばたきする間にも、ゆらゆらと熱波がたぎる砂漠の向こうから軍用らしき車が走ってくるのが見えた。きっとさっきからずっとそうだったのだろうが、救い主の男はそちらに目もくれず、ケイシーを地面に下ろして井戸にもたれかからせた。彼女の頭にさっと布を巻きつける——男自身が着用しているのと同じ、カモフラージュ用だろう。その間に、彼女は足をロープから抜いた。

「歩けるか？」

「ヤー」かすれ声で答える。咳き込んだ。「ええと、イエス」

「よし。行くか」

彼女の返事を疑っている声だったが、男は彼女の好きにさせた。

一歩踏み出した途端にほとんど顔から砂に倒れこみそうになったが、男が素早く、易々と支えて、ケイシーを井戸から遠くへと運んでいく。

その間も、ごつい緑の車が大きくなってきていた。

「ごめんなさい……」

「気にすることはないさ」

車が迫り来るというのに、どうしてこの男はこうも落ちついているのか、信じられない。だがつられて彼女の心も鎮まった。守られている、というこの実感は、ただの錯覚かもしれない。だがどうでもいい、もう恐れることには疲れ果てていた。

「父さんは？」

「無事だ」

「私を父さんのところにつれてくの？」

「いいや。そうしない方が比較的安全だ」

比較的安全。

先週も、ケイシーの身は安全な筈だったのだ。CIAが、重大な危険が迫っていると主張して彼女を父の家からつれ出した時。CIAだけが彼女の身を守れる、そう言われて。「あなたの誘拐を企む連中がいる。お父さんの身柄はもう我々が安全な場所へ移した。たのまれて、あなたを迎えに来た」と。

そう言いながら、CIAは彼女と父親を引き離して、会わせてもくれなかった。その上隠れ家《セーフハウス》に移されてたかが二日後には、護衛役の二人のエージェントは撃ち殺され、彼女もさらわれた。目隠しと猿轡《さるぐつわ》、縛られた状態で動き出す車に放りこまれ、ここへ運ばれた。

そして今、またたいて、ケイシーはテントに気付いた。テントの脇には二台の車が停められ、その周囲の地面にはまるでゴミのように死体が落ちている。三人のテロリストの死体。

もっとやってくる——。

男が彼女を片方の車のバックシートに押し上げると、銃を握らせた。

「伏せてろ。近づく奴がいたら撃て。俺以外はな。何もなきゃここで待ってろ」

ほかのどこかに行くとでも？

指示通りに腹ばいになり、外をのぞいて、男が迫りくるでかい緑のジープへ向かって進み出しながら、何も持たない両手を上げるのを見つめた。ジープは井戸の向こう側に停まり、迷彩戦闘服の兵士たちが銃を手に次々と下りてくる。

男を救おうと、反射的に銃をかまえた彼女の目の前で、一瞬男の両手がかすんだかと思うと、銃が現れていた。見事なほど無駄なく、優雅に、兵士たちにその銃に気付く間すら与えず、男は全員を撃ち殺していた。

この数日で、人が殺されるのを見るのは二度目だ。だが今回は死んだのは、悪い奴らだ。男が、今や無人のジープへ駆けより、中をあさって二つ袋を下げて戻って来る間に、ケイシーは前の座席へ転がりこんだ。男は袋を古いランドローヴァーの後部へ置くと、運転席へ座る。車はブルルッと揺れてから、エンジンの咆哮を上げた。運転しながら、男は顔を覆うカモフラージュの布をのんびりと下ろし、首回りにだらりと垂らした。外さないのは、いつでも——と彼女は思う——引き上げられるようにだろう。いざとなれば。

そんな時のことは考えたくもなかった。

運転する男をこっそり観察する。道などないがごとき不毛の地へ、男は迷いもせず平然と車を乗り入れていく。

「怪我してないか?」と男がたずねた。

「うん、多分」

その答えは、ひどく間が抜けて聞こえた。

男が微笑する。少しだけ。彼のシャツの袖に真新しい血がにじんでいるのを見て、ケイシーは息を呑んだが、男はただ、大丈夫だと言うように首を振った。

「あの人たち、どうしてすぐにあなたを撃ち殺さなかったの?」

と、彼女はたずねる。

男の唇の端がちらっと上がった。

「おっと、新記録もんだな。大体の人間は、俺が死ねばいいと言い出すまで、会ってから二十四時間はかかるんだが」

彼女は口を覆ったが、間に合わなかった笑い声がこぼれていた。笑い声。この異常事態の真っ最中に？　男もニヤリと笑っていて、こんな状況を、彼のような男はこの無茶苦茶さで蹴散らしていくのかもしれない。

答えてくれないだろうと思ったが、男は続けた。

「この国じゃ、俺の首には賞金が掛かってててな。生かしとく方がいい金になる」

「私は違うの？」

「君もだよ。ただ、俺の方がずっと高額だ」

「そんなのおかしい。私の方がもっと可愛いのに」

男は意地悪な目を彼女に向けた。

「人生ってヤツはままならないもんさ」

そこで彼はふとまたたき、問いただした。

「今、遠回しに、俺のことを可愛いって言ったんじゃねえだろうな？　いいか、俺は可愛くなんかねえぞ」

握った拳に隠して、彼女は笑った。もし笑っていなければ、泣き出してしまう。今、もうそこまで涙がこみ上げてきているのがわかる。

それにしても、この男はつい今しがた砂漠で起きたことに言及しようとすらしない。彼女のために人を殺したのに、どうしてそんなことをしたのかすら。

「父さんがあなたを雇ったの？」

「いや」ぶっきらぼうに返した。「そいつは無理だ」

「なら誰に雇われてるの？　だってCIAの人たちからは、もし私が捕まっても解放交渉はしないって言われたもの。南アフリカ政府も交渉しないだろうって」

「誰か交渉してるように見えたか？」

「ううん」

砂漠の熱さにもかかわらず、いきなり寒気に襲われ、ケイシーは腕をさする。男が彼女の足元の筒状に丸めてある毛布を指した。その毛布にくるまりながら、彼女はたずねた。

「あなた、じゃあCIAの人じゃないの？」

「まさか、冗談じゃねえ」男がちらりと彼女を見る。「がっかりか？」

「今日聞いた最高のニュースよ」

彼女が言葉を絞り出すと、男は短くうなずいた。

大きな男だ。猛々《たけだけ》しく、決意に満ちた。液状の鉄と御影石《みかげいし》の間の灰色の目。彼女を見守る鋭いまなざしは、何ひとつ見逃すまい。こちらを見ている時でさえ、同時に周囲のすべてを、そして車の行く手を見ている。

「私の父さんが前に何をしてたか知ってるの？」

「まあな。核物理学者はここんとこ大人気でね」

皮肉な口調は鋭いものをはらみ、それを言う男の手もきつくハンドルを握りしめたが、それも一瞬で、すぐに力が抜けた。

「父さんは、引退したの。今は高校の先生。私たち、違う名前でダルエスサラームで暮らしてて……」

「引退させられた、そうだろ？」

「ヤー」彼女はうなずいた。「南アフリカ政府は核開発計画を放棄して、父さんみたいな人たちは放り出されたってわけ」

他人に聞かせていい話ではなかった。核兵器開発に携わっていた父親は、今や厄介な存在であると同時に重要な標的ともなっていた。そして彼女こそ、父親の最大の弱み。

「私たち、ちゃんと隠れてたのに。ＣＩＡがどうやって見つけたんだか……」

救い主が鼻を鳴らした。

「ああ、奴らのお得意技さ」

パニックの波が彼女を襲う。

「CIAが見つけたせいで、私も見つかって誘拐されたの?」

「多分そうだろう、ケイシー」男は優しいほどの声で言った。「息を吸え」

言われたように、ケイシーは震える息を数回吸いこむ。ここまでは、彼女を突き動かしてきたアドレナリン・ラッシュがパニックをせき止めてくれていたらしい。

「CIAから協力を無理強いされるなんて、父さんは考えてもいなかった……」

ほんの一瞬、男が彼女を見て、顎をこわばらせたが、ただ答えただけだった。

「なら、間違ってたな」

「協力しないならテロリストに渡すぞって、そう脅されるの?」

次の答えは慎重だった。

「CIAは、自国の利益を最優先に守るんだ」

つまり、イエスということだ。人でなし連中。

「CIAは約束したのに。私は言う通りにした。それなのに、もう少しで殺されるところだった」

苦々しく、彼女は吐き捨てた。

それについては男は何も言わなかった。ただ車の後部へ手を振る。

「水がある。ゆっくり飲め、どうせギリギリしかもらってなかったろ」

背もたれの向こうに手をのばし、ケイシーは水のボトルをつかんだ。一本を男に渡し、もう一本を開ける。一気に飲み干したくてたまらなかったが、言われたように少しずつ飲んだ。男は、彼女のための食料も用意していた。ありがたく口をつけ、こんな非常事態にはふさわしくないかもしれないというほど食べたが、男は彼女の食べっぷりを歓迎しているようだった。

さらに半時間もすると、かなり気分が落ちついた。男はラジオに手をのばしたが、ボタンにふれる前に言った。

「ルールというのはな、大抵それに従う人間より、作った側を守るようにできてるもんだ。これからあんたから色々聞き出しにかかるだろう連中も同じさ。いらないことは黙っておけ。切札は渡すな」

それから、ボタンをひねると、ローカル局の音楽の低いビートが車内を満たした。加えて、エンジンの震えが彼女の眠りを誘う。

目が覚めると、ホテルの一室にいた。ベッドの中に寝かされて。安全。

だが、一人きりではなかった。

同じ室内に座っていた女は、ロウラー特別捜査官だとケイシーに名乗り、何者かがここに彼女がいると知らせて保護を要請したのだと言った。

「誰が通報したか知ってる？」

ロウラー捜査官がたずねる。

ケイシーは、自分を守るようにベッドカバーを引き上げた。

「私を助けてくれた人でしょ。ここに運ばれたのは覚えてないけど——眠っちゃってたから」

「薬で？」

「違う」

事実、目覚めは爽やかで、さらわれた時のような朦朧とした後遺症などなかった。

「彼は、私を助けてくれたの。あなたたちは何をしに来たの？」

「ここならもう安全よ。ドアのところに護衛もいるから」

ケイシーは閉じたドアと、捜査官をちらりと見比べた。

「この間も、護衛はいたけどね」

ロウラー捜査官の表情がこわばり、彼女の言葉を無視してまた聞いてきた。

「あなたを助けた男——何者？」

ケイシーはまばたきした。

「名前は聞いてない」

「誰に雇われているか言ってた？」

「ううん」

「でもあなたの父親のことは知ってたのね」

「そう言ってた」

あの男が何故彼女を助けたのかは、大いなる謎だ。どうしてＣＩＡが自力で彼女を見つけられなかったのかはまた別の謎で、はっきりそれを言ってやるとＣＩＡは不快そうな顔をした。彼女があの男との会話の中身を言いたがらないことに対しても不満そうだったが、言う必要などどこにある。

その日の、もっと後になって、ケイシーはロウラー捜査官が携帯に小声で話しているのを聞いた。

「これで今月、四件目ですよ。彼女も、あの男について何も話そうとしない」

女はケイシーに背を向けていた。

「一体なんだってこのクソ野郎はこんな人助けをして回ってるわけ？」

ケイシーの顔に笑みが浮かんでいた。時に、この世にはただそんな男が存在するのだ。

1

差出人：Tom_B_1@EELTD.com
宛先：testingpatiencedaily@cmail.com
件名：エリトリア

ここは地獄みたいに暑い。故郷を思い出すよ。ほら俺の、ケイジャン・ブードゥーの生まれ故郷をな。沼地や小川の間を何時間も探検してたもんさ。目隠しして入ったってどこにいるかすぐわかるくらいに。闇の中だろうと周りの音をたよりに歩けた。木の幹や苔の手ざわりをたよりに。靴底に伝わる地面の感触も。

コツがある。水音が聞こえたら下がるんだ。でなきゃいずれ、水中にドボンだ。簡単そうに聞こえるだろ？　でも人は闇の中で判断能力を失いやすい。お前は違うだろうけどな。

お前は、戦う。

俺は、抗《あらが》うだけだ。

差出人：Tom_B_1@EELTD.com
宛先：testingpatiencedaily@cmail.com
件名：二人

コープがつき合ってる彼女と、スカイプで話をした。かなり……口の達者な子だ。コープとぴったりって感じもしないが、俺も人の恋路にどうこう言えた立場じゃないしな。どうして俺がコープを選んだのか、お前にはわかってほしい、プロフ。お前を危険にさらせなかった。コープ相手だと全然違う。どうしてかは知らないが。

お前からどう見えてるかはわかってる。この理屈でいくと、コープは替えがきく相手、みたいに取ってるだろ。そうじゃないんだ。そうじゃなくて……お前は受けとめただろう、プロフェット……お前はあの忌々《いまいま》しい呪いを受けとめやがった。その呪いを自分の内にある竜巻で巻きこんで、今じゃ全部、お前の一部になっちまった。それでも、俺が近づかなきゃ、お前は無事でいられる筈だ。

何度も思い返してる。サディークの前で両手首を縛られて吊るされてたお前。戦ってたお前。前もあんな状況にいたことがあるんだろ、それが忘れられない。俺は時々、冷汗まみれでとび起きて、自分のことなんか忘れて、お前を、あの倉庫の中で探してる。本当に、お前の心臓の音が届くんだ。

目を見て直接これが言えればよかったのか。このメールはお前に届かないかもしれないし、社の連中に見られてるのかもしれない。お前が周りに見せびらかして俺は笑いものにされてるのかも。でも、もうそれでもいい。

差出人：Tom_B_1@EELTD.com
宛先：testingpatiencedaily@cmail.com
件名：いい加減に

ミックとブルーに、お前から連絡がないかと聞かれたよ。っていうかあいつらはコープに聞いたんだけどな。二人とも怒ってるし心配してる。俺にもよくわかるよ。

たった二週間でこんな気持ちになるなんて思わなかった。

お前とのパートナー関係をうまく捨てられると、そう思ってた。俺は逃げた。怖かったからだ。（この行、消そうか迷ったけど、どうせ俺にはもうなくすモノなんかないよな）

差出人：Tom_B_1@EELTD.com
宛先：testingpatiencedaily@cmail.com
件名：心配してる

お前の居場所を、誰も知らない。

ごめんなんて謝って、お前を侮辱する気は、俺にはない。あれはそんな単純なことじゃなかった。俺は、悪いとは思ってない。俺はお前を守ろうとしてるだけだ。

だが、お前のそばにいた方が、もっとお前を守れたのかもしれない。やっと、それがわかってきた。

ほかにもわかったことがある。遅すぎることなんて、何もない。何だろうと。

トムはおかしくなりそうだった。音を消したテレビ画面の天気予報のほうはひたすら見ないようにしていたが、何をしようとしても、タン、タン、タンという音が気になる。コープが、

EE《エクストリーム・エスケープ》社のエリトリアオフィスの床に仰向けに転がって、テニスボールを天井にぶつけてはキャッチしているのだ。左手で。何千回やる気だ、というほど。

コープの説明によれば、右利きなので、左を鍛えているということだった。

四ヵ月前、二人がパートナーを組んだ当日にこれが始まった時、トムはコープがただの嫌がらせでやっているに違いないと決めこんだ。その後、もうプロフェットと組んでいるわけじゃないのだ、と気付いて、その考えをあらためた。コープは裏表のない、まともな男だ。そして、コープを選んだのはトム自身だ。それも自ら。

EE社で働き出して六ヵ月、そしてもう二人目のパートナー。トムにとっては珍しいことではない。ただ今回は、トム自身の選択。人生にずっとつきまとってきた呪いのせいではなく。プロフェットと組んだ二週間。彼らは戦い——互いと、敵と——そして当然のように、トムのせいでプロフェットは殺されかけた。それでも足りないと言わんばかりに、次には二人とも殺されかけた。

しまいに、フィルはトムに選べと迫った——プロフェットかコープか、と。

(そして、今ここにいる……)

コープと組んだ直後、トムは数回だけ、プロフェットにメールを送った。二通ばかりあたりさわりない短い返事が来たが、後になってそれはプロフェットが誰にでも返している挨拶がわりの文面だと知った。やがて、それすら来なくなった。

タン、タン。

だが、プロフェットがＥＥ社を辞めた——話によっては辞めさせられたという説もあるが——と知った時、トムがふたたびあの男に会えるチャンスは、恐ろしいほど小さくなった。もし、二度と会えなかったら？

その時になって、怒りに満たされた。

「生きてるか死んでるかくらい知らせてくれてもいいだろう」

トムはくり返しコープにそう愚痴った。

コープは毎度、心配なんかいらないと言うのだった。

「プロフェットの心配をするより相手の心配をしろよ。あいつは殺《や》られるより殺《や》る側だ」と半ば肩をすくめ、笑って。「ま、時々、本当にあいつを殺してやりたくもなるけどな。ああ、やっぱり心配した方がいいか？」

「安心できたよ、どうも」

トムはそうつぶやき、コープはプロフェットと長いつき合いの人間らしくただ肩を揺らして流す。

「どこにいようが、あいつは今ごろ誰かの神経を擦り切れさせているだろうさ」

今、コープはそう言いながら手を一時も休めることなく天井へテニスボールを投げつけている。

トムは溜息をつく。コープに言われた瞬間に頭をよぎったのが、それならここで俺の神経をすり減らしていてくれ――というものだったから、救いがない。無意識の手で、革のブレスレットをいじった。プロフェットにこれを付けられた時からの手癖だ。その間も心に流れていくのはあの任務、地下ファイトのリング、戦い、プロフェットが撃たれた瞬間……。

「そうだ、なあ、マルの番号知らないか？」

テニスボールが斜めにはね返る。トムは飛んで来たボールをひょいとかわした。

「マルって、つまり……いわゆる、マルか？」

問い返すコープに、トムはボールを投げ返してやる。

「何人もいるのかよ？　黒髪、タトゥ、口がきけない、態度がデカい。知ってるマルか？」

コープが鼻を鳴らし、またボールを天井に投げつけはじめる。

「イカレ野郎のマルだろ。この世のすべてのマザーファッカーどもの中でも堂々の一位だね、プロフェットもてっぺんに近いが、マルはてっぺんどころか突き抜けちまってる。銀張りの箱に詰めてセメントで固めて地下に埋めてやりたい、地球の裏まで届くくらい深い穴にな。たのむからあのネジの外れたクソイカレ野郎とは同じ地上にはいたくない、そいつが俺のマルへの見解だ」

タン、タン。

「マルが嫌いなのか？」

コープは肩をすくめた。

「別に」

タン。

トムは溜息をついて聞いた。

「あいつと接触できるか？」

タン。

「三メートルの棒にＣ４爆薬を付けた先っちょでだろうと、あいつには触りたくないね」

ナターシャなら何とかしてくれるかも、と思ったが、社内の皆に片っ端からトムがいかに情けない状態なのか知らせてやることもない。それでなくとも充分に無様だ――プロフェットに毎日メールをして、時々はスケッチまで添付したりなんかして、まるで恋の病か。

タン。

だがプロフェットへメールを書くのは、エリトリアに来て一週間目くらいから、トムの一日を締めくくる儀式になった。どんな日であろうと書いていると落ちついたし、あの、彼と断絶しようと必死の男に、まだつながっている気分にもなれた。

（俺は、たしかにお前を手放したかもしれない。だが先に切ったのはお前からだ。お前はただ、はっきりそうと言わなかっただけで）

その言葉を、トムはメールに書きはしなかった。少なくとも、すぐには。もっと仕事に関する内容にとどめたメールにした。コープについて。自分の日々について。

だが何通かメールを出した後では、もう、言ってやりたいことを何でも書いた。なんとかあの男を文章で口説こうとし、守れないかもしれない約束をしようとした。まったく、何の進歩もない。プロフェットと組んだ間に学んだことがあるとすれば、約束がいかに危険なものであるかだというのに——する価値のある約束ほど。

そして今、プロフェットから一言の返事もなく四ヵ月がすぎ、あの男に会いたいならメールだけじゃ駄目だとトムは悟っていた。フィルが休暇を許可してくれさえすれば、もっと……だがフィルは、任務と絶え間ない訓練の連続でわざとトムを仕事漬けにしているようで、プロフェットを探しに行くことなど考える暇すらなかった。

フィルは、すべてお見通しの男だ。だからトムは不満を呑みこみ、割り当てられた任務をこなして信用を築いた。

コープは、トムと組むのを嫌がらない。

コープは、まだ生きている。

つまりは——トムの理屈では——プロフェットがトムの凶運の連鎖を断ち切っていった。

プロフェットは間違いなく、何かを壊していった。くそったれが。コープを選んだのはトム自身だが、プロフェットが戻ってきてその壊れたピースを元通りに直してほしいと祈らずにはいられない。

「ハリケーンが上陸しそうだな」

コープがそう言い、ボールのリズムを中断して、頭の上のテレビを指した。この男は一日中こうやってテレビを逆さまに見ている。トムが必要以上に心配しないですむよう、音を消して。だが気象学者によれば、このハリケーンはこの八月末、かつてカトリーナが襲った日に数日遅れてニューオーリンズを直撃する。

ルイジアナ州で育ったトムは、嵐にはそれなりに慣れている。そうは言っても、ニューオーリンズに住む叔母が心配で気がおかしくなりそうだった。叔母は皆と同じだ——あのカトリーナの被害の後でさえ。立ち直り、気丈に耐え、移住など考えもしない。それでもデラは心臓が悪いし、ハリケーンは予報に反して勢力を拡大しており、トムは心配だった。エリトリアにいながら。

だがハリケーンの到着まで五日ある。五日もあれば、どんなことだって起こり得る。

差出人：Tom_B_1@EELTD.com
宛先：testingpatiencedaily@cmail.com
件名：ハリケーン
お前ならどうするかなんてわかってる。何だろうとお前を止められない。今フィルが俺を心配してるのもそれだろう、仕事を放り出そうなんてしたらクビだって脅された。俺のかわりに叔母に電話までして、たしかめてくれた。叔母は食料も備えも充分で、問題ないだろうとフィルも保証した。それで安心できりゃいいんだろうけど、くそ、どうしても不安が消えないんだ。ああ、とっとと笑えよ。また「ケイジャン」とか「ブードゥー」とか言ってるんだろ、聞こえてるよ。

あの沼沢地《バイユー》は俺の故郷だ。あそこで戦い方を覚えた。帰るたび、今度は前とは違うだろうって期待して——でも何も変わらないのさ。イカれてるだろ、な？　同じことを何度もくり返して、違う結果が出るのを期待するなんて。

あそこは俺にとって危険な場所だ、プロフ。なのにどうしても引き戻される。フィルが俺に帰る許可をくれないのはありがたいことなのか。できればそう信じたいよ。

とにかく、コープは元気だ。これで四ヵ月、俺のパートナーは俺の呪いで撃たれもせず大怪我もしてない。細かい任務をちょいちょいこなしに出てる割にいい記録だろ。コープは色々教えてくれる。辛抱強い。彼女の話を山ほどしてくる。あの二人がテレフォンセックスしてる間、俺はヘッドホンをしてる。

そんな時、お前のことを思い出す、プロフ。まあ、ほかの時もだけどな。でもお前が一番なつかしくなるのはこの時だ。それも、お前がベッドの中で合格だったからってだけじゃなく。

トムは光るディスプレイの前に座り——ヘッドホンを着けて——これを送るのはやめようか、と思う。これで一二二通目のメールだ（そう、数えているとも）。返事ひとつなしで。だが結局そのメールを送信し、この世界のどこかにいる宛先までたどりついてくれるよう祈った。

2

（二十四時間後）

ブルーが、半分だけ開いた窓から勢いよくとびこんできた。四階の窓から。

プロフェットはあきれ顔をした。ブルーは、ロープのハーネスの下にジーンズと長袖のサーマルシャツ——全身もちろん黒い——を着てこのクソ暑い中で黒いニット帽までかぶり、自分がテーブルすれすれをかすめたことにもまるで動じていない。死にかけたかもしれないというのに。

「網戸が破れたぞ」

プロフェットはブルーに指摘する。どうしてドアから入ってこない、とブルーに問うのは、どうして世界を創造したと神に問うのと同じだ——何か文句でも?と言い返されるだけ。プロフェットが誰にでも投げつけるのと同じ答えが。

「お前のお友達はクソッたれだよ」

ブルーがそうプロフェットに言い放ちながら、帽子をむしり取った。

「どうしてミックがクソッたれな時だけ俺の友達になるんだ?」

「そりゃ——」

ブルーは言葉をとめ、携帯を引っぱり出し、どこかにかけた。ボサボサの髪に指を通しながら、一瞬置いて電話口にしゃべりかける。

「今ちょうど、プロフェットの家に押し入ったところだよ。四階。いいや、説教なんかされてない。危険だとかも、一言も言われてないし。断る、電話を変わる気はないね。話したきゃ自分でかけてこいよ」

電話を一方的に切ると、ブルーは勝ち誇ったように手を上げ、言った。

「よし、じゃあ腹ごしらえだ」

プロフェットの携帯が鳴り出す。

「俺の分もいいか」プロフェットはブルーの背中に声をかけ、ミックからの電話に出た。「パパ、ママ、お願いだから喧嘩はやめて」
『お前だってトムと、お互い逃げ出さずに喧嘩してりゃ――』

ミックの言葉をさえぎる。

「俺は今回、ブルーの肩を持つぞ」

『ブルーが何でキレてんのかもまだ聞いてないだろ？』

「関係ねえ」

『経験則からいくと、関係あるんだよ』

「そんなもっともらしい言葉を使うと頭痛がしてこねえか？」

「あいつまた〝経験則〟って言ってんじゃねえだろうな」

キッチンから戻ってきたブルーが割りこむ。プロフェットは彼にたずねた。

「俺のメシは？」

「今、湯を沸かしてる」

ブルーは、切れ、と手ぶりで命じる。

プロフェットは電話を切った。ミックは怒り狂うだろうが、それが狙いなのだ。

「てめえもわかってるだろうが、あいつすぐ来るぞ」

ブルーはシャツを脱ぎ、ロープ、帽子、シャツ、と点々と床に残していく。キッチンでプロフェットが追いついた時にはブルーはコーラを手にしており、もう一度携帯に目をやってからポケットにつっこんだ。

「ああ、わかってるよ」

だから、ブルーは逃げられるのだ。ミックが必ず追いかけてくると知っているから。その単純きわまりない事実が、プロフェットを半ば圧倒する。

もっとも、ミックにもブルーにも、邪魔な過去のしがらみはないのだ。とにかくプロフェットほどには。

「最近目ぼしいもんは盗ってきたか？」

「色々とね」

ブルーの目がクリスマスを迎えた子供のようにキラッと光る。でかい鍋に向き直って、放りこんであったパスタをかき混ぜた。

「レトルトだけど、いいよな。トマトもないのな」

「あんまり家に戻ってないんでな」

「みたいだね」

そのブルーの口調に、プロフェットはひるんだが、何も言わなかった。あんまりどころか、一時間でもこうして家に帰る時間ができただけで驚きだ。

プロフェットがリビングに戻って十分後、ブルーが彼にパスタの皿を手渡し、チーズとソーダをコーヒーテーブルに置いた。「いいカウチだな」とほめる。

プロフェットはうなずいて同意した。なにしろこいつを頂いてくるのに、最近はえらい手間がかかる。最後の時など、キリアンはカウチを警報システムにつないでいやがった。疑り深いスパイ野郎が。なのにキリアンはどこかへ消え、カウチをプロフェットに預けていった。

あの男を嫌ってやりたかった。あの男を思い浮かべるだけで腹が立つくらいに警戒しておきたい。いや、警戒はしているのだ。だがあいつに腹は立たないし、その理由が今いちわからない。

結局、プロフェットはキリアンと連絡を取りつづけていたが、仕事上の距離を保った。

まあ、おおよそは。キリアンの動きをつかんで——そしてあの男を忙しくして——おく必要があるからだと自分に言い聞かせながらも、あの嘘つき野郎に惹かれるものがあるのはプロフェット自身否定しきれなかった。

(奴となら、何もややこしくないからだろ？)

そう、セックスだけですむ。その後は、殺し合いか？　どちらかからの。それ以上は何もない——プロフェットの方は。キリアンの方では？　それこそ知るか。

だがそのキリアンも、もうマルに投げておいた。そんな仕事すら楽しめるくらいサディスティックなマルに。

キリアンの存在を頭から追い出し、ブルーと一緒にゆるい沈黙の中でパスタを食った。ここ最近食ったどんな飯よりうまかった。なにしろ味がついている。生きるため、味など無視して、ただ燃料として胃に食い物をつめこんできた日々だった。

三杯のパスタをたいらげたブルーは――まだガキのような食欲だ――、プロフェットが三杯目にかかった時、カウチにもたれて言った。

「じゃあ、あんたとトムは……」

プロフェットはギリッと歯を噛んだ。

「俺とトムなんてどこにもねえよ」パスタをフォークに巻きつける。「質問を変えろ」

ブルーはその警告を無視した。

「あいつが、あんたをパートナーにしたがらなかったからって、あんたとヤリたくねえってわけじゃないんだろ？」

彼の目が、プロフェットがコーヒーテーブルに気ままに散らかしっぱなしにしたスケッチのプリントアウトを見て、また戻った。

「あんたもそういう関係が好きだと思ってたんだけどなあ」

「またミックに電話してほしいか？」

「ミックの話じゃ、あんたは恋に落ちて、怖くなったんだってさ」

「あいつが？　そう言ったのか？」

「そうじゃないけど」ブルーは、多少はきまり悪そうに、そう認めた。「俺と出会った時、あんたからそう言われたってミックに聞いたよ。あんた本人にも同じセリフが当てはまるんじゃねえの」

「とっとと窓から出てけ」

「あんた、ちょろすぎ」ブルーがせせら笑った。「で、何で帰ってきたわけ？　下の階のスパイのため、ハリケーンのため？」

「どっちも違う」プロフェットは苛々と身じろいだ。「それとな、俺の問題を世界中が知ってやがんのかよ？」

「違えよ、あんたにかけらでも興味を持ってあげてる奴だけさ」

ブルーにぴしゃりと言い返され、こんな口の達者なガキとあっという間に仲良しになったなんて我ながらどうかしてると、プロフェットはうんざりする。

そして、思い出す――このガキがミックを救おうと、すべてを賭けたことを。すべてを――自分自身も含めて――賭けられる奴は、プロフェットの中ではそれだけで合格だ。それにガキと言っても本当のガキでもなし。

プロフェットは皿を押しやった。

「どうせ知ってんだろうけどな、俺の電話をハックしてんだろ？　とにかくキリアンが、今夜、ここに来る」

ブルーが眉を上げた。

「ここって、この部屋じゃねえぞ。この建物の、奴の階にだ。奴も住んでる建物だからな」

初めて、二人が同じ建物に同時に滞在するわけだ。

この間の倉庫は別にしてだが。あれは数に入らない。

ブルーが含みのある口調で言った。

「へーえ」

「黙ってろ」

ふと目をやると、プロフェットのスーツケースからカウチのそばまで砂の跡がついていた。

砂は、彼の行く至るところについてくる。

（少なくともこいつだけは俺を見捨てねえってことか）

プロフェットが鼻を鳴らすと、ブルーは奇妙な目つきで彼を見て、たずねた。

「んじゃスパイのためでもハリケーンのためでもないなら、どうして帰ってきたんだよ？」

そう、どうしてだ？


――ランドローヴァーのカップホルダーに入った携帯が鳴った。古い車で、国外での極秘作戦ではお気に入りの車だ。電話をつかみ、番号を見たプロフェットは、相手の正体と、求めるものを一瞬で悟る。

『次の仕事の話がある』

「で？」

　窓の外では、終わったばかりの任務の対象である科学者が、飛行機の搭乗準備をしていた。二度と家族にも友人にも会えまい。

『潜入任務だ。受けるなら、その飛行機に乗れ』

　プロフェットは、のびすぎの髪が邪魔にならないよう頭を包むバンダナに手を走らせた。突如として、ランドローヴァーの車内がいやに暑い。

「いくらだ？」

　電話の向うの男が笑った。

『今よりは高い』

　たしかに笑うだろう。プロフェットには金など必要ない。下らない問いだった。ただ、運命の決断を引きのばすだけの。

「期間は？」

『一年。連絡はすべて断て。対象は三人の科学者。生死に関わらず支払う』

「俺のメリットは？」

『大金のほかにか？　ＣＩＡ《エージェンシー》へ戻る道だ。もし誰が関わっているか、ＣＩＡが知れば――』

　プロフェットは笑う。その声は車内にはね返り、今となってはあまりに久々の響きに、喉がぐっと詰まった。

「戻りたかないさ。それとな、言っとくが、奴らはとっくに知ってるよ」

『だが、何か望みがあるんだろ。こんなことを続けているからには』

飛行機のほうへ目をやる――ここへ無事つれてきた男はすでに乗りこみ、パイロットは扉のそばに立って、入り口とプロフェットを交互に指した。

乗るか？

こんな誘いが来るだろうとわかっていた――ある意味では、それを待ってせっせと働きつづけてきた。受けるかどうかはさして重要な決断ではない。これは証明なのだ。自分に――自分自身に、ＣＩＡのクソどもに、世の中という世の中に、プロフェットこそ科学者連中の身柄を扱うのに最適な存在だと示す。彼にはそのための知恵と、度胸と、良心というヤツがあるからだと……そう、求めていたのはそれだ。金なんかどうでもいい。組織に戻る気などかけらもない。

昨夜、隠れ家《セーフハウス》で待機しながら、隣の部屋から任務対象者のいびきが響く中で、プロフェットはやっとトムのメールを読んだ――千通か一万通かと思うようなそれを、残らず。どうせ言い訳だらけで「この方がお互いのためだ」とかなんとか御託を並べているだけだろうと思いながら、それで読んだのだ。読めば訣別できるだろうと。次の仕事の誘いが来れば――来るのはわかっていた――その時には一つ残らず、そして一人残らず、捨てていけるだけの覚悟を決めようと。

メールを読んだのは、最大の、そして最悪の、失敗だった。

「ベッドの中で、合格、だと……？」

今、電話口にうなりながら、プロフェットはまんまと——きっとトムの思惑通りに——挑発されているのを自覚する。

電話の向こうの男が言った。

『それは答えになってない』

「俺には答えさ」


プロフェットはまばたきし、やっとブルーに答えた。

「仕事が片付いたから帰ってきたんだ」

「へえ？」ブルーが腕組みする。「よりにもよってどうして俺に嘘をつくかね。俺は本音を言うぜ、まだ俺は盗み癖が抜けねえってな。ミックが追いかけてくるのもわかってる、ってな」

ブルーはあまりにも正直で、プロフェットは彼の方を見ることさえできない。それが伝わったのか、情けをかけて、ブルーはそれ以上何も言ってこなかった。そのうちまた言うだろうが。

それに正直、今こうして哀れまれるのも、いい気分はしない。

「ミックと働くのはどんな感じだ？　あれだ、ミックに見せつけようとついどこかの家に押し入っちまうのは別にしてな」

ブルーが肩をすくめた。

「ざっくり言って、凄えいい感じ」

「だろうな。お前には合うだろうと思ったよ」プロフェットは間を置く。「ミックを大目に見てやれよ、な？　あいつはお前が心配で――」

「あいつ、組むパートナーには元々こんなに厳しいのかよ？」

「決まったパートナーは一度もいなかった」

「あんたと同じか」

「そうだ」

「理由も同じ？」

「俺もミックも一人で働くのが好きなのさ」

「それって、背中を守りたい誰かがいるとそれが自分の弱点になるからか？」

ブルーが問いかける。真剣な問いだった。

「ああ、そういうことだな。だがミックにとって、お前はそれだけの価値があるんだ。わかってんな？」

ブルーはうなずき、皿を見下ろして、頬を紅潮させていた。この一年はブルーにとってきつい一年だった――姉を失い、殺されかかり、犯罪からも（ほとんど）足を洗い、そして、恋に落ちた。

ブルーの肩をポンと叩き、プロフェットが立ち上がって皿をキッチンへ運ぼうとしていた時、ブルーの問いがとんできた。

「いつニューオーリンズへ向かうんだ?」

「行かねえよ」

「そうか」

ブルーはあっさりうなずいたが、ぼそっと呟いた。

「そいつを俺が信じると思ってんならこの男は見た目以上の阿呆だよな」

「てめえには躾が必要みたいだな?」

「それは、俺の仕事だ」

階段の下から響いてきたミックの声に、ブルーの肩がぎくりとこわばった。

「やべえ」と呟く。

「ピンチだな?」

プロフェットが声を投げた時にはすでにブルーは立ち上がり、シャツと帽子を身につけ、プロフェットですら感心するほど見事な手際でロープのハーネスを装着し終えていた。

窓の縁で、半ば体を外に垂らしてプロフェットに言う。

「あいつを少し引きとめといてくれたら礼をするよ」

「金なら足りてる」

ブルーが、ポケットからごそごそと取り出した小さな袋をプロフェットに放ってきた。開けると、中に入っていたのは古い金の指輪で、緑の石には聖甲虫《スカラベ》が掘りこまれていた。

「どこからくすねてきやがった」

「そりゃ、ほら、その辺さ」

ブルーはまるで、そんなものあちこちに落ちてるじゃないか、と言いたげに手を振った。

「エジプトの発掘品だろ？」

「かもね」

「ブルー……」

「お土産グッズだってことにしとくよ、そのほうがいいなら」

プロフェットは指輪をジーンズのポケットにしまった。

「ミックはお前を逃がさねえぞ」

「そりゃ、最後にはね」

ブルーが、まるでタトゥだらけのサンタクロースのようにさっと宙に消え、同時に、ミックが部屋にとびこんで来た。

「お前に家の鍵を渡した記憶はねえんだけどな」

プロフェットがミックに言葉を投げつける。

「自分に都合の悪いことは忘れちまうからだろ」

そう言い返して、ミックが前へ突き進み、いつでも好きな時に窓から消えられるというのは案外いいものかもしれないな、と遅まきながらプロフェットも気付いたのだった。

3

ミックがブルーを追って出ていってからたかだか二十時間も経たない頃、プロフェットの古いシボレー・ブレイザーはルイジアナの陽光の下を走り、車内の床のどこかでは時おり軍の認識票《ドッグタグ》がチャラチャラと鳴っていた。時にはプロフェットの足元で、時には後部座席の下あたりで。たまに運転席のシートの下に引っかかって何週間も消えていたかと思うと、またいきなり現れるのだ。

十年以上になるのに、一度もアクセルやブレーキに引っかかったことはない。ジョンの葬式の朝、プロフェットは車内にこのドッグタグを放りこみ、それきり一度たりともふれていない。別に、迷信とか何かを信じてるわけじゃないが。

車の窓を下げ、サンルーフも開け放って、のびすぎの髪を風が抜け、顔を陽光が照らす感覚を楽しんだ。音楽をガンガン鳴らしながらのろい車をどんどんかわして、その間も警察車両の気配に目を光らせる。その甲斐あって、通常二十一時間以上の道のりを十八時間足らずに縮めた。

ほとんどの警察関係者がハリケーン対策で駆り出されていたのも助かった。プロフェットもそのハリケーンのせいでここまでやって来たわけだが。嵐から逃げるのではなく、嵐に向かって、目立たないトレーラーを車の後ろに引いて。トレーラーに積まれているのは発電機二台。それに食糧。水。武器。現金。生きのびるのに充分な物資と、必要ならばトレーラーに人を乗せて避難できるだけの広さ。

ニューオーリンズの一画、フレンチ・クオーターは洪水には比較的強い。そなえるべきは、飲料水の不足と電力喪失だ。それと略奪。

州兵は、住民に市外への脱出を命じていた。強制力のある避難指示。それでも住民の半数が無視する。その居残った半数のうち、さらに半数は事態が悪化した頃に救いを求め、残りのいくらかはもう助けようがない頃に救いを求めることになる。

だが、驚くほどの数の人々が、最後まで頑として救いを求めない。彼らにとっては、ただこの地で生きるか死ぬかだ。トムの叔母もその一人。この沼沢地《バイユー》の郡内に、トムの親族はほかにも暮らしているのかもしれないが、とにかくトムが案じていたのはこの叔母のことだけだった。

指先がハンドルをはじく中、ジャクソン・ブラウンの〈ドクター・マイ・アイズ〉が大音量で鳴り出した。

「ふざけてんのかてめェ」

プロフェットはそう呟きはしたが、お気に入りの曲なのでそのまま流す。自分のことなら、どことも知れぬ地へ旅立つ直前、ドクターに定期の目の診察を受けてきた。

また次の予約を入れないと、とは思うが、けっ、医者に何ができる。診察によれば彼をいずれ盲目にする遺伝性疾患はすでに兆《きざ》しが出はじめているそうだし、暮らしに影響を及ぼすほどになれば、医者より早く自分が気付く。

車列のスピードが落ち、プロフェットは検問に目を留めた。検問が設置されているということは、その先はニューオーリンズだ。断続的に停まっては進む間、携帯を見るとキリアンからのメッセージが届いていた。

〈俺から逃げてるのかな？〉

プロフェットが荷作りして出ていった一時間後のテキストだった。なにしろ、ブルーに告げた言葉とは裏腹に、プロフェットとキリアンは会う予定になっていたのだ。彼の部屋で。あの、キリアンのカウチで。

「てめえからじゃねえよ。俺自身からさ」

プロフェットは口の中で呟く。検問が近づいた。〈ハリケーン〉と一言打ち返す。

〈君の部屋に？〉

クソ野郎。

〈ルイジアナだよ〉

〈ルイジアナに家族でもいるのかな〉

いい加減にしやがれ。

〈トムの家族だ。あいつの叔母の様子を見に行く〉

〈トムの家族は君には関係ないだろう。トムも君には関係ない〉

正しすぎるほど正しい。

「それでも、こっちをボロ布のごとく捨ててくれた男のために車を走らせてるってわけだよ」

プロフェットは自分にうんざりして首を振り、キリアンに返事もせず携帯をカップホルダーに放りこんだ。

戦闘服姿の州兵が、大股につかつかと車へ歩みよった。

「州外からだね」

プロフェットにそう怒鳴る。

「ああ」

「すみませんが、州外の住人を中には入れられない。引き返してくれ」

元海兵隊員だ。上腕に入った鷲と地球と蛇のタトゥがなくとも、立ち姿でプロフェットにはわかっただろう。軍の身分カードをチラつかせようかと思ったが、やめておいた。もう充分、自分にうんざりしているのだ。キリアンとの会話のせいで、特に。

かわりにＦＢＩの偽身分証を示した。

「ほら、これで通らせてもらえるか?」

返事も待たず、古いランドローヴァーでさっさとバリケードを抜け、バックミラーには目も向けずにアクセルを吹かした。

まずはプロフェットの一点先取。対して、この世界はゼロ。

それでもどうせ、母なる自然はすぐに本性を剝き出しにするつもりなのだろうし、あっという間にこんなスコアはひっくり返される。

だが地獄から、プロフェットは這い出してここに来た。トムのメールを命綱に。ギリギリだった、のかもしれない。あと少しでも深くへ沈んでいたら——どんなメールでも届かないほど、何も救えないほど遠くへ。

そうするつもりだったのだ。当たり前だ。深く潜って、地上のすべてを忘れるつもりだった。今だって、まだそっち側に行ける。プロフェットが来ることなど誰も知らないのだから、このまま消えてもいい。だが良心がそれを許さない。

クソッたれな、忌々しい、良心というヤツ。ナイフで心から切り取れるものなら、そうしてやりたい。

すでにプロフェットは、今の自分は誰かの——民間人に限らずどんな人間相手でも——そばにいられる状態じゃないと、自分を説き伏せようとした後だ(明らかに負けたわけだが)。今、その人間たちに会おうと車を走らせ、このニューオーリンズに、フレンチ・クオーターへと向かっている……トムの裕福な叔母、デラの元へ。

彼女はプロフェットのことを知っているのだろうか？　トムの過去について、プロフェットはＦＢＩ時代と保安官事務所にいた頃の公式記録くらいしか知らないが、そのわずかな分だけでも、怒りをかき立てられるには充分だった。そして、今のプロフェットの頭の状態では、怒りの対象である連中に近づくのは危険だ。

四ヵ月前、地下ファイトのリングの上で、トミーは誰と戦っていた？　家族の誰かだろう。かつて、まだそれと知らぬ頃にプロフェットは、同じ憤怒をジョンの中にも見てきた。そして今……トムが子供時代どんな目に遭ってきたか知りながら、それを見殺しにしてた相手と会うのは……。

もう一人のキャロル・モース。キャロルは息子のジョンの怒りを知りながら、踏みこんで手をさしのべようとはしなかった。

もう一人のジュディ・ドリュース。何ひとつできない、からっぽな母親。

そんなことばかり考えながら、プロフェットはデラ・ブードロウの家の前に車を乗り入れたが、エンジンは切らなかった。

古いがすみずみまで手入れされ、磨かれた家だ。金のある奴が住んでいるのは間違いない、ここはニューオーリンズでも金持ちの住む辺り。そしてプロフェットはその家の前で、シートに座ったまま、車から下りることも、家の玄関へ近づくこともできないでいる。

トムの叔母を助けにここに来る、その先のことはろくに考えていなかった。だが問題はここからだ。プロフェットは、トムの叔母を助けねば。トムの言葉が彼を救ったように。

〈俺は、悪いとは思ってない。俺は、お前を守ろうとしてるだけだ。

だが、お前のそばにいた方が、もっとお前を守れたのかもしれない。やっと、それがわかってきた。

ほかにもわかったことがある。遅すぎることなんて、何もない。何だろうと〉

今はその言葉だけでやっていける。きっと。プロフェットはやっとエンジンを切り、車を下り、玄関ポーチへと歩いていった。

ここでなら楽に暮らせただろうに、トムは沼沢地《バイユー》の中の地区で育った。この上等なフレンチ・クオーターではなく。そんなトムがどうして、身を守るための金には困ってなさそうなこの叔母を心配する？

玄関をノックすると、返事のかわりに胸元にショットガンを突きつけられていた。銃身を見下ろし、次にそれをかまえている女を見る。可愛い女だ。洗練されている。そして、手にしたショットガンをしのぐ危険な猛々しさを、その年齢になってもにじませていた。

（それでも、あんたはトミーを守らなかった）

今は怒りを凍りつかせ、トムの体の傷痕も、あの憤怒のことも心からしめ出す。押し殺せない分の怒りは、ハリケーンへそなえるエネルギーに向ければいい。

「そのやり方は間違ってるぞ」

「あんた、自分の胸にショットガンつきつけられてるってのに、あたしのやり方が間違ってるって言ってるのかい？」

「ああ」

「どう間違ってるって？」

「近けりゃいいってもんじゃない」

一瞬でデラからショットガンを取り上げると、プロフェットはその銃把を彼女へさし出した。

「距離を置いた方が、俺の動きに対応しやすいんだ」

デラは驚きに目を見開いたが、すぐ立ち直った。ショットガンをひったくる。

「なるほどね。じゃ、もう一度ノックしな。やり直しといこうか」

「それより、俺はあんたのハリケーンの準備を整える方に時間を使いたいね」

デラは首を傾け、彼をじろじろ眺めた。

「うちの甥の友達かい？」

「トムとは一緒に仕事をしていた」

「質問をはぐらかしたね。あたしが気がつかないとでも？」

プロフェットが眉を上げると、デラは首を振った。

「トムからあんたが来るとは聞いてないよ」

携帯をかざして、プロフェットはトムからのメールの山を見せ、本当によく知った仲だと証明しにかかった。

「俺の名前はプロフェットだ。これはトムの仕事用のメールアドレス。な？」

「てっきりあの子は仕事で忙しくしてるもんだと思ってたら、あんたとメールする暇はあったみたいだね」

デラは冷ややかな声で言った。

「ようこそ、プロフェット。トレーラーなんか何のためにひっぱってきた？　うちに引越すつもりかい？」

「物資用だ。あんたがここから避難するなら、別だが？」

「避難なんかしたこともない、これからも御免だね。それにうちにも備えはあるよ。初めてのハリケーンってわけじゃなし」

「俺の物資にはかなわないさ」

デラが、通れと言うように横へのき、その瞬間、もう引き返せないと悟ったわずかな躊躇の後、プロフェットは足を踏み出した。

家の中も、外と同じく、小洒落《こじゃれ》ていた。プロフェットの頭を、トムの住んでいたあのアパート——EE社の本部近くの古いヴィクトリア様式の家の半分がよぎり、あの殺風景さは、トムがこの家に焦がれる反動なのかとふと思う。

「嵐の中、誰か一緒にいてくれる相手はいるのか？」

聞きながら、プロフェットは携帯型酸素濃縮器をもっと奥へ運びこんだ。

「ロジャーとデイヴに三階を貸してるからね。あの二人とここで十年一緒に住んでるけど、嵐の時は両方とも役立たず」

「聞こえてるよ」

その声より早く、プロフェットは階段を下りてくる男に気づいていた。デラがうんざり顔になる。

「プロフェット、彼がロジャー。プロフェットはトムの友人でね——物資を持ってきてくれたんだ、どんなにひどい嵐が来てもあたしたちを守ってくれる」

「そうなのかね？」とロジャーがたずねた。

「全力は尽くす」

答えながら、プロフェットはロジャーと握手を交わした。

ロジャーは七十歳手前というところだろう。こちらはきっとデイヴだろうが、男がもう一人すぐ後ろにいた。二人とも今でもハンサムだ。デイヴの方が背が高く細身で、ロジャーは声がでかい。他人の目の前でも、堂々と互いの手を握っている点がプロフェットは気に入った。

二人の手を一瞥したプロフェットに気付いて、ロジャーが言った。

「三十年、こいつと一緒なのさ」

　プロフェットは九年間、ジョンを知っていた――最初から最後まで親友として、うち四年間は恋人として。戦友、そして秘密を共有する相手。時にプロフェットはジョンを愛し、時にその正反対だった。長いつき合いというのは、きっとどこもそんなもんだろう。

「君はそれほど長く一人の相手と一緒にいるのがどんな感じなのか、聞かないんだね」ロジャーが指摘した。「それはつまり、君が現在か過去にそういうつき合いを経験し、答えなど知っているか、もしくは生まれつきそうした関係に向いているかだ」

「こいつの哲学めかした長話は勘弁してやってくれ――当人はよかれと思って言ってるつもりが、この始末でね」デイヴがわざとらしく声をひそめた。「もう酔っ払ってるし」

「ハリケーンが怖いんだよ」とロジャーが応じる。

「我々には彼がついている」デイヴがプロフェットを指した。「何かを怖がるような男に見えるか？」

「うむ、どうだね？　いや、答えはいらない」ロジャーが片手を上げた。「僕はもっとワインがほしいよ」

　そりゃあいい、ハリケーンを乗りきる名案だ――前後不覚に酔っ払う。プロフェットに言わせれば、死へのいい近道。

　ロジャーが話を続ける。

「君は、じゃあトムの同僚か。それで、可愛い彼女か奥さんは、君がこんなところまで来ても嫌な顔をしないのかね？」

トムの顔が目の前にチラついたせいで、笑い返すのに思いのほか苦労した。だがすぐ「可愛い」という文脈で連想されて怒り狂うトムを思い浮かべ、心が軽くなる。

「今のところひとり身でね」

二人とも、それ以上聞きはしなかった。プロフェットが異性愛者《ストレート》だと思っている。大体の場合、そう思われる。プロフェットはそれを気に入っていた——自分のことを悟られるのは好きではない、ただそれだけの理由から。

それに、他人を不意打ちするのも大好きだ。

デイヴが溜息まじりに言った。

「質問攻めにする前に彼に仕事をさせようじゃないか、僕らを救ってもらえるように」

ロジャーが、プロフェットに向けてワイングラスをかかげてみせた。


デラに、二階の寝室を使えと言われ、プロフェットは室内をざっとあらためた。ここで眠るつもりはなく、せいぜい行動の基点にする程度だろうが、デラにそうは言わなかった。水の上を逃げ出すような羽目になった場合にそなえて二階に持ちこんだ折りたたみのゴムボート、エンジン、オールのことも黙っていた。

　それから、仕事にとりかかった。一日中ｉＰｏｄでクラシック・ロックをガンガン鳴らし、話しかけてこようとするデラやロジャーやデイヴを聞こえていないふりでかわした。思っていた通り、まだだ――まだ、プロフェットは戻れていない。戦場から。こんな普通の世界には。いずれ慣れるだろうが、ハリケーンが来るほうが早い。プロフェットの遠くをさまよう目つきに気づいたのかどうか、三人ともそれほどしつこく話しかけようとはしなかった。

　彼とではないが、彼の話なら三人で少ししていた。プロフェットには聞こえていないと思って。デラはトムのことが心配だと呟く。それ以外、三人ともプロフェットの邪魔はしなかった。全体に、彼らは協力的で、おとなしかった。

　プロフェットの満足がいくほど準備をきっちり整えるまで、一日の残りと、さらに一晩かかった。まず発電機を載せる土台を築き、セメントが固まる間にほかの作業を片づけていく。食糧や物資はすべて屋内へ運びこむ。車は家の裏手に、木や電話線から充分離して、いざとなれば避難に使える場所に停めた。ラジオ、電池、もしもの時のための懐中電灯、そして水。すべて準備万端。

「近所の連中は？」

　作業の途中で、プロフェットはそうたずねた。デラが小馬鹿にした顔をする。

「ほとんど避難してるよ。ルールに従う連中ばかりでね」

　ルールは大事だ、とはとても真顔で言えそうになく、プロフェットはただ黙っていた。

やっと、発電機を家の配電盤に接続した。幸いにも配電盤は家ほど古くはない——そうだったら役に立たないところだった。それでもプロフェットは過負荷にならないよう、重要なものを中心に配線をつないだ。

その頃になると雨も激しさを増し、風も急激に強まり、予報通りのハリケーンの接近を告げる。０６００時には、プロフェットはキッチンテーブルに向かって座り、何枚もの地図とノートパソコンに囲まれて、もしもの時のための避難計画を複数練っていた。カーナビは使えまい。プロフェットの車には——ＥＥ社のおかげさまで——強力かつ高精度のＧＰＳが取り付けられているが、非常時には何ひとつまともに動くと期待しない方がいい。さらに、デラの服用薬に目を通し、充分足りているのを確認した上、いざとなれば追加も手配できるよう何本か電話をかけておいた。手を抜けない問題だ。

朝がのろのろとやってくる。デラがふらっとキッチンへ入ってた。彼女が、プロフェットが作り置きしておいたポット一杯のコーヒーを自分のカップに注いでいる間、プロフェットはひたすら目の前の作業に没頭していた。

顔を上げもしない彼のそばに、デラがサンドイッチとレモネードの入ったグラスを置いた。

「着いてからろくに食べてないけど、コーヒーだけじゃ力にならないよ」

デラの言葉に、プロフェットの腹が応えて鳴った。作業中にエナジーバーをかじってソーダを飲んでいたが、たしかに最高の朝食ではない。

「忙しくてな」と言い訳する。

「本当、助かるよ。でもあんたを空きっ腹のまま働かせとくわけにはね」

トムが殴られるのは放っておいたくせに？

そう聞き返してやりたかったが、いかにプロフェットでもそこまで無神経ではない。口を出すかわりに口につめこむサンドイッチがある今は。

デラが慎重にたずねてくる。

「トムと、あんたは……？」

「仕事で組んだことがある」

プロフェットの返せる、最大限の真実。

デラはテーブルをはさんだ向かいに座り、まるでプロフェットの心を読みとって挑むかのように、肩をいからせた。

「それなら、今は？」

プロフェットは、言い返す声から怒りを消しきれなかった。

「俺は、あいつの足の裏を見た」

あれについて口にしたのも初めてなら、まともに考えたのも初めてだ。心のどこかに押しこめるかわりに、まっすぐ向き合おうとしたのは。

トムの肉体の傷のほとんどはタトゥに隠されていたが、足だけは……足の裏に残る、煙草を押しつけられた痕は、隠しようがなかった。

プロフェットにその火傷を見られたのを、トムもわかっていた筈だ。だがトムは何も言わなかったし、プロフェットもまた、わかりきったことをわざわざ問いただしはしなかった。

「あたしも、見たよ」

デラはそっと憤怒をはらんだ静かな口調で、応じた。

「あたしが、あの子を救急病院に運びこんだ。間に合わなくて、傷が残ってしまったけれどね」

プロフェットの声は、抑えきれない濃い嘲笑をにじませていた。

「ああ、そうだな。傷が残っちゃまずいよな」

怒りを殺すのにはもう疲れた。あれこれ隠そうとしたのが、いつでもトラブルの始まりだ。

デラがまばたきした。

「よくお聞き、坊や――自分が何もかもご存知なんて面はするもんじゃないよ」

「充分には知ってるさ」

デラはふうっと息をつく。何か、ケイジャンの悪態だろう言葉を呟いてから、プロフェットへ言った。

「トムはうちに来ちゃ、また戻っていった。少年時代、ずっとそうだった。あたしはあの子の父親の妹でね、兄とはあまり仲良くないが。兄さんには、あたしは沼沢地《バイユー》に住むにはお高くとまりすぎてるって言われてたよ。そうかもしれないし、あたしは暴力が嫌いなだけなのかもしれないけどね。トムの母親もあそこにゃなじめなかった」

プロフェットの視線の先で、デラの手が華奢なティカップをあやういほど握りしめていた。

「あんたは、どうしてあたしがトムをここに引き留めておかなかったのかって思ってるだろうね」

「それか児童保護サービスや役所に通報するとかな」

じっと、デラがプロフェットを見つめる、その両目に怒りがはじけたかと思うと、刺々しい声で吐き捨てた。

「プロフェット、あんたに説明してやる義理は何もないけどね、でもひとつ言っといてやろう。あたしは、独身の女だ。トムの親族には違いないけど、あの頃はひとり身の女じゃ家族とは認められなかった。まともな家族とはね。そんな時代さ。間違えんじゃないよ、あたしはトムにここにいてほしかったんだ。うちのドアは、いつもあの子のために開いてた」

デラがテーブルを指ではじいた。

「あの子の父親だって、トムがどこにいようが気にしちゃいなかった。あそこにくり返し戻っていったのは、トム本人だ。まるで、ここに来ちゃ、充分なだけ回復して、また嵐の中につっこんでいくみたいにね」

プロフェットは傷だらけのテーブルを見下ろすと、いつの間にか両拳を握りしめていた自分に気付いた。

「ああ、そいつはいかにもトミーらしい話さ」

「あの子がトミーって呼ばれてんのは初めて聞いたけど、いいね」デラの口調がやわらいだ。

「どうしてトムが、まるで罰みたいに、あんなことに耐えようとしてたのか、あたしにはわからない。そんな必要はないって言ってやったし、あの子もちゃんとわかってくれた筈なのに」

「頭で理解はした、そういうことだ、デラ。同じじゃない」

デラがのばしてきた手で拳を包まれて、プロフェットはやっと指の力を抜いた。

「そうか、あんたたち二人はかなり似た者同士なんだね」

「あんたもブードゥーごっこのお仲間かよ？」

「違うよ、ただあんたが自分の怒りをそれほどうまく隠せてないだけ」

「ああ、あいつに関しちゃな」プロフェットは一息置く。「ブードゥーかどうかはともかく、あんたは俺のことを知ってるな？　ＥＥ社で、何があったかも」

デラはプロフェットの手から自分の手を引くと、サンドイッチを指した。プロフェットがサンドイッチを一口かじると、やっと質問に答える。

「ああ。トムから電話があったよ。一生で一番つらい決断をしたと思う、と言ってた。その決断が正しいと感じてるのか、とたずねると、あの子は、苦しいと言った。苦しいってことは、正しい筈だと」

デラはぎゅっと唇を左右に引く。

「だから、間違った決断だって苦しく感じられるもんだ、と言ってやったよ。そろそろその違いを覚える頃合いだってね」

「俺のほうも、そう簡単な男じゃないもんでな」

「みたいだねえ」ニッと笑って、デラがコーヒーに口をつけた。「あんたの家族は？」

「母親だけだ。あまり会わない」

「会いたくないから、それとも仕事で忙しいから？」

「仕事のせいにしてるがな」話を変えた。「トムは、あんたのことを心配してたぞ」

「あの子はいつもあたしを心配するのさ。一人でいすぎるってね。うちの下宿人たちがいい友達になってくれたから、それで充分なのに」

ここでロジャーが、芝居がかった囁《ささや》きをプロフェットに耳打ちした（プロフェットはロジャーの接近に最初から気付いていたが）。

「デラには誰かがついてないと。でも頑固すぎてね、いつまでも結婚しないままで――」ここでデラが、ロジャーに向けて指を振る。「その上、コウモリみたいにやたら耳がいいときた」

「あたしは頑固じゃないよ。ただコナーがね、あんまりいい相手じゃないから」

「コナーはいい男だろ」ロジャーが言い返す。「いい男ってのはいつだろうといい相手じゃないか」

「もう三十年もこんなつき合いが続いてんだよ。その間、そういう話にならなかったってことはさ……」

デラは手を振って、語尾を濁した。

プロフェットがたずねる。

「コナーは今、どこだ？」

「たまに連絡があるけど」デラが肩をすくめる。「腰の落ちつかない人でね。下手に期待すると、こっちが傷つく。だからあたしもあの人のことは放っとくってわけ」

デラの表情はつらそうだった。それだけ長い年月をすぎてまだ彼女がその男を愛しているのは明らかで、プロフェットの胸が少し苦しくなる。

二人のそばを離れ、プロフェットは裏の屋根つきのポーチへ出ていった。雨も風も吹きこんでくるが、かまわずに携帯を手に座る。画面の番号を凝視しながらも、通話のボタンを押すのを拒んで。

月ごとに、怖さが増す。母が何と言ってくるかはわかっているのに。薬への不満、病院への文句。だがその前に、プロフェットを探して男がまた電話してきたと言ってくるに違いない。

プロフェットは、母の電話番号を変えるような手間はかけなかった。連中が母をわずらわせているということは、まだプロフェットを見つけられていないということだ。

それに、母の通話やネット接続はあちこちの中継点を経由するよう設定してあるので、母の居場所をつきとめられる心配もない。母親を人質にされるようなことは避けたい。母を預かってもらっている施設も、医者も、同じように充分に通信を保護されていた。

ついに、プロフェットは通話ボタンを押し、呼出音が鳴る間、息をつめた。

母は『遅いじゃないか』と言って出た。

「四分だけだろ」

『何分だろうが遅いもんは遅い』

プロフェットは編み椅子に頭をもたせかけ、何も言わなかった。顔や首を汗がつたい落ちる──ここの湿気はひどいもんだし、この湿気に体を慣らすには、ひたすら慣れるしかない。

『なんだい、今度はあたしと口もききたくないってのかい？』

「そんなことは言ってない」

『あいつからまた電話あったよ。あんたはどこにいるって』

プロフェットの胃がぐっと締まる。

「それで、なんて答えた？」

『ここにゃいないって。どこにいるか知らないって。それからクソッたれって言ってやったよ』

勝ち誇った声だった。

「それでいい。悪いな、母さん」

はあっと、ひどく苛ついた溜息が聞こえた。

『ここは嫌なんだよ』

毎回、同じことを言う。結局プロフェットもまた、いつもと同じように聞き返す。

「どうしてだ？」

『薬をちゃんとくれないんだよ』

少なくとも母は規定量の薬はきっちり投与されている。毎週医者と話して確認済みだ。

「必要な分はもらってるだろ」

『いつもじゃない。忘れたりするんだよ。お前は一度も忘れたりしなかったのに』

そう、忘れたことなどなかった。そう言われて、気分は良くなるどころかもっと悪くなる。

「じゃあ、俺から言っておくよ、それでいいな？　俺がどうにかする」

いつも、何だろうと、どうにかしてきたように。

4

ハリケーンの辺縁の雨が、まるでパンチングバッグを打つ拳のように濁った音を立てて家中に叩きつけてきた。混沌がニューオーリンズへゆっくり迫ってくるにつれ、世界は停止していく。

ＢＧＭのように、ウェザーチャンネルが同じ情報をくり返している。何時間か前に寝室へ引き上げたデラがつけっ放しにしていった。ロジャーとデイヴももう上へ行った。二人はプロフェットにつき合って徹夜の番をすると申し出たのだが、プロフェットがさっさと眠るよう指示したのだった。

とにかく、これだけ家の準備を固めても、この地を嵐の怪物が呑みこんだが最後、何が起きるかわからない。最悪の事態が起きるのは、きっと明け方。いつもそうだ。電話線は切れ、道は水没し、おまけに毎度のごとく嵐を追い回す命知らずの馬鹿ども、考えなしの連中。奴らに説教するのは、ブルー相手に「あちこち登るな」というようなものだ。プロフェットはブルー相手にそんな無駄なことはしたこともない。

嵐が家を包み、窓を雨水が洗い、わずかな外の景色をかき消す。

手首が痛んだ。この痛みが止まる時、嵐が到着する。何故なら、気圧が最悪になった瞬間、すべての痛みが消えるからだ。

そこにあるのは、ただ圧倒的な破滅――それがプロフェットの人生の縮図だ。

落ちつきなく、プロフェットはアーミーグリーンのカーゴパンツのポケットに両手をつっこんで裸足で一階をうろつき回った。本でも読むかと思ったが、こんな時の定番の本でさえ今の頭には入らない。

家が揺れ、空を稲妻が照らし、まさにスーダンに引き戻されたよう。少しの間、プロフェットはリビングで凍りついていた。

（いつ視力を失うかなんて、もう大した話じゃない。どうせその頃には、仕事なんてできないほどボロボロになってるだろうさ……）

次の閃光がよぎり、プロフェットはまたたく……こんなふうにして始まるのかもしれない、と思いながら。父親は、目のことについて一度も話そうとしなかった。祖父も。二人とも、最悪の事態を迎える前に自殺した。

プロフェットも同じ道を選ぶと思われているのだろうか？　ドリュース家の男たちは代々その伝統に従ってきた。ああ、プロフェットからしてみても、そう悪くない選択に思える。

トムも、きっとその方が楽になる。

だがそれを思うだけで切りつけられるようで、痛みを否定もできずに、プロフェットはただあの男への思いを丸ごと否定した。そうやって心を固め、やっとこの家へ来た。任務のひとつであるかのように見なし、それだけに集中して。

心の平穏など、どこにあるかもわからぬものをこの旅で求めているわけじゃない。そんな奇跡は、いい加減、もうあきらめた方がいいのだろう。だがプロフェットの奥底にある何かがそれを許さず、血の匂いを嗅ぎつけたサメのごとく、飢えにつき動かされて求めつづけている。

「サメってのは泳ぎつづけてないとダメなんだとさ。眠ってる時も、ずっと。知ってたか？」

ジョンが、プロフェットにそう言った。

「知るか」

ぼそっと呟き、プロフェットは顔を上げまいと拒んだ。彼につきまとう、しゃべって歩き回る、過去の亡霊など見てやるものか。サディークの罠へつっこんでからこっち、忙しすぎてフラッシュバックとも縁がなかった。

(現実が地獄なら、わざわざフラッシュバックを見る必要もないってだけだろ？)

「そうさ、お前はまったく心おだやかな男さ。ハルみてえにな？」とジョンが続ける。

「てめえの皮肉を聞いてる暇はねえ」

プロフェットは目の前の壁に視線を据え、雨を乱す風につれて揺らぐ影のパターンを見つめた。

だが、ハルについてのジョンの言葉は正しい——ハルは一見、おだやかな男に見えた。ジョンですらその印象に惑わされていたようだったし、プロフェットも余計なことは何も言わずにいた。

「本気で、俺が何も気がついてねえと思ってたのかよ？」

今、ジョンからそう問いかけられ、それでもプロフェットはかつての親友で恋人の幽霊のほうを見るなと己を制する。

　真実は、ハルはまさにこの地上でも最高に怒れる男だった。ＦＢＩやＣＩＡからちやほやされるようになる前からそんな男だったのかどうか、プロフェットの知るところではないが。だがハル・ジョーンズという男の存在は、ＦＢＩ、ＣＩＡ、国土安全保障省がそろって仲良く手を組んだ数少ないプロジェクトのひとつであった。核物理学の専門家で、核爆弾のトリガーの製造法を知る彼は、皆がコントロールに必死の道具、そしてリスクであった。

　ＣＩＡがやらかすまでは。あれで、すべてが駄目になった。ＦＢＩにも国土安全保障省にもまだ、あの大失態があってなお、プロフェットがＣＩＡへの所属を選んだことに納得していない連中がいる。プロフェットは言い訳もできなかった。あれしか選択肢がなかったのだとは。彼の仲間——友人となった男たちをまとめて救うために。

　目下のところ、その連中は皆、世界の至るところに散らばってしまっているが。最後にプロフェットがチェックした時、つまり数時間前には。そして全員、プロフェットにムカついている。

　要するに、いつも通り。まったくもって心安らぐ。それでもフラッシュバックはやってくる。プロフェットは眠ってもいないのに。いや、起きている時のフラッシュバックのほうがマシか？　起きていても自分を取り戻せないなら、眠りの間は絶望的だ。

　両手を前に出す。まるで、部屋にある筈のリアルで揺るがぬものをつかめれば——デラの半円形のソファとかヴィクトリア朝の家具とか——現実に戻れて、目の前にどこまでも果てしなく広がっている砂漠が消え失せるのではないかというように。

「四時間だ」

ジョンが声をかけてきた。プロフェットの足の下で、地面は揺れているようで、これは嵐のせいで車の揺れではないといくら言い聞かせても無駄だった。

恐る恐る顔を向けると、すぐ隣にハルが座って、顔を引きつらせ、この旅にもうくたびれ果てていた。

四時間で通過は悪くない――いい調子で走っていたのだ、あの時までは。１５４３時までは。何もかもがぶっ壊れるまでは。

「俺はこんなことしたくねえんだよ」プロフェットはハルにそう言う。「もうやらねえ」

ハルの目はただプロフェットを通りすぎ、その向こうにあるものを見つめていた。銃声。上り斜面にさしかかる。

ジョンがただ銃を乱射する。プロフェットも位置につき、援護したが、車のラジエーターが吹き飛ぶ。残りのＳＥＡＬｓのチームは――彼らの援護は――もういない。

「あいつらを見失っちまった」

ジョンが言う。車で引き返すのは不可能。無線での連絡は危険すぎる。

あれを最後に、隊の連中が全員そろったことは一度もない。

「仕組まれてたんだ」

ジョンが言った。

ハルがプロフェットの銃をむしり取ろうとしたが、プロフェットは彼を押し戻し、座席にハルを押さえつけた。

「くだらねえことすんじゃねえ！」

「罠だったんだろ？　なのに俺を殺すのか！」

ハルがわめく。死を受け入れたくないのだ、まだ。一体、己の死を歓迎する者がいるだろうか？

誰かがプロフェットの家系図をじっくり見たならば、いる、と答えてくるかもしれない。

5

どれくらい、砂漠を、砂と血を見つめてそこに立ち尽くしていたのかわからないが、やがて爆発音は元の雷鳴の轟きに変わっていった。

しまいには、ハルの姿も消える。

プロフェットはまばたきした。砂漠が見えた。

もう一度またたくと、そこはデラのキッチンで、携帯が鳴っていた。震える手で、命綱か何かのようにそれを握りしめる。いつリビングからキッチンへ来た？

キリアンから、テキストが送られてきていた。救命具としてはあまりありがたみはないが、そう悪くもない。

〈俺を殺そうとするヤツがいる〉

〈人生ってのは因果応報だな？〉プロフェットは打ち返す。〈今どこだ〉

〈トイレだ〉

〈そこまでは聞いてねえ〉

〈二人きりになれるのを待って……〉

〈それも聞いてねえ〉

〈相手を殺そうかと思ってね〉

プロフェットは鼻を鳴らした。〈へえ〉

〈そういう話なら聞きたいのか。まったく、世の中どうなってしまったんだか〉

ひときわ大きな雷鳴が家を揺さぶった。

〈そりゃ、地獄になったのさ〉

〈酔っているのか？〉

〈いいや、ハリケーンを生きのびようとしてるとこだよ〉

このスパイ野郎からの返信を読むプロフェットの脳内ではこいつのイギリス訛りが再生されている。

〈隠れてろ。いざとなれば泳げ。水遊びは得意だろ?〉

〈まあまあ〉

〈いい水浴びを楽しみたまえよ〉

そっちは便器に頭からつっこめ、とかそんな返信をしようとしていたプロフェットの手が、ギイ、というきしみで止まった。

一晩中、家ごときしんでいたが、これは風の音ではない。嵐よけの二重ドアの、外側が開いた音だ。

動きを止める。携帯を置きながら、KA-BAR《ケイバー》のナイフに手をのばす。

何かが――誰かが、キッチンにつながる裏口のドアを擦っているような音。デラの裏庭は三メートル近い先の尖った鉄柵で囲まれているというのに、見上げた根性だ。

ハリケーンの最中に家に押し入ろうとするなんて、どんなイカレ野郎だ?

プロフェットはまばたきし、ぐるりと周囲を見回して、これが過去のフラッシュバックではないとたしかめる。実際、すべて正常に見えた。それに、大体のフラッシュバックはドアから入ってなどこない。

ドアへ目を戻し、上側のロックがゆっくりと回るのを見た。相手は鍵を使っている。それか、ピッキングの道具。

強い視線を周囲へとばしたが、ただのキッチンとリビングが見えた。

そう、間違いなく現実。

プロフェットはつかつかとドアへ近づき、一気に引き開けて、入ってこようとしていた相手に猛烈に体当たりした。相手が二の腕をつかみにきて、プロフェットのアドレナリンがはね上がる。滑りやすくなっていたポーチの段から二人して倒れこみながら、相手の肩をつきとばした。芝生の上に、相手を下にしてドサッと倒れる。互いにうなり、争ってもつれ、プロフェットの両腕の肌を小石のような雨粒が叩いた。

数発、いいパンチを入れてやったところで、力強い腕がプロフェットの首に巻きつく。プロフェットがその腕をつかんだ時、相手の男――そう、間違いなく男だ――が彼をうつ伏せに返そうとしてきた。プロフェットは体重をかけてそれを潰し、侵入者の腹へ肘を叩きこんだ。腕を振りほどき、身を返して、下にいる男を押さえつける。手早く効果的に無力化し――。

「プロフェット？」

、、、
トミー？

「トム？」

ろくに目は利《き》かないが、この南部アクセントはよく覚えている。頬にふれ、指先でなぞってプロフェットをたしかめてくるこの手の感触を知っている……まるで点字を読むように彼を読む、トムの指。豪雨に閉ざされ、芝生の香りと土や花の匂いが世界を包む。空気にみなぎる稲妻の気配に肌がヒリつき、プロフェットの全身はほとんど痛むほど、すべてを敏感に感じとる。

何だってこんなところにいやがると、トムを問いただしたい。どうしてすべてを——ＥＥ社の職まで——リスクにさらしてここに来たと。プロフェットがここにいると、どこかで知っていたのかと。だが、聞かなかった。

そして、耳をつんざく風のうなりの中、どうやって聞こえたのかわからないが、聞こえた。トムの「ああ、そうだ」という、プロフェットの頰への囁きが。問わなかった問いへの答えが。すべてを凝縮したかのような答えが。

その意味は複雑すぎて、解きほぐす気もおきやしない。だが濡れた、熱い闇の中、プロフェットの口はトムの口を探し当てる。

最初のキスに、二人とも呻いた。四ヵ月の不在、それ以上の渇望。それがはじけてあふれ出し、勢いを増す嵐などよりはるかに速くはるかに危険な何かへと、熱に煽られ、押し流されていく。

危険などかまうものか。熱の上昇を止めようがない。二人の間の布地の感触と、その向こうのトムの屹立《きつりつ》の固さが、プロフェットの全身を衝撃のように駆けめぐる。

この瞬間やっと、生きている、と感じた。感覚がよみがえっていた。彼の、息づく命綱を両腕で抱きしめ、プロフェットはあともう少しで手遅れだったのだと悟っていた。もしトムから

のあのメールを読まなかったら……あと一日、あと一時間遅ければ、プロフェットは深い地の底へと沈みこんでいた。ふたたび光の差さぬところへ。

その思いを払い、目の前の現実に心を戻す——トムの手が髪をつかみ、彼を引き寄せる。下にいるトムが両脚を開き、プロフェットの尻にブーツの足をドサッと重くのせて腰を押し、もっと揺さぶれと迫る。トム、下にいるくせに指図しようとするトム。プロフェットは舌でトムの口をファックしてやる。トムの尻をファックしたいのと同じやり方で。トムにファックされたいのと同じやり方で。トムはキスにキスで応えながら、互いに主導権を奪い、熱く、溶けるように、相手の唇を噛み、舌を絡ませ、時に激しく、時にやわらかく——。

トム以外のすべてが消える。刺すように降りそそぐ雨、暴走、泥……さし迫る嵐。どれもただ物理的な障壁にすぎない。簡単に乗り越えられる。そんなものは。

トムが腕の中にいる……それはつまり、もう、もっと厄介な泥沼にハマっている、ということだ。

キスをほどき、プロフェットはトムの首に噛みついた。トムが息をきしませ、腰を上げて擦りつけてくると、深く、プロフェットの体を震えが抜ける。その時、うかつにも目を開けて——何も見えないと気付いていた。明かりは消え、闇はただ深い。

体の下にトムの熱を感じたが、それだけでは足りない。三十まで数えはじめる。停電のままなら、三十秒で発電機が起動する。欲望よりも恐慌が増していく。フラッシュバックの名残りの恐怖もそれに加わって――その時、トムの手がズボンの中へ滑りこみ、プロフェットの裸の尻を撫で、尻の間に指を這わせると、きつい穴に指先を押し当てた。

「俺のだ」

耳元でトムがうなり、プロフェットはか細く呻く――マジでそんな声が出ていた。トムの指はそこにとどまり、入りこむのではなく、強い圧力を与えてくる。このままヤるにはプロフェットの体が緊張しすぎているのは、トムにも伝わっている筈だ。だがそんな緊張も、トムにまた「俺のだ」と囁かれると、体から流れ出していく。

「ああ。お前のだ」

そううなずき、プロフェットは雨粒をまばたきで払い、闇に目が慣れるまでただ影を見つめて、トムの手の感触で現実につなぎとめられる。

夜が明けた後のことは、どうでもいい。一時間後だろうと、五分後だろうと、先のことなどもういい。今はただ、トムにこのまま押し流されていくことだけしか考えられない。特に、トムの指が内側へ押し入ってきたこの瞬間、明かりがふたたびパチッと戻った今は、もう。

「プロフ――」

プロフェットがしがみついて身をよじると、トムが喘ぎをこぼした。プロフェットの肩に指をくいこませ、きつく抱きよせる。トムの首筋に、プロフェットは顔をうずめた。今のトムの表情は想像がついた――プロフェットにこれほどたやすく煽られていく自分に、ほとんど怒ったような顔になっているだろう。

くそ、その顔が見たい——。

(見られるだろ)

プロフェットは頭を上げ、微笑んだ。二人の周囲で風が巻き、頭上で雷鳴が轟く。木々はきしみ、家が土台の上でミシミシと呻く。その中で、泥にまみれた獣のようにトムと体を擦りつけ合うこの一瞬は、プロフェットにも経験がないほど熱い瞬間だった。すべてどうでもいい。自然の驚異すら及びはしない。

熱狂が高まるにつれ、まるで二人の熱のエネルギーを吸収しているかのように嵐もその猛威を増す。プロフェットは、二度とハリケーンを同じ目で見られそうにない。

ふれて、感じる。それがすべて。舌と歯で。次の刹那、ズボンの中で熱く達していた。オーガズムに全身を荒々しく揺さぶられながら筋肉がぴんと張りつめ、最後の一瞬まで、意地でも快感を絞りとる。

そしてトムもきつく、固くプロフェットを抱きしめ、叫んで、達する。プロフェットの体に指の痕が残っただろう。残っていてほしかった。これが現実だという、その証に。

「畜生……」とトムが呟く。

「まったくだ」

プロフェットも溜息のように同意し、トムと頬をぴたりと合わせたままでいた。

「知ってりゃ……もっと早く来たのに……」

「早く来てもこううまくいったかはわからねえぞ」

二人は重なり合って崩れたまま、豪雨にぐっしょりと濡れ、動く気力もろくにない。頭上で稲妻がはじけた時でさえ、プロフェットはただ顔を向けて夜空を眺めただけだ。まったく、嵐というやつは、と感じながら。嵐は彼の人生に入りこみ、人生を変え、そして今や彼の人生こそまるで嵐。

やがて、トムがプロフェットをつつき、なにやら「風が強くなってきた」だの「中に入ろう」だの呟くので、二人してなんとか芝生から起き上がって動き出した。

閃光弾に直撃された気分だった——ろくに前も見えないし耳はガンガンうずき、二人して相手を家の中につれていこうとしながらよりかかり合うものだから、歩くというよりよろめき動いているだけだ。だがどちらも互いを離そうとしない。まだ気が済んでいないのだ。その逆だ——気などかけらも済んでいない。滑稽なくらいに。

「どうしようもねェな、俺は」

ぶつぶつと呟くプロフェットをトムが手近な壁に押しつけ、ブーツの足でドンとキッチンのドアを蹴りしめた。

「俺たち二人ともさ」

トムはそううなって、身を屈め、靴ひもをほどいて靴を蹴り脱ぐ間もプロフェットにつかまっていた。それからプロフェットのTシャツをつかんで頭からはぎとり、ビシャリとそのシャツを暗いキッチンの床に放り出した。その間、プロフェットは手をのばしてトムのジーンズの前を開け、引き下ろそうとする。

お互い自分で脱ぐ方がずっと楽だっただろうが、どちらもそんな理性はかけらもない。二人ともずぶ濡れの泥まみれで、本能にせき立てられている。

「ハリケーンでハイになったりするもんか？」

プロフェットは、トムのペニスのピアスからほとんど目をそらすことができぬまま、たずねた。

「俺、ハイかもしれねえ」

言いながら、トムのどろどろのシャツを放り捨てる。トムの手首にまだ細い革のブレスレットが巻かれているのを見て、視線を上げ、左右で色の違うトムの瞳を見つめた。

トムも、ブレスレットに気づいたプロフェットを見ていた。何か言ってみろと、目で挑んでくる。プロフェットが何も言わないと、トムが答えた。

「暑いからだろ。皆、頭がイカれてくるのさ」

「かなわねぇな」

トムの裸の体に両手をすべらせ、乳首のバーベルピアスにふれ、濡れた泥の跡を肌に残す。羊をタトゥを指でたどっていく——この何ヵ月もの間、頭の中で幾度となくそうやってきた。羊を数えるかわりに、トムのタトゥを記憶に描き出していた。

はっと気付くと、トムの方でもプロフェットの体をたしかめていた。肩の、治りたての傷をたどり、トムとの最初の——そして唯一の——任務がプロフェットに残した弾痕に指でふれる。

プロフェットの唇の下で、トムが笑みを浮かべていた。どうせあのブードゥーでプロフェットの内を読みとっているに違いない。最初からそうだった。プロフェットがこの男にムカついた、多分それが最大の理由。まったく、そんな下らないブードゥーまでなつかしいとか。不在の間、プロフェットは——もう必死で——トムのことを考えまいとしてきた。夢を嫌ってほとんど眠らず、余分な時間を作らず、生きのびること以外何の余裕もないくらい危険に身を投じて。そうしていればいつか、トムに関わるすべてが焼き尽くされて消えるのではないかと。

そのすべてが、裏目に出ていた。今や、飢え死に寸前のように、プロフェットは夢中でトムをなめ、吸い、なで、呼吸する。止められない。こんなに我を失って、トムの荒々しい愛撫に翻弄されて、きっと自分を笑っただろう。もし必死なのがプロフェットの方だけだったなら。

「てめえ、俺に何しやがった、T？」

その問いを口に出していたと、トムの答えが返ってきてやっと気がついた。

「お前が俺にしたことと同じさ」

まるで、トムの存在がプロフェットに焼き付いているのと同じように？

何百人、何千人もの男とヤリまくろうと——この四ヵ月、そんな時期も本当にあった——決して、この感覚は味わえない。

「呪いかけられたみてえな気分だよ」

「俺が好きでこんな気分になってるとでも？」

トムがぴしゃりと言い返し、プロフェットの乳首を噛んで、吸い上げた。

プロフェットは鋭い息をついて身をよじり、もう一度という期待をこめてトムの髪をきつくつかむ。あからさまな要求に、トムが幾度も、幾度も応じながら、その間プロフェットを上目遣いでじっと見つめ、口に含んだプロフェットの乳首を痛めつけては逆の乳首を指でつまみ上げた。

こんなにもただ一人の相手が欲しいなんて、とてもまともじゃない。

やがて、トムは身を離し、床にわだかまるジーンズに屈みこんで、また立ち上がった時にはコンドームを手にしていた。壁にもたれたプロフェットに全身でのしかかり、二人のペニスも陰嚢も擦れ合わせて、胸板から太腿まで隙間がないほどに重ねる。プロフェットはギリギリの力で足を踏んばり、トムの勢いに呑みこまれていきながら、世界が終わるかのように彼にしがみついていた。トムなら支えてくれるとわかっていた。

トムの体は元から強靱だったが、数ヵ月の傭兵暮らしでさらに鍛えられていた。研ぎ上げられた筋肉は、射撃訓練、熱波の中での踏破訓練、実戦形式の仮想敵との戦闘訓練などの賜物だ。

トムの手が、プロフェットの肩から二の腕へとなで下ろす。迷いのない、強い手で、プロフェットが本当にここにいると、無事だと、たしかめている。

肉体的な無事を。彼らのどちらも、それ以上のことは望めない。

風が家を打ちすえ、窓と戸を、入れてくれとせがむように、拒むなど許さないというように、揺さぶっていた。トムは、まさにその嵐だ。受け入れろとプロフェットに迫り、強いる。プロフェットの片足をつかみ、自分の腰に巻きつけてバランスを取らせる。指で奥を慣らせるように。もうプロフェットにできるのも、望むことも、ただ流されていくだけだ。

拒む理由も、今は思いつけやしない。コンドームの袋を開ける音がして、プロフェットの視線の先でトムがピアスの上に慎重にコンドームをかぶせた。

「ジェルがないんだ」とトムが告げる。「使う当てもなくてな」

一瞬、その言葉を考え、プロフェットは答えた。

「なしでやれよ」

「わかった、プロフ。ゆっくりやる」

そんなもん気にしなくていい、と言おうとしたが、トムの目の光を見た瞬間、言葉が喉につまった。トムが、二本そろえた指を、プロフェットの口元につきつける。

「しゃぶれよ、プロフ」

従うプロフェットを見つめ、トムがうなった。その指を引き抜き、プロフェットのペニスに擦り付けて唾液とつたう先走りを絡めると、プロフェットもそれを見つめ、うなった。それからトムは身を傾け、プロフェットの尻に指を這わせて、「ほら、プロフ……ほら。俺を入れろよ」とうながしながら、奥に指を滑りこませていく。

プロフェットはうなずき、目をとじて、また理性が焼け切れそうになるこの嵐に身をゆだねようとする。もうすでに意識の一部は宙を漂うようだったが、どこかでまだ心の警報が鳴りひびいていた。

それに耳をふさぎ、トムに己を開き、受け入れる。ほかの道などないとわかっていた。

トムはプロフェットの胸に顔を押し当てながら、尻に指を抜き差しし、肌に歯を滑らせる。味わいたくて、強く吸い上げた。痕を残したい欲求のまま。プロフェットの首の上、誰もが見えるところ。プロフェットが鏡を見るたび、思い出せるように。

なにしろこの男には、何かの形で思い出させてやらなければ。

だがその男が、今は目の前にいる。フィルの命令に逆らって正解だった――かわりに自分の勘を信じてきて。その勘は、さっさとニューオーリンズ行きの飛行機にとび乗ることこそ人生で一番大事なことだとわめいていたのだった。

外でドサッと轟音がして、地面が揺れ、プロフェットが身震いした。彼の灰色の目が曇り、この音に、迫りくる危機に、感覚が圧倒されかかっているのだとわかる。

「大丈夫だ——木が倒れただけだ」

トムはそう言いながら、プロフェットの腰をさらに揺すり上げた。プロフェットの濡れた足が床で滑り、プロフェットがトムの肩をつかむ。しまいにトムの腰に両脚を絡め、トムの首にしがみついてきて、二人の間にはさまれたペニスからだらだらと雫《しずく》をこぼした。

トムのほうが背が高いおかげで、この体勢が取りやすい。トムの屹立が自分の奥を貫いていくと、プロフェットが歯の間から息を吐き出し、トムのうなじに指をくいこませた。だが、拒んではいない。尻を下げてトムをもっと深く、もっと早く受け入れようとしてくる。

プロフェットの腰をつかみ、トムはそれを止めてやった。自由を許さず、こちらの動きだけで入っていきながら、プロフェットの唇が開いていくのを見つめる。

トムを包む奥があまりにもきつくて、あやうく途中で止まりかかる。だがプロフェットにうながされて、トムはぐいと根元まで突きこみ、二人して大きく呻いた。そしてプロフェットはトムの肩を痛むほどつかみ、頭を背後の壁にもたせかけて、腰を押し返してくる。

屈服。受容。その両方がここにある。それを我がものとして、トムは激流のような勢いで容赦なく突き上げ、プロフェットの口から悪態と喘ぎが絞り出される。

二人とも、声を抑えなかったが、外の嵐の音のほうがもっと激しかった。彼らの、二人だけの嵐も肉体の間で荒れ狂い、ついにトムははじけとぶようなオーガズムに達していた。プロフェットを、両手で、そしてペニスでその場に釘付けにし、動く余地を与えず。

プロフェットの胸に手をのせて、その体が疲労と緊張と欲望をみなぎらせて震えているのを感じとる。プロフェットを見上げる。プロフェットが両脚をほどいて床へ立つと、トムは膝から崩れた。

プロフェットの固く引き締まった筋肉は汗と雨とさっきの精液で汚れ、光っていた。プロフェットは頭を壁にもたせかけ、目をとじている。その腰にのばした手をすべらせ、トムは、どこにも逃がすつもりはないと伝えてやる。下腹部から股間まで、毛のラインを舌でなめ、片手でプロフェットの陰囊をさすった。

「トミー」

ほとんど、溜息のような。トムにペニスの先端をピチャピチャとしゃぶられて、プロフェットの肌が粟立つ。やっとプロフェットが動いて、トムの髪に手を置いた。なでるように。うながすように。強いるように。

さっきまであれほど屈服していた男が、この一動作だけでどうやってすべての主導権を取り戻せるのか、トムには謎でしかない。だがプロフェットはやってのける。そして、この後、そんなプロフェットに何をされるかと思うだけで、トムのペニスが固くなる。

プロフェットの屹立に唇をかぶせ、吸い上げ、ハミングしながら陰囊をすくい、腰をきつくつかんでまた痕を残す。ちらりと目を上げると、見下ろすプロフェットが気怠げに唇の端を上げた。

その表情に、トムはさらに愛撫を強める。そんな笑顔をもっと見たい……あるいはその笑みを消して、歯を食いしばらせてやりたい。

矛盾だ。この男の存在そのもの。

開いた脚の間で、トムは顔をさらに下げ、陰嚢をひとつずつ、そっと、続いて強く吸い上げた。

プロフェットの足が震える。

トムが微笑んだ。

プロフェットから罵られる。

返事がわりに舌でなめ上げ、トクトクと脈を持つペニスのやわらかな先端の皮を包むようにしゃぶり、割れ目に舌先を押し当てた。プロフェットが息を吞み、また悪態をつきながらトムの髪をきつく、痛むほど握りしめる。そんなことで止まるわけがない。割れ目をさらに舌で広げ、強くしゃぶる。トムがちらりと見上げると、プロフェットの顔から笑みが消え、首から胸元に紅潮が広がっていた。

「こんな真似しやがって……てめえの……ケツを、ひっぱたいてやるからな……」

そう、プロフェットが言葉を絞り出し、トムはペニスをくわえたまま笑って、一瞬後、また甘い拷問にとりかかった。

できるだけ深く、プロフェットの屹立を吞みこむ。喉の奥を先端が擦るほど。そこでゴクリと唾を吞むと、プロフェットの身がビクッとはねた。

まだイカせないよう、さっと頭を引いて、根元から先端までを舌腹でなめ上げ、先をねっとりねぶった。

プロフェットの体が震える。少しは優しくしようかと、トムは唇の間にペニスを滑らせてやりながら、手のひらでなでさすり、握りこんで、リズミカルにしごいた。もう長くは持つまい——ここまで達してないのが驚きだ。

プロフェットが荒々しい咆哮を上げ、同じ激しさでトムの口に奔流を放った時、トムはそれを待ち受けていた。プロフェットが全身を震わせて絶頂に溺れる間、熱い精液を呑み下す。終わっても、まだくわえたままでいた。頭を引き、なめて、そっとしゃぶっていると、しまいにプロフェットの手で頭をどかされた。

その時になってやっと、トムがプロフェットの腰から手を離すと、プロフェットはずるずると壁から床へ崩れ折れた。

「これはまさに、老いてかすむ目のいい保養だな」

デイヴがロジャーの耳に囁きながら、二人して暗がりでうごめく肉体を見つめていた。はっきり見るにはキッチンは暗すぎたが、何が行われているかはあからさまだ。二人の男が、片方は壁に縫いとめられ、もう片方はそれに覆いかぶさって、同じリズムで動いている。

「若い愛だな」

「若い情熱さ」

「どうも、我々が夜更かしの相手をしに来る必要などなかったようだねえ」

暗がりで愛し合う影を二人で見つめていると、デイヴがロジャーの手を握った。

「僕らにもあんなに美しい時があったかな？」

「今でもお前は美しいよ」ロジャーが答える。「こりゃ、ハリケーンの間をすごすいい方法を見つけたかもな」

「まさに、うってつけの前戯」

「ネットポルノ並みの。それも実物だ」

デイヴがクスッと笑う。

「そうだな。だが正直、見抜けなかったよ」

「ハリケーンのせいでゲイ感知器《ゲイダー》が鈍ってたかな？」

「どのくらい酔ってるんだ、お前」

「まだ僕らにも、あんなセックスができると思いこめるくらいには」

6

　上にかぶさるトムに半ば覆われて、プロフェットはぐったりと、キッチンの床に横たわった。汗まみれで。二人を毛布のように包む、神秘的な沈黙を破る余力もなく——あるいはそうしたくもなく。ＳＥＡＬｓの基礎水中訓練《ＢＵＤ／Ｓ》以来、ここまで濡れて汚れた記憶はない。そして勿論、ＢＵＤ／Ｓはこんなに気持ちよくはなかった。

　トムの息はまだ荒く、プロフェットの脚も行為の名残りでまだ震えていた。それでも、もし今ここで、トムがまた求めてきたなら、プロフェットとしてもやる気満々だ。

「あの二人がこっちをのぞいてたの、知ってんだろ？」

やっと、プロフェットはざらついた声でたずねながら、指先でトムの背に怠惰に円を描いた。トムはその感触に小さく肌を震わせ、鼻を鳴らした。

「そりゃな」

プロフェットも笑った。それからさらに笑い、ついにトムまで笑い出した。

二人とも、横風がシンクの上の窓を鳴らすと、笑いを止めた。家がきしみ、光が明滅し、そしてすべてが消えた。

プロフェットはまばたきし、恐慌を呑みこもうとする。発電機が――十秒遅れで――始動する、たよりになる震動音を聞きながらカウントし、それからトムが胸板に頬をすり寄せ、きつく乳首を噛んでプロフェットの腰をざわつかせる間も、カウントを続けていた。

トムの髪に指をくぐらせ、匂いを吸いこむ。その時、キッチンの明かりがついた。

トムが顔を上げる。

「お前、この家に発電機を設置したのか?」

「誰かがやらないとな」

トムは、プロフェットの胸に顎をのせた。

「ボルトで固定しておいてくれたか」

「警報も。近づくバカをつかまえる罠も仕掛けた」プロフェットは間を置いた。「しまった、お前がガソリン残量をチェックしに行くまでこいつは黙っとくつもりだったのに」

「てめえは、まったく」トムが呟く。「俺が来るなんて知らなかっただろうが」

「行けないって、お前が自分で言ったんだ」

「そんな目で見るなって――お前に会いに来たわけじゃない」

「ああ、そんなわけねえだろうよ」

プロフェットがぶつぶつと呟く。トムの声が優しくなった。

「お前がここにいるなんて知らなかったんだ、プロフ」

「無邪気なふりしても無駄だ、ブードゥー。それともてめえはいつもジーンズのポケットにコンドーム入れてんのか？」

「畜生、プロフ……ああ、わかったよ、とにかくここにすぐ来なきゃいけないってことだけは感じてた。勘を無視することはできなかった。もう、これ以上は……」

くそ、こんな話は今はしたくもない。まだ彼らの関係はあやうく、脆く、二人のどちらかが力をかけすぎればきっとバラバラに砕け散る。そんな危険な真似はできなかった。トムが何と言おうが、ここにトムのために来たプロフェットに対し、トムは結局、叔母のために来たのだから。たとえトムがプロフェットの存在をここに嗅ぎつけていたとしても、やはり、プロフェットを選んで来たわけではない。

「ヤッてる最中のが俺たちはうまくいってんじゃねえか。少なくとも単純だ」

「ヤリつづけるつもりだよ、俺はな」

「動けねえくせに」

「お前もだろ」

プロフェットは右手を上げ、トムに中指を立てた。

「ほらな？　俺は、動ける」

トムがプロフェットを押さえこもうとする。だがプロフェットのほうが早く、テーブルの下を転がった二人の体はベンチにぶつかった。上になったトムが身を屈めてキスをしようとした時、キッチンの手前で、デラがひどくわざとらしい咳をした。

　二人してそちらへ顔を向け、デラの足元を見る。トムはプロフェットの胸に顔を押しつけ、笑いをこらえていた。プロフェットは守るような手でトムの頭をかかえ、自分の鼓動に重なるこの男の鼓動を、ドクン、ドクンと強い音を感じる。

「ロジャーとデイヴがショーを楽しませてもらったみたいだね」とデラが声をかけた。「知ってりゃ、金を取ってやったのに。それと、よく来たね、トム。起きなくていいよ。もし家がぷかぷか浮かび出したら、その時はあたしにも一声かけとくれ」

　プロフェットが低くヒュウッとはやすような音をたてると、デラは去っていった。

「怒ってないみたいだな」

　トムはそう呟く。頭を上げてプロフェットを見つめる彼の首筋へ、そして肩の間へと、プロフェットの手が愛撫を始める。

「というか、むしろ……うれしそうに聞こえた。お前、いつからここにいるんだ?」

　プロフェットはニヤついて、トムのふくらはぎを足先で擦り、自分の脚を広げて互いの腰を合わせた。

「お前じゃなくて、俺が叔母さんの新しいお気に入りになるくらいには」

「相変わらずいい根性だな」

トムは口の中で呟いたが、体を傾けて求めながら、息を喉につまらせる。二人ともまた固くなってきていた。

「ハリケーンの予報はどうなってる？　ここ何時間か、チェックする余裕もなくて」

「俺も聞いてねえよ。予報なんて当たらねえもんさ——いつももっと悪いか、マシかのどっちかだ」

「まあな」

トムの手に胸元をなぞられ、プロフェットはあやうくまた体を擦り付けそうになる。いや、ここで我慢する必要はないのだが、ついこらえていた。

何かで気をそらさないと。

「お前は、嵐の経験は相当あるんだろうな」

「数え切れないくらい」トムはプロフェットの顎をなぞった。「なあ、今、天気の話をしてんのか？　本気で？」

「ああ、天気の話だ」

プロフェットはトムの腰をなで下ろし、逆の手をうなじに絡ませる。

「ま、言い争うよりマシかな」

「そうでもねえな。言い争いの次には、セックスっておまけがつくからな」

トムが身をのり出してプロフェットの首筋のくぼみにキスし、肌に唇を当てたまま「天気の話だって同じさ」と呟いた。

　プロフェットは一瞬目をとじ、トムの肉体の熱と、近さを味わう。

「お前と話さなきゃならねえことは山とあるが、今は、そんな話は御免だ。今夜はそういうのはなしだ。もっとやりたいこともあるしな」

「世界が崩壊しそうな時にか?」

「だからさ」

　プロフェットは言葉を切り、それから、面倒な話はなしだと自分で言っておきながら、続けた。

「お前に会うとは……予想外だったよ」

　それも、ハリケーンのさなかにドアから入ってきたから、というだけではなく。

「お前、そういう不意打ち、嫌いだろ」

「ああ」

「驚かされるより、驚かす側でいたいから」

「ああ」

　プロフェットはしみじみとうなずいた。真実だ。とは言え、己が意図的に人の予想を裏切っているのか、ただの生まれつきの性格なのかは自分でもわからない。何であれ、生きのびるため、人の裏をかく能力に磨きをかけてきたのは間違いない。

トムが、むしろ共感のような笑い声を立て、プロフェットの鎖骨に唇を当てた――プロフェットが腰を揺すりはじめていたからだろう。だがプロフェットは話を続けた。

「お前は、どんな手でここまで来た」

「これでもコネは持ってるのさ、お前と同じにな」

プロフェットは眉をひそめて、脅す。

「体に聞くか。それでもいいぞ?」その含みに身震いしたトムを、プロフェットはくっと笑った。「簡単すぎるだろ」

「お前のことになると俺は何の我慢も利かないんだ」

トムは真顔で言った。

プロフェットはトムの暗い目をじっと見つめ、彼が意図的に何ヵ月も前のプロフェットの言葉を使ったのだと知る。

「そいつはよかった」

「ああ。俺たちにも、ひとつくらいは通じ合えることがあるみたいだよな」

プロフェットもそれには賛成らしい。トムがそう言った途端、プロフェットにキスされていた。ためらいのない、すべてを押し流すようなキス。トムの全身に熱がしみわたり、まるで注目に舞い上がる子供みたいな気分だった。

ほかはともかく、ひとつだけは、わかっていた。プロフェットはこのニューオーリンズへ、トムのために来たのだと。だが理由など些細なことだ。この男がここにいる、その純然たる事実の前では。

もうひとつ、よくわかっていることがある。彼らのセックスの中に、言葉にできない言葉がこめられている。二人ともが口にできない言葉が。

まだ今は——。

トムはプロフェットを抱いてテーブルの下から転がり出すと、プロフェットを起こして洗濯室隣のバスルームへつれこんだ。プロフェットは小さく震えていたし、まだ熱い湯の出るうちに、そして断水の前に泥汚れは落としておく方がいい。汚れた服も——。

「しまった。ここで待ってろ」

「ほかにどこに行けってんだ」

ひねくれた文句を呟くプロフェットに、トムは指をチチッと振ってやる。今この瞬間、この男は彼だけのもので、身も心も、遠い過去ではなくこの場にいる。かけらたりとも逃がしてやるものか。

足早に、裸足のまま嵐の中へ出ていくと、プロフェットにタックルされて落としたバッグを地面から拾い上げた。雨水が中まで沁みていたので、荷物の服も、二人がキッチン中に散らかした服とまとめて洗濯機へ放りこむ。

やっと、二人で熱いシャワーの下に立った。抗わないプロフェットの体を思うさま洗って楽しむ。プロフェットのそばにいると際限なくあれこれとしてしまう。プロフェットの髪を洗ってやり、股間も尻も、何もかも、自分にする以上にきれいに洗い流した。

その間ずっとプロフェットはトムを眺め、灰色の目は無数の、そして無言の問いをはらんだ、たぎる鉄のようだった。だがその表情も、トムが肩のナイフの傷らしきものに顔を寄せてたしかめようとした時、崩れた。

「何だ」とトムに向かって凄む。

「俺たちの任務でついた傷じゃないな？」

サディークの名前はとても口にできなかった。

「ありゃもう四ヵ月も前だろうが、トム」

四ヵ月。トムがコープを選んでから。プロフェットがただ姿を消してから。

「今までどこにいたんだ？」

「仕事でな」

「どこからもらった仕事だよ」

「ほら……あちこちさ」

プロフェットは曖昧に宙を示し、トムはぐいとシャワーを止める。いつもの怒りが頭をもたげてくる。だがひとまずは、プロフェットが彼との間に線を引こうとしているわけではないと、信じておこう。今しばらくの猶予。それに、ハリケーンが世界を壊そうとしているこの時、踏みこみすぎた話はやめておこうと同意したのはトムもだ。嵐が去るまでは、プロフェットを大目に見てやろう。

そうしたら、今度は、この男を決してあきらめはしない。

目の前に立つプロフェットがまたぶるっと身を震わせたので、トムはタオルをつかんで彼の体を拭いにかかった。

タオルをきっちり腰に巻いて二人でバスルームを出る。トムはキッチンをのぞきこんだ。

「まだ俺たちだけだな」

「今夜はもう誰も下りてこないさ。ま、ロジャーはのぞきに来るかもな」

プロフェットはタオルを落とし、トムの腕を引く。気がつくとトムはまたもや素裸にされ、動いている洗濯機に座らされていた。両脚の間に立つプロフェットから引き寄せられ、洗濯機のへりに尻ですわってプロフェットの肩にしがみつく。その時にはもうキスされていた。

プロフェットとのキスは最高だ。生命力と熱がたぎり、セックスに劣らず圧倒的。己をすべてを注ぎ込んだようなキスの一途な情熱が、二人の間にまた炎を呼び起こす。まだまだどちらも満たされていないかのように。それに、プロフェットは正しい。言葉よりこの方がずっと簡単だ。

　プロフェットが、重なった体を揺すり上げ、二人のペニスをゆったりとしごきながらトムの舌を舌で擦り、キスでトムをその場に縛りつける。

　ギリギリのところで何時間も焦らされるような、そんな気がした末に、プロフェットがトムから身をはがし、キッチンから、コンドームとジェルを手に戻ってきた。トムが首を振る。

「準備があるなら、はじめからそう言えよ、お前は」

「お前の創意工夫のほどを見たくてな」

　プロフェットが言い返す。トムの視線の先でコンドームを自分に着けると、ジェルを指先に絞り出した。

　永遠に記憶に焼きつきそうな肉食獣の目でトムを見据えながら、プロフェットがひんやりとした手でトムの体を少し後ろへ倒し、脚を開かせる。不安定に傾いた体をトムが後ろ手で支える間、プロフェットの指が体の奥にすべりこんできた。

　一瞬、筋肉がこわばったが、プロフェットに微笑みを向けられ、トムは力を抜いてその侵入を受け入れた。

「ああ、プロフ……それ、いい」

　指を増やされ、中でひねられて、息を整える間もなく快楽を煽られていくと、全身がじんじんとうずき出す。刹那の熱が体を駆けのぼり、絶頂を求めてトムの口が開いた。

「まだだ、トミー」

プロフェットが制し、開いた手でトムのペニスの根元をぐっと締めつけてオーガズムを引き戻す。

「お前もそろそろ少し辛抱を覚えろよ」

「それなら……てめえの……根気を、こっちにも分けやがれ……」

トムがそう絞り出すと、報いのようにプロフェットは三本目の指を足した上、乳首に歯を立ててバーベルピアスを嚙み、引っぱった。腰を浮かしたトムはプロフェットの指で己を犯し、たちまち、また我を失いかかる。今夜の一回目は、ほとんど肉体の欲求だけがむき出しの、絶頂と解放が目的の行為だった。だが今回は——まるで夢のようだと、いやそれ以上だと、さすがのトムも認めざるを得ない。多分、ずっといい。今、二人の間を隔てる距離が消え失せた、この瞬間には。

やっと、プロフェットに近づけたと感じる。プロフェットの心は現在に、この現実にあって、トムをまっすぐ見つめ、気付いているかと挑んでいる。

トムは勿論、何ひとつ見逃すつもりはない。プロフェットは彼だけのものだ——幾度も選択を誤ったが、今、トムはこの覚悟を証明しつづけるつもりだった。

プロフェットが指を止め、言った。

「俺は、引くつもりはねえぞ」

「引くって……何から」

「お前から。ただ俺は、まだ——そこまでの心の準備はできてねえだけだ」

ちらっと自分の肩の傷を見て、またトムを見つめた。

「だが、俺はここに来た」

そう、プロフェットは、間違いなくここへ来て、ここにいる。

後はもう、ただどろどろになって、求め合うだけだった。また。指のかわりにプロフェットの屹立で貫かれ、トムは喘いだ。半ばまで入ったところで、プロフェットの太腿の裏に脚をかけ、ぐいと引きよせる。トムの体がその固さを、抗いながら呑みこむと、二人とも呻いた。

それほど経たないうちに、意味のある言葉などなくなっていた。嵐が勢いを増し、家中が振動し、その中で洗濯機が勢いよく回り出し、それから……。

「くそッ、プロフ——」

叫ぶような声を風がかき消してくれて助かった。プロフェットは笑ってトムの奥をさらに突き上げ、二人の肉体が振動する中、トムの奥を満たしつづける。

そのすべて以上に、とにかく、セックス中のプロフェットを見ているのがたまらなかった。まるでこの男は行為を通して自らをさらけ出し、同時にトムにもそれを強いているかのようだ。逃れようもなく、トムの腹の芯で快感が高まり、陰嚢が張りつめて、ついに二つの体の間に精液をあふれさせていた。絶頂が、体の奥から一気に引きずり出されたかのように。

数秒後、プロフェットも達した。つられて、一息つきかかっていたトムの体が、ドライオーガズムに震える。プロフェットの絶頂は竜巻のようにトムを引きずりこみ、渦で翻弄し、すぎた後はもう息も絶え絶えで、自分の居場所すら見失っている。

最高だ——。

「畜生が」声を出すだけの力が戻ると、トムは呟いた。「次から、洗濯はこれとセットだな……」

耳元で、プロフェットが弱々しく笑った。

トムが身を震わせる。

「なあ、俺たち、大事な話し合いを避けるためにこのままセックスし続けるだけか？」

その問いを聞いたプロフェットが、体を離してトムの股間をのぞきこんだ。

「何だよ？」

「いや、お前のペニスがもげたんじゃないかと心配でな」

「さっきお前にせがまれてぶちこんでやったのと同じモノが付いてるよ」

トムがそう言い返すと、プロフェットの目が欲望に曇った。

「簡単すぎるだろ、プロフ」

「お前にだけはな」

その返事の裏に山ほどの意味が読めそうだった。プロフェットのその言い方、声のかすかな引っかかり……その一言に、彼が言葉にできないすべてがこめられていた。

トムはゴクリと、大きく呑みこみ、同じほどの意味を返そうとする。言葉にしては、ただプロフェットに言った。

「俺もさ」

それを聞いたプロフェットがいたずらな笑みを浮かべた。

「じゃあ、さっさとヤリまくろうぜ、そうすりゃお互いこれ以上面倒くせえことを言わずにすむ。今たっぷり会話しちまったようなもんだからな」

トムは笑った。

「いや、してないだろ。どっちにしても、ヤリまくるのは大歓迎だ」

7

今回は、お互いに手でしごき合うようなものだった。トムは乾燥機の上にのせられ、またプロフェットにしがみついて。それで二人とも余力が尽きた。それでもしばらくして、汗がベタベタと乾きはじめると、トムはそろそろ動こうか、という気になった。

その時になって、ほとんど真っ暗なのだと気付く。いつの間にか入り口のドアが閉まり、この小さな部屋には明かりの類《たぐい》もない……記憶に鮮やかな、緑色の輝き以外は。

その光る星が、見上げるプロフェットの肌をうっすらと照らしていた。トムは唇を寄せ、プロフェットの首にキスする。

「六年生の時、あの星を天井に貼ったんだ」

このランドリールームを選んだのは、狭くて安全に思えたからだった。一種、包みこまれるような。ここでなら秘密を語っても、さらけ出しても大丈夫なような。

「夜空にある星だけじゃ足りなかったってわけか？」

「どれも俺だけの星じゃない。皆のものだ——俺の好きな奴も、俺を憎む奴も同じ星を見ている。だが、ここのは……俺だけの星だろ」

プロフェットは何も言わず、ただトムと指を絡めた。トムは体をひねり、プロフェットの肩に落ちた星のパターンをなぞる。

プロフェットが子供時代を幸せな家庭ですごした——そんな可能性はどれくらいある？

トムは、このフレンチ・クオーターの家にやってくるたび、別世界へ来た心地だった。プロフェットと共にいるのと、同じ気分だ。どこか落ちつかないが、それでも何かにひどく傷つけられることはないとわかっている。こんなイカれた男が彼の安全地帯になるなんて。一生、そのツケを払わされそうだ。

「お前、じゃあこの家が好きだったのか？」

　ここにいた時も、トムは警戒を解くことはできなかったが、誰もここでトムを傷つけようとしたことはなかった。少なくとも、肉体的には。

「ああ。だけどデラは、俺がここに来るたび、矢面に立たされてた」

「そいつを受け止めるのが大人の役目だ」

　プロフェットが言い放つ。その言い方から、彼がデラを充分認めているのは伝わってきたが、それでもまだ声に怒りがあった。

「てめえは自分のこともちゃんと守ってたんだろうな？」

「命がけでな」トムは、薄闇を通してプロフェットを見つめた。「俺は、お前を守ろうとして、あの選択をしたんだ、プロフ。わかってるだろ」

　プロフェットは無言だったが、体がこわばった。トムから身を引こうとはしなかったが、それでも……。

「そうやって、空恐ろしいほどおとなしくしてるけど」とトムが囁く。「お前が俺にムカッ腹立ててるのはわかってるぞ」

　どれだけ目をそらそうとしたって、やはり話さずにこの夜の長さをやり過ごすことはできない。二人してバイアグラでも飲むか、ハリケーンが今、この瞬間に消え失せでもしない限り。

　長い沈黙が通りすぎた。

「ああ、お前にムカついてる」

プロフェットがついに認める。

「自分にもな。お前は逃げた——俺はお前を逃がした。それから俺も逃げた。そんなのは俺のやり方じゃねえってのに。俺は火がありゃつっこむ男だ、逃げたりはしねえ」

「これは、違う種類の火だよ」

プロフェットを、その肌にまだらに落ちた星の光を、トムは見つめた。プロフェットが、今、トムの世界にいる。トムの星空の下に。

「大体お前、どうしてパートナーを持つのが嫌なんだ？　ジョンに起きたことのせいか」

「俺はチーム向きの人間じゃねえからさ」

「そんなことないだろ。俺をパートナーにしたくない理由はよくわかる——俺の暴走のせいで、あの地下ファイトでもあやうく相手を殺しかかった。任務も台無しにしてたかもしれない」

口に出して、はっきりと言わねばならないことだった。自分の耳で聞いて、自分をこの罪悪感から解き放つために。

そううまくいってくれたためしはないが。

プロフェットが首を振った。

「お前の暴走なんか怖かねえよ。お前が思ってるような形ではな。怒りも暴走も、俺はよく知ってる。俺が心配なのは、お前のことだ」

トムにとって心配なのは、自分とプロフェットの両方だ。

「なあ、俺のメールは？　読んだのか？」

「うまく話題をそらしたな」

「プロフ……」

「ああ」渋々、プロフェットは白状した。「全部、一気にな。二日前。それまではどうしても読めなかったよ。わかってたからな」

「何をだよ？」

「引き戻されるだろうってさ。ああ、お前にだ。俺は、こんな真似はしたことがねえんだよ、T」

「ジョンが相手でもか？」

嫉妬から聞いたわけではない。四ヵ月前、二人の間に居座っていたジョンの幽霊は、もう消えている。

「ジョンは、話が違う。俺が十二の時からずっと、あいつは当たり前のようにそばにいる存在だった」

プロフェットは言葉を切り、まるでトムに見せたくない感情を振り切ろうとするように顔をそむけた。時がすぎる。それから、プロフェットの視線がまっすぐトムを射貫く。初めて出会った時と同じ、ほとんど暴力的なまなざしで。

「誰もが、ジョンは死んだと言った。俺はそれから、丸二年、あいつを探し回った」

トムは何も言わず、ただプロフェットの手に自分の手を重ねて待った。

やがてプロフェットが続けた。

「あいつが死んだなんて信じてないと、お前に言ったな。隊の連中以外、誰にもそれを言ったことはない。お前と、キリアンだけだ」

キリアンの名を聞いて、トムはついうんざり顔をせずにはいられなかった。バレてるぞ、とプロフェットは小さく頭を振ってみせたが、そのまま続けた。

「CIAから解放され、基地の診療所を出てすぐに俺は無断離隊者《AWOL》となった。事実上、この地上から消えたんだ」

「何を見つけた？」

「あの時間が、俺を今の俺にしたのさ」プロフェットは謎かけのように言った。「あの二年間で、俺にとってのすべてを学んだ……学びたくなかったことまでな。今の仕事の役には立つ。誰にも言えないくらい、あの時間が俺の善悪の基準をぶっ壊した。その二年間、あちこちで大勢を助けた。マルは、まるでさまよえる預言者みたいだって言いやがったよ。幻覚剤《ペヨーテ》も抜きの放浪さ」

プロフェットは肩をすくめ、つけ加える。

「ま、大体の場合は」

トムが腕組みし、見ていると、プロフェットは悪さをやらかした若者のようにもぞもぞして、やがて、言い訳を始めた。

「鎮痛剤がわりだよ。サボテン由来でオーガニックだしな」

「それでよくわかるよ。お前とマルか」

トムが声にこめた皮肉の棘に、プロフェットがニヤニヤした。

「てめえ、まだ妬いてんな。可愛いじゃねえか」

「可愛い？」

「〝ベッドで合格〟だと？」

プロフェットに凄まれ、今度はトムがニヤついた。

「笑えるか、そりゃよかった。そんなニヤケ面もできねえようにしてやろうか、あの手この手でな」

「ベッドで合格って、さっきは気にしてないように見えたぞ？」

「そんなのどうでもいいくらいムラムラしてたからな。心配すんな、てめえにはたっぷり思い知らせてやる」

トムは身をのり出して、またプロフェットの首筋を噛んだ。

「楽しみだ」

一時間後、洗濯機の振動もたっぷり楽しんだ末、トムがコーヒーを淹れている間に、プロフェットの携帯が鳴った。ちらりと見やると、プロフェットが指を素早く動かしてテキストを打ちこんでいた。

プロフェットの背はトムに向いていたが、携帯を隠そうとしているわけではない。トムは彼の前にコーヒーを置くと肩の後ろからのぞきこんだ。

キリアンの名前と、じゃれ合うような数行のメッセージを目にした瞬間、体がこわばる。それでも、淡々と言った。

「そのスパイ野郎に、お前に馴れ馴れしくすんなって言っとけ」

プロフェットは向き直らなかったが、返事の声は至って真剣だった。

「俺たちがそういう仲だったとは気がついてなかったよ」

「わかってたら、お前はほかの男とイチャついたりしないだろ。そいつとも」

声の固さを、今回は隠し切れなかった。

プロフェットは、さすがに入力を中断して携帯を置き、押しやった。

「やっぱり、お前が欲しいのは本当に俺なのか、ほかの男を蹴散らしときたい独占欲なだけなのか、よくわかんねえんだよな」

「そんな単純な問題じゃない」

「いや、単純さ」プロフェットが、やっとトムへ向き直った。「まったく、俺もそう思ってたよ、もっと複雑なんだってな。複雑であるべきだって。だが怖いくらいに単純な話さ。心底ビビるくらいにな」

　トムはのばした指先で、プロフェットの肩をなで下ろす。生傷の残る肩。

「どうして怖い」

「色々あるのさ。お前の知らない理由も」

　トムは平静な見た目をかなぐり捨て、宙に両手を放り出した。

「また秘密かよ？　キリアン絡みか？」

「どうしてキリアンを信用しない」

　トムは荒々しく言い返した。

「どうしてお前はあいつを信用する？」

「信用してるなんて言ってねえだろ、T。お前がそう取ってるだけだ。たまにゃ俺もゲームにつき合うこともある」

「イチャつくのもゲームかよ？　はっきり言って、ただのお遊びには見えないぞ」

「前は、たしかに」プロフェットがそう認める。「お前より古いつき合いだしな。大体、クソ、お前とは……アレだ」

「ああ。わかってる」

　トムとプロフェットの関係など、本当ならもう忘れられているべきだ。だが四ヵ月経った今、二人はまた出会い、ひたすらに相手をむさぼり合っている。

「十秒、近くにいただけで、俺たちは互いの服をむしり取ってたからな」

「言っとくが、てめえはむしるというより引き破ってたぞ」とプロフェットが鼻を鳴らす。

「大好きだろ?」

トムはジョークにしたが、プロフェットの返事は真面目だった。

「ああ、ありゃよかった」

トムが何か返す前に、プロフェットが片手を上げた。

「残りはハリケーンを生きのびた後で話そう、な?」

「素人はすぐそうやってハリケーンを甘く見る。大体、そのルールはもう破ったろ」

そう指摘した時、今度はトムの携帯が震えはじめた。チラッと目を落として、トムはたじろぐ。

「フィルからか?」

「ああ」

留守電に対応させる。

「コープがごまかしとくって言ってくれたが、そこまでさせるわけにはな。ニューオーリンズに入る時、ここに来ていることを俺からフィルにメールで知らせておいた」

「海兵隊員《マリーン》に喧嘩は売るな、T。勝てねえぞ」

「本気でそれを信じるのか？」

「お前の話だ、俺じゃねえ」

プロフェットはニヤっとしてから、椅子にもたれかかって、まるでトムを分析しにかかるような体勢になった。

「それで、エリトリアはどうだった。メールを書く暇はたっぷりあったみてえだけどよ」

「時間を作ったんだ」

ぴしゃりと言い返し、トムはプロフェットと向き合って座ると、さっきプロフェットにやったコーヒーマグをつかんで一口飲んだ。

「色々学んださ。でもお前と組んで働いた後、エリトリアってのは、切り替えが大変だった」

見透かした様子で、プロフェットがニヤリとする。クソ野郎が。

トムは、エリトリアですべてを吸収しようとした。学ぼうと決意していた。コープの言葉に耳を傾けた。訓練に励んだ。慣れすぎてしまわないよう、己を律して。慣れてきて集中力を失えば、ミスにつながる。自分の勘にも耳を傾けた。コープもトムの感覚を尊重してくれた。熱くなりやすいトムと、何事にも余裕を持って接するコープはいい組み合わせだった。理屈だけなら完璧なパートナーと言ってもいい。

だが、コープはエリトリアでの仕事に満足していた。軍隊上がりの彼は、いざとなれば危険を恐れはしないが、危険を求めているわけではない。コープは、フィルが当てにするエリトリアの拠点であり、新人を仕事に慣らす役回りもよく引き受けていたが、コープ当人にそれ以上の野心はなかった。

「お前は、足りなかったのか？」

「落ちつかなかった」

エリトリアでどれほど自分に落ちつきがなかったか思い出し、トムは座ったまま身じろいだ。

「半分以上の時間は、通信内容のチェック、残りの時間は訓練と、金持ちビジネスマンの護衛さ。金のあるカスを守る、形ばかりのボディガード。あそこで腐っちまう気がした」

「フィルは、お前を早く現場に放り出しすぎたと思ったんだろ」

プロフェットはトムの手からコーヒーを取り返して、ごくりと飲んだ。それから、チコリの強烈な香りにたじろぐ。

「一体何を入れやがった？」

「慣れるよ。それとフィルは忘れてるが、俺はＦＢＩにもいたんだぞ」

「五年のブランクがあるだろ。大体、全然タイプの違う仕事だ。鍛えてもらえ――損はねえよ」

「俺向きじゃないんだ」

プロフェットは、恐る恐るコーヒーをもう一口飲んだ。またたじろぐ。

「じゃあ何だ？　全力でつっこめない仕事だとして、それが問題か？」

「お前ならおとなしくしてるってのか？」

「俺の話はしてねえだろうが。まあそうだな、俺は好きだから危険な仕事を受けるんだ」

トムは、答えを聞くのを恐れている問いを放った。

「お前、サディークを探していたのか？」

「俺を追ってきてないとたしかめる程度には」

プロフェットが認めた。

「俺の居場所はバレてなかったが、こっちも、ゲイリーとの連絡に使ってた携帯は持ったままだったしな」

「まさかプロフ——サディークから、連絡が？」

ぐっと顎を固め、プロフェットはうなずいた。

「脅しか？」

「脅し。嘲り」

プロフェットが嫌そうに別の携帯をポケットから取り出すと、ざっとチェックして、一枚の写真をトムに見せた。富裕なブラジルのビジネスマンを護衛しているところだった。

トムは携帯を引っつかみ、まじまじと自分の写真を見つめた。

「知ってて、俺に知らせなかったのか？」

「トム——」

「いや、ふざけんなよ。俺に黙ったまま——俺が自分の身を守りたいだろうとは思わなかったのか？」

「お前は守られてた」

「誰にだよ。キリアンか？」

「まさか。サディークがお前の足取りをつかんだのだって、その一度だけだ、後は見失った。俺のそばにいればお前はもっと標的にされる。俺から離れれば離れるだけ、あいつがお前をエサにして俺を引きずり出そうとする危険も減らせる」

「つまり、今、お前に危険をもたらしているのは俺か？　お前を危険にさらしているのは」

トムの言葉に、プロフェットは一瞬、ひどく静かになり、両手でコーヒーマグを包みこんでいた。

「……もし、お前のそばに俺の影が見えなければ、サディークはお前に手出しはしない——俺としては、その状態を保っておきたい」

「お前は、そうしたいと。サディークのために俺を——俺たちを犠牲にしてか。サディークに何かを奪われるのはもう充分じゃないのか？」


コーヒーはある。懐中電灯も。衛星電話。そのすべてが二人がはさむテーブルに載っている。

嵐の中、彼らを支えてくれるものすべてが。だがそのどれも、二人の間の嵐をのりこえるのには無力。

（サディークに何かを奪われるのはもう充分じゃないのか？）

奪われ、失ったもののことなど考えたくもない――過去、そして未来の分も。話すのにももう飽きた、この際、セックスのやりすぎで死ぬかどうかチャレンジするか。トムをそう誘おう。この男はまたあまりに色々と考えすぎてて――。

「サディークの目をここに引きよせるかもって心配はしてなかったのかよ？」

トムが問いかけた。

ち、出遅れた。

「そう言うてめえは？」

「クソッ、そんな写真を見るまでは心配なんかしてなかったさ！」トムがまだ濡れた髪に両手の指をくぐらせた。「俺と離れてたほうがいいって、お前の理屈はわかる。でも俺たち、一緒にいたって、うまくやれてたろ。ほらお前が俺を振り切って、拉致されて、俺がお前を追いかけた、その後」

「ついでにお前まで拉致された時の話かよ？」プロフェットが言い返す。「キリアンのおかげで脱出できたんだ」

「俺にだってなんとかできたさ」

トムがぶつぶつとうなると、また沈黙がよぎった。

「信じる」

と、プロフェットは答える。トムはプロフェットを見つめ返し、半ば無意識の手でプロフェットがかつて巻いてやった革のブレスレットをいじっていた。

嵐はまた激しさを増していた。予報士は——楽しそうに——ハリケーンが一段と勢力を強め、カテゴリー3からカテゴリー4へ移行しつつあると分析していた。その上ウェザーチャンネルの、あのヤバいハゲ頭がニューオーリンズへやって来ている。あのリポーターはいつでも最悪の予想が出ているところへ向かう。ハゲた、不吉な、悪天候の使いのように。生と死の境こそ自分の領域だとでもいうように。

プロフェットはトムにたずねた。

「どのくらいこの先悪くなる?」

「お前、本当にハリケーンの経験がないのか?」

「まるで人間としての欠陥のように言うんだな」

トムがただ肩を揺らす。肯定するかのように。

「竜巻に巻きこまれたことならあるぞ。たしか。火口の近くで」

プロフェットはそう並べ立てる。

トムはあきれ顔で、あからさまにこみ上げる笑いをこらえようとしていた。

「デタラメばっかり言いやがって」

「何で俺が嘘をつくんだ？　ああ、砂嵐も！　四回。五回だったか？　どうもああいうのはまざっちまう」

「砂嵐の外にいたのか、それとも中に？」

「外にいて、それから中に、奥まで入ってった。こう言うとなんかエロくねえか」

トムがただ鼻を鳴らす。

「それと、雷雨」

「それは誰でも体験するだろ」とトムは首を振った。

「雹。雪。それも、大雪」

「テキサスで？」

「俺はずっとテキサスにいたわけじゃねえぞ」

トムははっとまばたきし、おそらく、プロフェットがどこでどう生まれ育ったかまるで知らないことに気付いたのだろうが、とにかく言い返してきた。

「ＥＥ社のオフィスの辺りも大雪が降るだろ」

「けっ」

「嫌な話題だったか」

「マシなほうだよ」

だがそう、会社の略称を聞くだけで刃に切りつけられた気分だった。フィルが電話してきていたのも知っているし、メッセージを残していったのもわかっているが、プロフェットは一度も出なかった。伝言も聞かずに消した。メールも読まずに消した。

トムが、奇妙な表情で窓のほうを見つめているのに気付き、プロフェットはさっと警戒した。その、ブードゥー炸裂寸前のトムの顔つきはよく知っている。

案の定、ひときわ強烈な風が家を揺さぶった。大地が揺れ——それも荒々しく——地震が襲ってきたかのようだった。

「地震だって経験したぞ」プロフェットは語気強く言い張った。「何か、水道管が破裂したみてえな音がしてんな」

トムもうなずき、二人して正面の窓に寄ったが、何も見えなかった。

「外に行って、洪水になりそうかどうか見てくる」とトムが言い出す。

「やめろって。洪水になりゃ嫌でもすぐわかる」プロフェットは玄関に置いておいた箱から暗視ゴーグルを引っぱり出した。「これで見てみろ。目が慣れるのに少しかかるぞ」

トムはゴーグルを装着し、しばらく外を見てから毒づいた。

「通りを水が流れてるな。流れているというか吹き飛んでいっている感じだ。ま、異常なほどの増水じゃなさそうだ」

ゴーグルを外し、プロフェットに手渡しながら、まだトムは気が散っている顔つきでしきりに階段のほうを見やっていた。あれこれ聞いて集中を乱すよりはと、プロフェットは自分も外の様子を視認し、呟いた。

「ミネラルウォーターを山ほど積んできといてよかったよ、まったく」

ゴーグルを外して振り向いた彼の肩に手を置いて、トムが言った。

「お前に、礼を言ってなかった」

「ゴーグルの?」

「今回のことだよ。今回のすべてについて。こんなこと、お前がする必要なかったのに」

プロフェットは唾を呑む。あったんだ、と反論が喉まで出かかった時、ロジャーが階段をバタバタと下りてきて怒鳴った。

「プロフェット！　デラが——言うなと、彼女は言い張ってるんだが、胸が痛むんだ」

「彼女についててやれ」

プロフェットはそう返しながら、トムが浮かべた、これだったのか畜生、という表情を視界にとらえていた。

「救急車を呼ぶ」

言うより早く衛星電話のボタンを押していたが、トムが首を振ってその電話を取り上げた。どこかの番号を押し、プロフェットに説明する。

「カーリーにかけた。古い友達で、医者だ。俺とデラからの電話だって彼女に言ってくれ」

トムはデラのいる二階へと消え、八回の呼出音の末にカーリーが電話口に出た。プロフェットの説明を聞くと、彼女は言った。

『今、救急車に乗るところ——通りまでは行けるけど、そこから家まではどんな感じ？』

「あまりよくない。迎えに出る」

『近くまで行ったら電話する。五分くらいね』

プロフェットは電話を切った。丈長の長靴、きっと役に立たない上着、野球帽を引っつかむ。暗視ゴーグルでさっと通りの様子をたしかめた。水は歩道にあふれ出し、至るところで電線が揺れてスパークしていた。プロフェットは悪態をつきつづけた。

水はかまわない、別に。だがあっちもこっちも水浸しときた。

家を出ると暴風が叩きつけてきたが、頭を下げた。デラに何かあったらと思うとアドレナリンが一気に体を駆けめぐる。横断歩道までたどりついて、少したたずみ、空を見上げ、大地を呑み込もうとうかがうように渦巻いてたぎる雲を見つめた。一分か二分後、道に救急車が停まって、後部にいる女が手を振った。プロフェットは彼女が下りるのに手を貸し、重いバッグを肩に担ぐと、背中に乗れと彼女に言った。

「私が遠慮すると思ってるなら大間違いだからね！」

カーリーは風のうなりの中で叫び、プロフェットの背中におぶさった。彼女が肩にしっかりつかまると、プロフェットは道を駆け戻って、無事家の中へ入った。

「デラは二階にいる」

カーリーにそう告げ、彼女の雨具を取ってやると、プロフェットはバッグを手に後ろからついていった。

デラの顔は、すっかり血の気が失せていた。トムが携帯式の酸素吸入器をその鼻の下にあてがおうとして、デラは押しやろうとしている。二人の様子を見て、カーリーが言った。

「いつも通りの光景ってわけね」

「あたしを放っとけって、こいつに言ってやってよ」

デラがプロフェットに要求する。

プロフェットはカーリーに笑みを向けた。

「ここはまかせた」

8

しまいには、プロフェットがトムを部屋の外へつれ出した。なにしろトムはデラを落ちつかせるどころか、気持ちを逆撫《さかな》でしているのが見るも明らかだったからだ。カーリーから、デラを診るから出ていってくれとはっきり要求された時でさえ、トムは嫌だと拒んだ。結局プロフェットはトムを文字通り引きずり出しながら、カーリーに来てもらったのはこのためだろうと低い声で言い含めた。ドアを閉める直前、デラの感謝のうなずきが見えた。

この役割には、少なくとも、慣れている。場を仕切り、物事に目を配る——全員に。

トムはドアの前に数秒つっ立っていたが、すぐに行ったり来たりうろうろしはじめ、その勢いを見たロジャーが「目が回る」と呟いた。トムが彼をにらみつけたので、プロフェットはデイヴに手ぶりでロジャーを下へつれて行けと命じた。

「いいショーだったよ」

ロジャーが、すれ違ったプロフェットに耳打ちする。

「よかったな、あれでお前の心臓が無事にすんで」

デイヴがロジャーをからかい、プロフェットは鼻を鳴らす。トムはうろうろする足をゆるめもしなかった。

さらに数分が経った頃、プロフェットはトムをぐいと引っつかむと、背中からぴたりとかかえこんだ。プロフェットに離す気がないと悟るまで、トムはもがいていた。

「バカ力が」

そう、トムは吐き捨て、やっと体をゆるめ、戦う力が絞り尽くされたように、プロフェットによりかかった。プロフェットも、これでようやく息ができる。トムの胸元に腕を回し、二の腕に手のひらを置く。タトゥのドリームキャッチャーの羽根を、その感触が伝わってくるかのようにさすった。

トムの首筋に顔を当て、プロフェットはたずねる。

「お前のブードゥーアンテナ、ここにいると鋭くなるんだな？」

「いつも鋭いさ。ただお前と一緒にいる時は気が散らされているだけだ」

トムは肩ごしに言い返し、自分の言葉に苦しげに顔を歪めて、つけ加えた。

「別に悪いことじゃないけどな」

きつく抱いていたプロフェットの腕がゆるむと、腕の中でトムが向き直った。プロフェットは、トムの頰を手の甲でなでてやる。

「デラは大丈夫だ」

「ああ、わかってる。でもきっといつか、そうじゃない日が来るんだよ。俺にはもうデラしかいないのに」

「彼女だけじゃないだろ」

トムがプロフェットへ視線をとばす。溜息をついた。

「それを信じたいけどな、プロフ。お前が、義務感以上の気持ちからここまで来てくれたと信じたい……でも、もしハリケーンが来てなかったら？」

「だが俺はここにいるだろ、T」

「まさか、すべては神のお導きだとか、そんな寝言を言い出す気じゃないだろうな、お前が」

「コープを選んだのはお前自身だって、また俺に言わせたいのか？」

トムが、プロフェットの心臓に手のひらをのせ、さする。プロフェットは眉を寄せた。

「またブードゥーにビビッと来たのかよ、それとも……？」

トムは自分の手を見下ろし、小さく、驚いたような笑いをこぼした。

「ある意味、な」顔を上げ、プロフェットを見つめながら、手はまだ心臓の上に、まるで誓いの儀式のように置かれたままだった。「そんなふうに言って、お前はまた逃げるのか？」

プロフェットがトムの手に自分の手を重ね、きっぱり言った。本気でしか言えない言い方で。

「俺は今は逃げてねえぞ、トミー」

「でも、逃げてたろ」

プロフェットは深々と溜息をつき、天井を見上げて、自分をこの会話から救ってくれるような何かが起きないかと願う。雪崩とか、なんでも。

「てめえがそう思ってんのはわかってるけどな、それは違ってる」

「ならこれまでどこで何をしてた？　ああ、そうか、言えないんだっけな」

「畜生、今はよせ、トミー」

プロフェットは喉でうなって拳を握り、トムを軽くこづくと離れた。

だがトムの方から距離をつめ、プロフェットの肩に頬を擦り付けた。

「ああ。秘密っていうのがどういうもんか、俺が一番わかっていそうなもんだよな……」

プロフェットは溜息をつき、トムのうなじをさすってやりながら、たやすくこの男になだめられてしまう自分が不思議になる。どうしてなのかと。

「ま、その筈だよな」

トムは鼻で小さく笑い──温かな息がプロフェットの首筋をくすぐった。プロフェットはトムの髪に指をくぐらせ、彼を抱きよせたままでいた。

そのまま、二人は身を寄せ合い、ベッドルームの扉が開いた時もトムはプロフェットを押し離しもせず、ただプロフェットの腕の中でカーリーへ顔を向けた。

「デラの容体は？」

「心臓発作じゃなかったよ」カーリーが二人にそう報告する。「多分、疝痛発作《せんつうほっさ》だろうね」

「それって、つまり手ひどい胸焼けみたいな話か」

ほっとしたプロフェットに、カーリーがうなずいた。

「そんなに珍しくないの。ハリケーンが来ると、それを口実に、普段の食生活をないがしろにしてジャンクなものを食べる人は多い」

「じゃあ、デラは大丈夫なんだな」

トムが溜息のように言い、その体からこわばりが流れ出していくのがプロフェットにも伝わってきた。

「私たちより長生きしそうよ」カーリーが答える。「血圧も正常、酸素飽和度も正常。薬もきちんと飲んでいるし、食生活もおおよそ問題ない。今日は少しコーヒーを飲みすぎたんでしょ。家に何かあった時のために、夜通し起きてようとしてたのよ」

今回、溜息まじりの悪態をこぼしたのはプロフェットのほうで、トムがその肩をぎゅっとつかんだ。

「海軍総出で家を守ってたって、デラはやっぱり徹夜したさ」

プロフェットはうなずき、カーリーへたずねた。

「病院まで送っていこうか？」

「そうねえ、言ってくれるのはありがたいけど、あなたじゃ門を通してもらえないかも。ここから救急車を呼んで、通りで落ち合う」

「向こうが通してくれるかどうかは、俺にはあまり関係ない」

プロフェットが言い返す。トムが鼻を鳴らした。

「そういうことね」カーリーはうなずく。「結構、ミスター・マッチョ、病院まで送ってもらいましょうか」

「車が浮いたらどうする気だ」とトムが口をはさんだ。

「歩道を走りゃいい」

「歩いていったほうがマシだろ」

「この嵐の中をか？」

「大した嵐じゃない」と、トムとカーリーが口をそろえた。

「この辺に住んでる連中は全員頭イカれてんのかよ」

プロフェットは口の中でぼやきながらも、カーリーが電話で救急車を呼ぶのを止めもせずに見ていた。


カーリーがプロフェットに言う。

「言っとくけどね、こうするのはあなたが今この家を出てったら、通りをうろうろしてトラブルを拾うだろうって気がするからよ」

「どうしてわかる？」

「その手の男に見えるもの」

カーリーは微笑んでいた。

三十分後、彼女は装備品の入ったバッグを救急車に積みこんだ。のろのろと遠ざかる救急車を、プロフェットは道に立って見送った。

「今、何時だ？」とトムにたずねる。

「そろそろ六時だ」横で、トムがあくびを噛み殺した。「じきおさまるよ」

夜も明けてきている。垂れこめる雲は朝日をわずかも通さないが。

「まったく、世界の終わりみてえだな」

プロフェットは雨水があふれた道を指した。崩れかけた歩道、どこかから吹きとばされてきた看板、他のガラクタ。

「少し大げさな気分になってるだけだろ？」

「違う」

プロフェットはきっぱり言い切る。

「素人はこれだから」トムはまたそう評して、プロフェットと指を絡め、たずねた。「これからどうする？」

「さっきも言ったが、これが俺のハリケーン初体験でな。下手すると、後からショックに襲われるかも」

「ショックが？　お前に？」

トムが口の中で呟く。

「聞こえてるって、わかってんだろうな」

「わかるどころか当てにしてるよ」トムは言い返した。「畜生、見ろ」

彼が指さした玄関ポーチではロジャーがバタバタと腕を振り回していた。

「デラは大丈夫だ」と彼が二人に叫ぶ。「ただ、デラの友達がな……」

「今日は一日ずっとこの調子なんだろ？」

プロフェットがトムに向かってたずねた。

「じゃあこう考えてみろ、今日が終わる頃にはお前もハリケーンの素人卒業だってな」

「そりゃ楽しみだね。ああ、心が安らぐよ」


叔母まで、ポーチに出てきていた。裸足だが、顔色はずっといい。デラが手にしているワイングラスを、トムは即座に取り上げた。

「赤ワインは心臓にいいってカーリーが言ってたよ」

グラスの中身を手すりの外へ捨てたトムへ、デラが抗議した。ロジャーは無駄になったワインを見て心底勿体なさそうに溜息をついたが、トムはもうこれ以上のサプライズは御免だ。

デラをさとす。

「カーリーは、食生活に気を配れとも言ってた」

「お願いだから、ベティのところへ行っとくれ」デラがたのんだ。「ここに来なって言ったんだけどね、自分の家からテコでも動きたくないってさ」

「似た者同士か」

プロフェットはぼそっと呟いて、後頭部をひっぱたこうとしたデラの手をひょいとかわした。

「叔母さん、たのむから中に戻ってくれ」

トムが叔母に頼みこむ。

「家に入ってろ、デラ」プロフェットもうながした。「あんたの友達の様子は俺が見てくるよ。トムが残ってあんたについてる」

「いいや、二人で行っといで」デラがせかした。「こっちは大丈夫だから。あんたが警報を仕掛けてくれたから、うちはフォートノックスの金塊貯蔵庫より安全さ」

「あそこは実はそこまで安全じゃないんだぜ」

プロフェットがデラにそう教えてやると、デラはニコッとして彼の頰をなでた。いつ叔母が、たかだか二日のうちにこうまでプロフェットと親しくなったのかと、トムは驚く。

「たのむよ」デラは、トムとプロフェットを交互に見やった。「ベティがどんだけ心配屋か、あんたも知ってるだろ。ただの風の音なんだろうけど、誰かが家に押し入ろうとしてるって言って聞かないんだよ」

トムはプロフェットを見て、聞いた。

「いいか？」

「お前は？」

「ここでのんびりして見すごしちゃいられない。どうせたった二ブロック先だ」

歩いていくしかない。二人とももう武装済みだ。プロフェットがロジャーに、デラを家の中につれていって出すな、と指示した。

「衛星携帯電話の番号をキッチンテーブルの上に置いておいた」

プロフェットは彼らにそう告げると、玄関のドアを閉め、トムに続いてポーチから下りた。
トムはプロフェットの後ろにぴたりとつき、冠水した道を歩いていく。あちこちで二人の防水ブーツのふくらはぎ近くまで水位が上がり、風もまだ外に出るには危険すぎるほど荒かったが、こんなに生に満ちた実感を味わうのはいつ以来か、トムには覚えがない。そう——あれ以来……。

プロフェットと共に戦い、二人して死にかけたあの日々以来だ。

「トラブルにつっこむように生まれついた野郎どもがいるのさ。血管を血のかわりにアドレナリンが流れてやがる」とコープは言ったものだった。前ならそれはプロフェットのことだと、トムも思っただろうが、当然、トムもそういう連中の一人なのだった。

次のブロックへの近道にと、私道へ入った。今度はプロフェットがトムの後ろにつく。「6時の方向を守って」とコープなら軍隊式に言っただろう。

プロフェットが、彼の「6時」を守ってくれているということが、トムの気分をよくする。
振り向いてそれを言いかけた時、道の真ん中で看板にしがみつき、今にも水に流されそうな二人の少年の姿が目に入った。

「畜生が」

毒づき、横をすり抜けていくプロフェットへトムは「見た目より水の勢いがあるぞ」と注意した。

プロフェットがくるりとトムの方を向く。

「マジかよ。俺に、水についてアドバイス？」

「最近の海軍じゃ隊員に何をどう教えてるかわからないからな」

トムはなんとか真顔でそう言い返す。

「言うじゃねえか」

プロフェットはポケットからロープを――そしてロープにくっついていたダクトテープを取り出した。

「いつもダクトテープ持って旅行すんのか？」

聞いたトムに、プロフェットは馬鹿を見るような目を向けた。

「万能だからな。お前は持ち歩かねえのか？」

「……まあな」

「そろそろひとつ持っといたらどうだ」

「考えとく」

トムがそう言っている間にも、プロフェットはロープの端を円に結んで持ち手にすると、逆側を消火栓に結びつけた。

「ロープの中くらいを持って、支えになってくれ。あの二人を俺がつかんだら、引け」

「まかせろ」

トムはそこに座ってロープを保持し、プロフェットがまるで水流に足を取られることなく悠々と歩いていくのを見つめていた。少年たち——十歳くらいだろうか——のところまで道を横切ると、プロフェットは指示をとばして一人を背中にしがみつかせ、もう一人を小脇に抱えた。トムがロープを一定のペースで引き、プロフェットは少年たちを安全な場所までつれてくる。

二人を、ドサッと歩道へ下ろした。

「貴様ら、家はどこだ」

命令調のプロフェットの声に、少年たちがとび上がった。トムまでビクッとしたのを彼らに気づかれずにすんでよかったが、プロフェットには見られたに違いない。

「あのうち……」

少年の片方が指さす。

「帰れ。今すぐ！」

二人は走り出した。プロフェットは、彼らが家の中に入ってドアを閉めるまでじっと見送ってから、トムへ向き直って、意味ありげに微笑した。

「後で、俺たちも兵隊さんごっこやって遊ぶか？」

トムは、プロフェットにいともたやすく煽られてしまう自分をごまかそうと——無駄に——荒く言い返した。

「俺は兵隊じゃない」

「俺もさ。だからごっこなんじゃねえか、トミー」

「やかましい」

トムは呟き、プロフェットはヒュッと口笛を鳴らして、二人は肩を並べ、ベティの家へと歩いていった。

ベティはデラと同年代だが、老婆のように歩き、悪魔のような口の悪さの女性だ。プロフェットがベティに「あんた最高だな」と言うと、ベティは「あんたはあたしには若すぎるよ」と言い返した。

「なあベティ、少しは俺にもチャンスをくれよ」

「納屋を見に行っとくれ」ベティが言った。「誰かあの中にいるんだよ、間違いないね。それとね、お前に何もやる気はないよ」

「煙の匂いがしないか?」

プロフェットはトムにたずねる。

「ああ。電気系統かもな」

トムは答える。遠くからサイレンの音も聞いたが、近づいているか遠ざかっているのか、まだわからない。

「あっちだ」

　二人でベティの半壊した裏庭へ足を踏み入れながら、プロフェットが指さした。この一帯はかなりひどい有り様だった。納屋の中へ入る唯一のルートは、倒れた木をのりこえて割れた窓をくぐっていくしかない。トムはプロフェットに銃と携帯を手渡し、先を行くと、身をよじって納屋の中へすべりこんだ。暗い納屋には、避難先を求めてきた猫が数匹いたが、特に人が荒らした気配はなかった。

「中は問題ない」

　外へ声をかけながら、トムはどこから煙が来ているのかが気にかかる。倒れて積み重なった雑多なものをどうにかのりこえて逆側の窓へ寄ると、隣の通りのつき当たりの家から上がっている火の手が見えた。ここでも角に立っていた木が倒れ、電線を巻きこんで水中に横たわった幹が、通りの入り口を塞いでいる。窓から外に出れば、ベティの隣の家の石壁をつたって木の向こうまで出られる。一番の近道だ。

「隣の通りで火事だ、プロフ──俺はこっちから出る」

　トムは怒鳴った。

「トム、駄目だ、俺が行くのを待ちやがれ。いいか、危険すぎる」

　たしかに危険だ──風がまた激しくなり、雨が上から、そして横から叩きつけてくる。トムは角を曲がる消防車のライトを見つめた。

　それから視線が、火事よりも近くにある家へと吸い寄せられる──マイルズの家。

マイルズ。トムの少年時代を、すでにそうだった以上に苛烈なものにした男。マイルズ。エティエンヌをあれほどまでに傷つけた男。

マイルズの家のドアは開いていた。大きく。ドアのそばには誰の姿もない。ただ……。

あらためて見つめると、はっきりと何かが──誰かが──家の中に倒れているのが見えた。

どうしてか、トムの脳裏にぱっと、あのバイユーの夜、野外観覧席の骨組みの下に横たわっていたエティエンヌの姿が浮かぶ。今そこにいるのはエティエンヌではないと、救えはしないとわかっているのに、トムの体は前へ動き出していた。

プロフェットには声もかけなかった。ただ拳で納屋の窓ガラスを割り、くぐり抜け、通りを走り、ポーチを上って、開いたドアの中へ。

まるで考えもせず、家の中へ入り、膝をついて、倒れた男を見下ろし……。

「マイルズ！」

強く呼びかけると、マイルズはとじかけていた目の焦点を必死に合わせようとした。次の瞬間、彼がトムをつかみ、その唇から白い泡を垂らす。何を言おうとしているのかと、トムは身を屈めながら携帯に手をのばしたが、プロフェットに渡したままだった。

しまった。

家の一階を見回し、連絡手段を探す。ゴーストハウスのようだ。かつては美しかっただろう家は、寒々しく、崩れかけている。

マイルズはトムを離そうとしない。プロフェットもじき来る。トムは「助けが要る！」と叫んだ。それを聞いたプロフェットが消防士をつれてきてくれればいいが。

マイルズが死に物狂いの力でトムにしがみつき、かきむしり、何か言おうとしていた。やっと、その唇から音が洩れる。トムはその音が意味のある言葉になるまで耳を傾け――。

「ドニー？」聞き返すと、マイルズがうなずいた。「ドニーにやられたのか？」

マイルズはただ彼を見つめ、その手が落ちた。トムが脈を取ろうとした時、男の、深い南部アクセントの声が言った。

「おっと、下がって、両手を上げろ」

トムの胃が固くねじれる――その声の持ち主を、振り向いてたしかめるまでもない。警察署長のルー・デイヴィス。

最悪の相手だ。

ルーとトムとの関わりは、警察官と彼に忌み嫌われていた子供、そして警察官と郡保安官としての関係の二段階に分かれている。どちらも、あまりいい思い出とは言えない。

トムはチラッと肩ごしに視線をとばした。

「ルー、救急車を呼んでくれ。マイルズが死にそうだ」

その時になって、やっとマイルズのシャツの袖から血が流れ出しているのに気付く――その血は今、トムの腕をつたっていた。マイルズの両袖は手首を通りこして手の甲にまで引き下ろされている。奇妙というか、異様だった。血に染まった袖をたくし上げ、トムは深く、縦に切り裂かれた傷から血があふれ出しているのを見た。

これは――ヤバい。

「立って、そいつから離れろ。両手は俺の見えるところに出しておけ」

ルーの口調の何かが、トムをふたたび振り向かせた。ルーは銃を抜き、トムに向けてかまえていた。

本気か？

ゆっくりと立ち、トムは血のついた両手を宙に上げて、マイルズから一歩離れた。

「膝をつけ！」

ルーが怒鳴り、それから無線に指示した。

「バンをこっちに回せ、殺人容疑者を拘束した」

トムへずかずか寄って、顔を床へ押しつける。両腕を背中へ乱暴にねじられて手首にきつく手錠をかけられながら、トムは言った。

「まだ生きてる――」

マイルズを見たが、もう男は動いていなかった。

ルーがトムの体を叩いて身体検査を行い、ポケットから見つけ出したナイフをトムの鼻先につきつけた。

「こいつでやったのか?」

トムは答えなかった。その方が利口だ。何を言おうと、ルーはいいようにねじ曲げて解釈するだろうと身にしみていた。ルーはナイフをしまうと、腕をつかんでトムを立たせ、家から外へ出た。トムはおとなしくルーに従っていた――ルーが顔を寄せ、耳元に囁くまでは。

「このイカレ野郎が。てめえは凶運だ、てめえの親父がよく言ってた通りさ。皆が知ってた通りだ。いつかこうやって手錠かけて引っ立てる時が来るとわかってたよ。てめえの親父も言ってたぜ、結局てめえを男にできなかったってな」

(玉なしの雌犬か、てめェは……ほら、しゃんとして男になりやがれ――)

役立たず《ボン・ア・リエン》。凶運《バッド・ラック》。

怒りが目の前を覆い、わずかに保たれていたトムの自制心がちぎれとんだ。トムは激しく暴れ出す。手錠や、ルーの手に抗って……己の過去に抗って。

恭順《きょうじゅん》の時間は、もう終わりだ。

9

トムが待たずに行ってしまってから——あのド阿呆が——プロフェットは同じルートでトムを追い、ベティの納屋を抜けて石壁づたいに移動した。トムが入っていった家まで追っていこうとした時、裏につながる細い路地に警官が現れたのを見た。裏口は開いている。

その警官が家への石段を駆け上がるのを見送り、プロフェットは自分も追っていきたい衝動をねじ伏せなければならなかった。特に、警官が家に入るのとほぼ同時に、中からトムの助けを求める声が響いた時には。だが、何かがプロフェットをためらわせた。

それでよかったのだ、行っていたら二人とも捕まっていただろうし、それでは何の役にも立たない。

車の影に身を隠して見ていると、トムの携帯が鳴り出した。

コープからだ。人の相棒をかっさらいやがった男——。

くそ、その発想はどうかしてる。ハリケーンのせいだ。

顔を上げると、トムが警官のきつい拘束に逆らって暴れ出すところだった。

「畜生が」

息の下で呟くと、プロフェットはコープに八つ当たりしようと電話口で言い放った。

「トムの携帯だ」

『誰だ？』

「てめえこそ何様だ」と言い返す。

『マジかよ、プロフェット――お前、トムと一緒に何してるんだ？』

「トムと一緒にいるわけじゃねえよ。トムの携帯と一緒にいるんだ」

『わけわかんねえ。トムはどこだ？』

「何でてめえがわざわざあいつのことを気にする」

『俺はトムのパートナーだ』コープは、幼く鈍い相手に噛んで含めるような口調だった。『パートナーなら当然だろ』

「大したボーイスカウトっぷりだな。フィルはさぞ気に入るだろうぜ」

『ああ、俺はな。お前の方は……』

コープが言葉を切った。

数秒の静寂の後、プロフェットが迫る。

「タマついてんだろうが、コープ。言えよ。言ってみやがれ」

『いいや。言ってやるのは簡単だけどな。お前はもうボロボロだし、倒れた相手を足蹴にするような真似はしたかないんでね』

「倒れてるように見えるか、俺が」プロフェットはうなった。「お前のパートナーはな、逮捕されたとこだぞ」

『どういうことだよ。何した？』

「わからねえ」

つれていかれるトムの両腕から手までが血に染まっているのを見て、プロフェットの心臓が喉元まではね上がった。すぐにサイレンが近づき、救急車が停まる。救命士たちが警官や部下の横を通りすぎて家へ入っていった。

ということは、あの出血は、家の中の誰かのものなのだ。プロフェットは額を擦り、呼吸に集中した。

『トムが逮捕される理由をお前が知らないってのは一体どういうことだ？』コープに問いただされる。『トムと一緒じゃなかったのかよ』

「ああ」

プロフェットはふたたび暴れ出したトムを見ながら、くいしばった歯の間から言葉を押し出した。派手な見世物だったが、始まりと同じく唐突に終わる。トムがちらりとこちらを見た気はしたが、プロフェットの存在がトムを止めたのかどうかはわからない。だがとにかく、トムは鎮まった。

だが、それだけであの男がいつまでもおとなしくしていられるわけがない。

『どうするんだ、プロフェット?』コープが迫る。『お前ら二人してどこにいる? 大体な、どういうわけでお前がトムといるんだ――あいつをまたトラブルに巻きこもうってのか?』

その非難はずしりとプロフェットの腹にこたえたが、感じていないふりをした。

「俺はトムの叔母を手伝いにニューオーリンズへ来たんだよ。あいつは来られないと思ってな」

コープが、ふうっと電話口で息をついた。

『トムがそっちに着けるかどうかは賭けだと思ってたがな。そうだよな、あいつもお前と同じくらい頑固な野郎だったよ』

「そうさ、わかってるじゃねえか。さすがパートナー様」

プロフェットは嫌味たっぷりに言い返す。

『まったく、お前にも人情ってものがあるかと思った矢先にそれか。もういいよ。それで、これからお前はどうする?』

「トムを檻《おり》から出すさ」

プロフェットは単純に言い切り、電話を切った。

コープは今ごろ、フィルにせっせとご注進している頃か。いや、だがコープはニューオーリンズへ来たトムのために口裏を合わせようとしてくれたのだ。叔母のところへ来ているとフィルに明かしたのは、結局、トム本人だ。本当のところ、プロフェットはコープに含むところはない。現実的に見て彼はトムにとっていいパートナーだった。大きなリスクは取らないし、コープといればトムは安全だろう。フィルがコープに割り当てる任務も大体は危険度が低い。だが、トムがコープを選んだ事実が、今でもプロフェットの中でうずくのだ。自覚していた。誰にも言ったりはしないが。

プロフェットはデラの家にかけた。最初の呼出音でデラが出る。

『ベティは平気かい？』

「大丈夫だ。問題はトムだ」

『何があったのさ』

「家の中へ入ったトムをいきなり警察官が逮捕した」

『どこの家？』

デラはそう問い返し、プロフェットの早口の説明を聞いてから言った。

『マイルズの家だね』

「トムと何か因縁が？」

『とても一口にゃ説明し切れないほどだね』

「あの警官はトムに会えてあまりうれしそうじゃなかったぞ」

『どの警官？』

デラがぴしゃりと聞く。

「背が高く、少し前髪が白い黒髪、多分五十代半ば——」

『ルーだ』まるで酸っぱいものを吐き捨てるようだった。『面倒なことになった。あいつはトムに目をつけてんだ、昔からずっと』

沈黙。それから、デラがうかがうような口調で言った。

『トムを牢に入れっ放しにはしとかないでくれよ、プロフェット』

そんなつもりは毛頭ない。だがまずは嗅ぎ回って、状況を把握してからだ。

「あいつのことは俺にまかせとけ」

『あんたがたよりだよ』

そのデラの言葉が、コープの言葉が残したうずきをなだめた。

携帯をポケットにしまうと、プロフェットはぶらぶらと通りを歩いて、今や盛大に煙を吹き上げている火事と、そのそばで騒がしい消防車と救急車へ近づいた。計画は固まっている。検死医が車内に置いていった上着をつかみ、その下にあった黒い鞄もついでに手にした。別の人格になりきるのは、お手のものだ——子供の頃からやっていることだし、今や仕事の一部。ふりをするだけでなく、自分には代役ができると本気で信じることこそ鍵なのだと、昔から知っていた。

生き抜くために必要だと、心から信じきる。今回は、トムの運命がかかっていると。

（だから待てって言ったろうが、T）

プロフェットはトムが手錠姿で引きずり出された家の中へと入っていった。警官が二人――年上の男と若い女が死体を囲んで立ち、そばに膝をついた救命士と低く会話を交わしていた。三人がプロフェットのほうを見る。

「ドクター・サヴォイだ」

母音を引きのばして発音する。なにしろ――上着のポケットに入っていたIDによれば――ドクター・サヴォイはジョージア州から来ている。ドクターが火事の家に入って犠牲者を検分しているなら、うまくいけばしばらくは戻ってくるまい。

「私はスー。あなたが、今こっちに出向してる検死医の先生？」

救命士がたずねた。

「いい勘だ、その調子でいこう」

プロフェットがそう応じると、彼女が笑って返した。

「言うじゃない。ハリケーンに負けてない」

プロフェットは彼女の横に膝をつき、平凡な茶色の髪をした男の死体を見下ろした。誰かが彼の目をとじていたが、その口はわずかに開き、白い泡がこびりついていた。

「まったく、哀れな奴だ」

スーは同感の様子で、うなずいた。

「私よりあなたの専門分野ね。こんな嵐の中の勤務、後悔してるでしょ？　ここに来た人は、ハリケーンを経験するまではやる気満々なんだけど」

「これでも見た目よりタフでね」

そう保証し、プロフェットは死体へ向けてうなずいた。

「一見すると、ヤクのやりすぎで馬鹿やっちまったようにも見えるな」

そう、手首の傷をさす。

スーが、床にチョークで描かれた小さな円を指した。

「五、六〇センチ離れたところでカミソリを発見。証拠袋に入れて、分析待ち。二階で、薬の入ったボトルも押収」

「見せてもらえるか？」

プロフェットはたのむ。警官たちはちらっと視線を交わし、女が集めた証拠の入ったバッグをかき回すと、プロフェットにビニール袋をいくつか手渡した。どの袋にも処方薬のボトルが入っている。全部で五つ。

「この死人は何者だ？　このボトルに書いてある五つのバラバラの名前の中の誰かか？」

「この男は麻薬中毒者《ジャンキー》よ」スーが応じた。「本当の名前はマイルズ・ジョーンズ。この薬は買ったか盗んだんでしょう。前にもあったし」

勿論、後できっちりその名前は調べる。ラテックスの手袋をはめながら、プロフェットが

「運転免許証は?」とたずねると、マイルズの財布を手渡された。プロフェットは財布の中をあらため、男の名と住所、免許証番号を記憶に刻んだ。自分の情報網であたってみよう。

彼女が続けた。

「家には痕跡なし。誰かが押し入った様子もない」

「被害者が犯人を招き入れた?」

「ルー――うちのボス――は犯行の瞬間に踏みこんだけど、手遅れでとめられなかったと言ってた。連行された男はトム・ブードロウ」

年上の、ここまで一言も口を開かなかった男の警官が、トムの名を聞いた途端に口の中で何か唱え、わざわざ十字まで切った。

「そのブードロウって男を知ってるのか?」

プロフェットは死体を観察しながら、何気ない調子でたずね、男の死の追加情報はないかと目を走らせた。両手首を切り裂いた傷はギザギザで、かなり力が要りそうだ。ハイの状態で自分でこんな傷がつけられるかどうか――。

スーが言った。

「ブードロウはこの辺の人間でね。だった、というか。戻ってこようとしたんだけど、結局バイユーの人たちから蹴り出されちゃって」

「問題のある男か?」とプロフェットがたずねる。

「ブードロウは、凶運だから」

　女が答えた。

「奴の名前を口にするな」年上の警官が叱り、またも十字を切って、マイルズの死体を指した。「こいつも、あの男と関わっちまったのが運の尽きだったのさ」

　関わった、というのが厳密にどういう意味なのか気になるが、トムから聞けばいい。あいつを保釈させた後で。どうも殺人の動機はあるらしいから、殺人容疑も晴らした後で。

　ハリケーンさえ乗り切れば何とかなるかと思ったら……。

　警官たちは、また低い声で会話に戻った。聞き耳を立てながらプロフェットは写真を撮り、勝手に指紋に粉末をかけて採取したが、誰からも妙な目は向けられなかった。検死医というのは変人でクセのある人間が多いものだと、プロフェットはもう思い出したくもない極秘潜入任務中にいくつもの死体安置所を渡り歩いた数ヵ月の経験から知っていた。それぞれが、死者とつき合うやり方を持っている。

　引き上げようとした寸前、マイルズが死んでいた部屋からのびた廊下の椅子の下に転がっている注射器が目に留まった。死にかけた人間の目の高さ。もしかしたら、ギリギリ放り投げられる程度の距離。

　マイルズが犯人の手からそれを取って、同じことをしたとしたら。

　こっそり拾えそうなチャンスをうかがって、プロフェットは外した手袋の中にその注射器をつっこみ、ポケットに入れた。さらにいくつか手がかりになりそうなものを袋に入れ、まるで当然の権利があるように家中をのぞいて回ったが、わかったのはただ、この家に一本の酒も、アスピリンの瓶すらないことだけだ。押収された薬のボトルがどうもしっくりこない。それに中毒者というのは、大体にして身ぎれいには暮らしていないものだ。たしかにこの家はボロボロだが、乱れて見えるのはこの一階だけだった。ベッドルームとバスルームはきれいに片付き、ベッドは整えられてタオルまできちんとたたまれていた。ベッドサイドのテーブルには、聖書と、アルコール《A》依存症者会《A》の指導冊子が積んであった。

階段を下りている時、電話が鳴った。また知らない番号からだ。

「ああ?」

『プロフェットか?』

「そっちは」

『エティエンヌだ。この番号はデラから聞いた。何か下手にやらかす前に、俺の店に顔を出せ』

向こうが一方的に住所をまくし立て、エティエンヌとやらが一体どこのどいつなのかプロフェットが問いただせる前に電話が切れた。

警官たちに「別の現場に呼ばれた」と告げ、死体を安置所へ運ぶよう救命士に指示すると、プロフェットは家から出て証拠品以外のすべてを捨て、道すがら、ついでのように警察無線をいただいた。

　まったく、どいつもこいつも、ハリケーンの間は隙だらけだ。人を殺したり、何か悪さを企むのに最高の時間。

　その知識を将来のためにしまいこむと、プロフェットは若い警官の声を真似て無線でトム・ブードロウの現在地を聞き、拘留手続きを取られたところだと知る。

　エティエンヌが指示した場所は十ブロック先だった。プロフェットは冠水した道を歩いて行く。嵐はほぼすぎたが、道にはまだ緊急車両以外の姿はない。目的の通りに出ると、番地をざっと目で探し、行き先がタトゥショップだと知る。その瞬間、足を止めていた。トムは一度、昔の恋人にタトゥを入れてもらったと、ぽつりと洩らしたことがあった。

「自分が昔の男の話をするのはいいってかよ」

　ぶつぶつぼやきながら、プロフェットが〈タトゥ・E〉という看板を見上げていると、女の声がたずねた。

「手相を読んであげようか？」

　そいつはニューオーリンズの売春婦の誘い文句か、と返そうとしたが、振り向いたプロフェットはタトゥショップの右隣の店の入り口に立つ、黒髪のきれいな女と顔を合わせていた。店の看板は〈真実の千里眼〉と、随分でかく出たものだ。

　やれやれ、本気か。女を買いに来たと思われるほうがマシだ。

「時間がないんでな」

突如として、トムの昔の男に今すぐ会いたくなってきていた。

「タダで読んであげるよ」

女は歩み出ると許可もなくプロフェットの手を取った。普段ならどうなっても知らないところだが、相手は女だし、プロフェットは攻撃衝動をなだめて、手のひらに見入る彼女を放っておいた。わざわざ説明もしない。プロフェットの未来を握っているのはトムという存在なのだとは。それも、トムのブードゥーなどとは一切関係ないところで。

やがて、彼女は満面の笑みで顔を上げた。

「あなたは完璧に健康だね」

「そりゃよかったな」

何とか、返事をした。どうやら目が見えなくなるというのは、最近じゃ健康問題でも何でもないってわけか。

「あなたは長生きする」

またも、怪しいことを。

「あなたの未来に結婚と子供が見える」

その言葉が癇《かん》に障《さわ》るかもしれないと思ったのか、彼女は小声だった。プロフェットが良きパパに見えるか？　彼は手をさっと引っ込め、不条理なほどに腹を立ててエティエンヌの店へずかずか歩みよった。この女は嘘など言うべきじゃないのだ。いいことなどろくにない世の中で、きれいごとばかり並べて——。

「人はそういうことしか聞きたがらないからさ」

深い声が引きずるようなアクセントで言い、プロフェットは店の入り口に立ってニヤついている男——エティエンヌか——を見た。そう、こいつがエティエンヌに違いない。

そしてプロフェットは声に出して悪態をついていたに違いなかった。

「彼女のところからそう言いながら出てきたのはあんたが初めてじゃない。人は何かを求めて占いに行き、それを聞けないと腹を立てる」

エティエンヌはプロフェットより背が低く、一七五センチかそこらだろう。見事なブロンドを角刈りにしていた。全身にタトゥが入っている——首から指先に至るまで。美しいタトゥだ。トムのとは違う、だがこれもアートだった。

舌にピアスもあって、うっかり目を誘われそうになる。本人もそれは承知の上らしい。眉と唇にもピアス。これに比べれば、たしかにトムはおとなしい。素っ裸を見るまでは。

勿論、プロフェットはしっかり見たが。エティエンヌほど、とはいかないかもしれないが。

「で、どうした？」

エティエンヌがたずねた。

いけすかねえ奴。

「電話してきたのはてめえだろ」

エティエンヌがうなずく。店の奥へ来るようプロフェットを手招きし、ドアに鍵をかけた。一帯は停電していたが、窓は開いているし、電池式らしきファンが回っていて、どうにか我慢できる暑さだ。革張りのタトゥテーブルにもたれかかったプロフェットへ、エティエンヌが説明した。

「トムが逮捕されたって、デラから電話が来て、どういうことになっているのかと聞かれてね。あんたは、デラの知り合いのところに寄っていた探偵だから、力になってくれるかもと」

昔の知り合いが殺されてトムが逮捕された件で、どうしてデラがこのエティエンヌにわざわざ救いを求める？　しかもプロフェットの身分をきれいにでっち上げてくれて、彼女の首を絞めてやりたいか、ハグしたいか、迷うところだ。きっとデラは本当のことを言えばプロフェットとエティエンヌがトムをはさんでにらみ合うと思って——今からでも充分あり得るが——先手を打ったのだろう。

「それで、何か情報があんのか？」

「この数ヵ月、俺は脅迫されててね」

「トムのことで？」

エティエンヌが身じろいだ。

「まあ、そう言えなくもない。この話をするのはあんたが初めてだ。あんたが誰だろうと、警

ATTOO

察署長やあそこの連中よりマシだろうし」

「ほめられていると取っていいか？」

「いいや」

クソ野郎。トムの好む男のパターンが段々わかってきた。

「トムのことを、子供の頃から知ってるのか？」

「ああ」エティエンヌはニヤリとした。「トムとつき合ってた」

プロフェットにショックを与えようとでも？　それとも反応を見ようとしたのか。

「死んだマイルズもトムの昔の男か？」

「いいや」

「ルーって奴は？」

エティエンヌは鼻を鳴らした。

「あいつ以上にホモ差別主義者のクソッたれはどこ探してもいないさ。奴をそう呼んでやったばっかりだよ、さっき、トムを逮捕したってルーから電話が来たんでね」

「警察署長がわざわざトムの逮捕を知らせてくるとは、随分と特別な関係なんだな？」

エティエンヌの目が陰った。

「それとな、その脅迫があんた宛なのか、トム宛なのか、それともあんたたち宛なのかはっきりしたところが聞きてえんだがな」

「第三の候補が有力だね」

「ふうん、あんたと署長は仲良しで……トムはどうしてかその割を食ってるってわけか」

　エティエンヌの全身がこわばったが、表情は平静に見えた。

「言っとくが、俺はルーと親しいわけじゃない——ほかのどの警官ともな。ルーが知らせてたのは、嫌がらせさ。トムの無事をたしかめられるなら俺は別にそれでかまわないんだ」

　最後の部分は、真摯に聞こえた。だがやはり署長からじきじきに連絡が入った理由がわからない。

「トムのここらでの悪評について、聞きたいんだが」

「長い話になるぞ、いいのか？」

　エティエンヌが聞き返す。彼の携帯が鳴り出し、それを見下ろした。

「出ないと。少し待ってくれ」

　プロフェットはうなずく。エティエンヌが早口のケイジャン・フレンチでまくし立てている間、スケッチのつまったアルバムをめくった。

　店内の壁にも、タトゥの図柄や、実物の写真が並べられていた。いくつかはトムのものだと、プロフェットは一目で見分ける——長い時間、二人きり、それを見つめてすごしたのだ。強く、くいいるように凝視し、指で、舌でなぞって、記憶に刻みこんだものだ。

　エティエンヌが彼の後ろに立ち、トムのドラゴンのタトゥの写真とプロフェットを見比べながら言った。

「次の写真のほうがもっとよく――」

「ドラゴンの尾が尾てい骨回りに巻きつくところがよく見える」

プロフェットは何も考えず言葉を引きとっていた。

「デラの友達のところに遊びにきてた探偵が、どうしてトムの腰のタトゥに詳しいのかな？」

プロフェットはエティエンヌへ視線をとばした。

「俺は腕はいい。本気でトムを助けたいなら、ごまかしてないで洗いざらいぶちまけとけ」

「やだね。あんたが本当は何者なのか、手の内を全部さらすほうが先だ」

手の内どころか、俺はすべてさらけ出した――プロフェットは怒鳴りたかった。そしてあいつは俺に背を向けた、と。

そのかわりにプロフェットは店の中をぐるりと回りながら、目についたトムのタトゥの写真をすべて指先ではじいていった。百枚以上の中に混ざった、八枚の写真。だがどれもプロフェットには、沈みゆく船が夜闇に放つビーコンのように輝いて見える。それからエティエンヌを振り向いた。

「いい仕事だ」

「キャンバスがいいからね。トムが自分で図案を描いた。それを俺が、型紙を使ったり、フリーハンドでやったり。何年もかかったよ」

　プロフェットがトムと体の関係があるようだと気付いても、エティエンヌに嫌がる様子はなかった。むしろ親しげに続ける。

「ルーは、トムに対していつも不当に厳しく当たってきた」

「どうしてだ」

「この辺の人間は、ほとんどがそうだよ」エティエンヌは溜息をついた。「とにかくトムに言ってくれ、何が起ころうが、とっとと出てってもう戻ってくるなって」

「自分で言えないのか？」

「じかに話をしたくないいんだよ、俺はトム相手に嘘がつけないからね。それに俺のためじゃない、トムのために言ってるんだ、いいか？」

「あんたが受けてる脅迫の相手に心当たりは？」

「あれこれ思い当たるけどね。ルーか、マイルズを殺した犯人から来たものかもわからない。その二つは同一人物かもしれないけどさ。勿論ただのあてずっぽうだけど」

　プロフェットに、エティエンヌがメールをいくつか見せた。最初の日付は二ヵ月前。基本的にはごく平凡な〈命が惜しければ余計なことをしゃべるな〉の類だったが、しまいにはかなり暴力的な調子になっていた。

〈お前をじっくりいたぶってやる。豚のように内臓をえぐり出し、血が流れ出して死ぬのを見物してやる。一番恐れる悪夢が現実になるぞ。お前とお前の男に、すべて償わせてやる〉

エティエンヌとトムが一体どんなことをやらかしたのか、ここで聞きたいところだったが、それはトムと向き合ってたずねたほうがいいことだとプロフェットにもわかっていた。

エティエンヌが言った。

「俺は今から警察に行ってくる。トムの保釈をたのみにな」

「あんたがたのめばトムをほいほい出してくれるのか?」

「色々ややこしいんだよ」

「何でもそうだ」

エティエンヌは、トムのドリームキャッチャーのタトゥとプロフェットの間に視線を据えた。

「トムはマイルズを殺してないし、それはルーもわかってる。俺の親父が判事で、ルーが何をやらかそうがクビにしないでいるから、警察はトムを保釈してくれる。俺の家族もたまには何かの役に立つってわけさ」

「俺も一緒にトミーを迎えに行く」

プロフェットが口をすべらせた「トミー」の呼び名に、エティエンヌが微笑を見せた。

「ああ、あんたが電話に出た瞬間、探偵なんかじゃないってわかってたよ」

「てめえもブードゥーアンテナの持ち主かよ?」

「いや。ただ、トムを本気で心配している人間の声は、よくわかる」

「あいつが何かやらかす前にとっとと署に行くぞ」

プロフェットがうながす。

エティエンヌは、じっとプロフェットを見つめ返した。

「たしかにトムは昔から爆発すると大変なことになるが、言っとくと、火がつくまでは結構かかる。でもあんたは、トムが一度そこまで行っちまうともう手に負えないってこともよく知ってるみたいだな」

地下リングでのトムの戦いを、何の前触れもなく始まったように見えたあの暴走を、プロフェットは思い出す。今になって、その裏にあるものがいくらか見えてきた。

店から出る途中、エティエンヌはタトゥマシンとピアスの道具を指した。

「もしこの騒ぎが片付いて、あんたに時間があったら、どうだい？　バージン相手はいつでもいいもんだ。好みのほうを選びな」

この男でなければ、安っぽい誘い文句に聞こえただろう。だがエティエンヌの口から聞くと、色気があった。

（もしお前が俺のものだったら、ここにピアスを刺してやるんだがな）

トムの声――初めてのセックスの時、プロフェットの乳首を噛んで、そう言った声。この言葉がよぎるたび、噛まれた場所がうずく。プロフェットのギプスにドリームキャッチャーを描いていたトム。セックスでプロフェットを眠らせたトム。ドリームキャッチャーのギプスを切り開くとドクから聞かされた時、トムがどれほど動揺していたか……。

完全に、深みにハマったもいいところだ。泳ぎ方ならよく知っている筈なのに、どうしてこんなに恐ろしくてたまらない？

警察署の前に車が停まる時になってやっと、一連の出来事がトムの中で現実の重みを帯びてきた。

プロフェットは、彼を見た。幸い、隠れたままでいてくれたということは、プロフェットが彼を取り戻しに来るのも時間の問題だ。だがルーのトムへの態度からして、それも無駄かもしれない。保釈など、トムに許す気はないだろう。電話をかける権利さえ。

マイルズが死んだ。刹那の罪悪感――何故なら昔のトムは、幾度となくマイルズの死を望んできたからだ。そしてこの地を去ってから幾度となく、マイルズとドニーと保安官がいる限り二度とこの地に戻らないと誓った。

だが戻ってこなければ、自分の成長を証明もできなかった。とは言え、ルー相手に我を失ったところからして、まだまだ道半ば。プロフェットを見た瞬間に自制を取り戻しはしたが、それでもなかったことにはできない。己を見失ったのはたしかだった。

「行くぞ」

ルーに車から乱暴に引っぱり出されたものだから、トムの頭がドアの角にぶつかりかかる。

きつすぎる手錠のせいで手の感覚も失せてきていたが、何も言う気はなかった。

「凶運が」

引き立てられていく間、警官の一人の呟きが耳に届いた。ルーはトムをつれて階段を下り、すでに混み合いすぎている地下の留置場へ向かう。わざわざ強く手錠を引いて、それを外し、トムを中へ押しこみながら言った。

「お前ら、こいつはトムだ。前の保安官補だよ。歓迎してやってくれ」

檻の中がざわめく。ヒュッと甲高い口笛が鳴り、荒々しい悪態が止められぬ暴力を一気に呼び起こしていく。暴力。それならトムの世界だ。

凶運。凶報――。

手錠が外された手の指をゆるめて血のめぐりを戻そうとしながら、トムは部屋の角を背にして立った。そこが有利だと、訓練など受ける前から知っていた。子供の頃に学んだのだ、父親が殴りに来て逃げ場のない時、ここに立てば傷を浅くできると。どこかの時点で父の拳はトムではなく壁を殴りつけ、運がよければ、そこで終わる。終わらなくともトムが殴られる数は一発減らせた。

己の今の状況に意識を引き戻す。過去をのぞきこむ時ではない。十五人の、それぞれ怒りや衝動をかかえた男たちと閉じこめられている今は。風といえば、出入口の鉄棒へ向かって頭上の巨大なファンが送り出す微風だけで、粘った空気はほとんど動かなかった。

「サツの手先だって、ああ？」

男の一人が言う。彼のタトゥは明らかにギャングのものだ。

「もう違う」とトムは応じた。

「へええ、ってことは今は俺たちのお仲間だってか？」

トムは答えず、体内で戦いの炎が熱くたぎっていくのを感じる。耳から煙が出るのではないかというほど。取り巻く男たちのせいですらない。この男たちはただ、トムの怒りを叩きつけられる哀れな犠牲者にすぎなかった。

前を見つめ、冷静さを保とうとする。怒りの中でどう自分を御するのか、今度プロフェットに聞かねば。

「それで、保安官野郎、何か俺たちに言っときたいことは？」

トムはニッと笑って、運命に屈する。やはり過去からは逃げ切れやしないのだ、それなのにどうしてわざわざ抗《あらが》う？

「口で言うより、拳で教えてやるよ」

10

プロフェットは、警察署の向かいの道に停めたエティエンヌの車の後部座席で待っていた。待つ間に、かすめ取ってきた警察無線から、地下の留置場で乱闘騒ぎがあったという報告がとび出す。

それにトム・ブードロウが絡んでいると聞いても、驚く気もしない。

「くそが、トミー」

呟き、拳の横を車のドアに叩きつけた。救急車がやってきて四人の男を運び去っていくのを、身を固くして見送る。どの男もトムではなかったので、やっと胃のこわばりがゆるんだ。どうやらトムはその乱闘を始め、自分の手で終わらせたようだ。新たな敵と、傷痕を増やして。もしかしたら傷害で訴えられるかもしれないが、そのあたりはエティエンヌが戻ってきたら聞き出してやろう。署内にのりこんでいく手もあるが、熟慮の結果、事態をこじらせるだけだろうと結論づけた。

こじらせると言えば、またタイミング良く……。

個人用の携帯にテキストメッセージが届いた音がして、プロフェットは携帯を引っぱり出した。トムからであるよう願いながら——あのクソ野郎に電話をかける暇があるとでも？——違うのはわかっていた。

キリアンからの問いかけだ。

〈沼地はどうだ？〉

〈問題ない。てめえも殺されずにすんだか〉

〈向こうもがんばっていたがね。君のパートナーがトラブルに巻きこまれたそうだが？〉

「どっから聞きつけやがった？」

プロフェットはぶつぶつ言う。打ちこんだ。

〈それをどこから聞きやがった〉

〈携帯内に発信機を探すような無駄はやめたまえよ〉

〈ならどこからだ〉

〈プロフェット、俺は全部知ってるのさ〉

畜生め。まったくだ。

〈ああ、それで？　あいつを助けてくれんのか？〉

〈好かれてなさそうだからなあ。彼は俺のものでもないしね、彼のせいで君にすっぽかされたんだから。まあ仕事優先は俺も一緒だが〉

思わず、トムは仕事じゃないと打ち返しかかって、プロフェットは自分を止めた。トムを守るためか、別の理由か。とにかくただ返した。

〈お前ならわかってくれるだろうと思ったさ〉

〈真面目な話、俺に何かできることは？〉

〈足りてる〉

〈そりゃよかった。そう、トムに言っといてくれないか。俺に目を配ろうとしてくれる番犬ぶりはありがたいが、嗅ぎ回られるのは好まないとね。特に、素人からは〉

ちっ、しまった。トムならそんなようなことをやらかすと、読んでおくべきだった。一方で、プロフェットの心の奇妙な部分が、まるでトムが彼のためにそこまでしてくれたのがうれしいかのようにざわついている。

〈言っとく。俺はあいつのママじゃねえけどな〉

〈ああ、ママじゃあないね、まったく〉

キリアンからそう戻ってきた。何秒か、続きがなく、プロフェットが携帯をしまおうとした時にまたメッセージが届いた。

〈だがな、ひとつだけ聞いておこうか。あのカウチで会えたら、俺が君にどんなことをするのか考えて、眠れなくなったりしないかい？〉

プロフェットは鼻で笑い、ふと止まった。キリアンの心理分析が始まらない程度の間を置いてから、打ち返す。

〈俺がお前に色々する予定だったとは思わないのか?〉

〈おっと、そりゃ……こっちが眠れなくなりそうなことを言うね〉

エティエンヌが戻ってくるのが見えて、プロフェットは携帯をとじた。中に入ってから実に一時間。エティエンヌは運転席に座るとエンジンをかけた。

「トムのために来たんじゃなかったのか?」

プロフェットが聞く。

「もう釈放されてた。トムはどこかに行ったよ」

エティエンヌはハンドルをきつく握りしめ、ふうっと息をついた。

「あんたの家族の奇跡のおかげか、それともトムが逮捕されたのは嫌がらせ目的だったってことか」

プロフェットが呟く。

「ああ、ま、その両方だろうな。真実は勝つ、というやつもちょっとね。検死医によると、マイルズはヤクの過剰摂取で自分で手首を切ったってさ。自殺で片付けるつもりだ」

エティエンヌはそう言って、ハンドルに手のひらを叩きつけた。

「それで、あんたはその話を買う気はねえ、と。マイルズの家にはアルコール《A》依存症者会《A》のマニュアルがあったがな」

「過剰摂取なんてしないさ。あいつはこの半年、クリーンだった——これまでで一番長い。まだガキだった頃も含めてね」

「中毒者はいつどこでもつまずくもんさ」

プロフェットは指摘する。言いはしなかった——本人にはどうしようもないんだ、とは。己の行動は己で律せる筈だと、ずっと心に刻んできた。

「俺はマイルズに対して好意なんかかけらもない。これっぽっちもな。その俺が信じられないってんだから……」とエティエンヌが息をつく。「こんなことにまた巻きこまれてるなんて、うんざりするね。トムに言われた通り、さっさとここから出てきゃよかった」

「そのトムもどうにも戻ってきちまうみたいじゃねえか」

エティエンヌが、バックミラーごしにプロフェットを見つめ、言った。

「あんたは、トムを持て余してないな」

「ああ」

「本気なのか?」

「だからわざわざここまで来たんだろうが。あいつが次のトラブルにハマる前にさっさと探しに行けよ」

エティエンヌは溜息をつき、ポケットからキーリングを取り出すと後部のプロフェットへ放った。

「これでトムの向かった場所に入れるよ、保証する。送ってこう」

「自分で行ける」

「そうだろうよ。ただ……」

「ただ?」

「何か起きてから後悔したくないんだよ、な? トムにはあんたが要るんだ」

エティエンヌは車を発進させ、少ししてから言った。

「マイルズは本気でリハビリに取り組んでた」

「まだ何か言ってねえことがあるんだな? お前とトムが一緒にいた頃にやらかして誰かにしつこく脅されている件は別にしても、だ」

エティエンヌは言葉の後半を無視した。

「マイルズが最近のAAの集会で、何か話したって噂が立っててね」

「匿名参加で秘密は守られる筈の会の噂が、か」

「そうなのさ。その後、マイルズから俺に電話がかかってきた。俺が出ないとわかると、今度は手紙を送ってきた」

「まだ持ってるか?」

「焼き捨てようかと思ったんだけどね。でも悪い宿縁《カルマ》は背負いこみたくなくて」

「お前らの迷信深さときたら」

プロフェットをじろりとにらみ返したが、エティエンヌは反論しなかった。

「マイルズはトムにも手紙を書いてきたよ。中身は似たようなもんだろ。トムに渡すつもりはなかったけど……」

運転中に尻ポケットに手をのばしたものだから、あやうく蛇行しながら、トムの名が書かれた封の切られていない封筒をプロフェットに手渡した。

プロフェットはそれをじっと見てから、ポケットにしまいこむ。

エティエンヌが眉を寄せた。

「読まないのか？」

「トムに渡す」

「あんたは、俺たちの間で何があったか本当に知らないんだな」

「知るかよ。それとも俺に話してくれんのか？　ルーにはお話ししてやったのか？」

エティエンヌはただ言った。

「ひどい話なのさ——ルーは成り行きは知ってる。あとは、俺からじゃなくトムの口から聞いたほうがいい。ただ、マイルズの告白はおぞましい過去をつついてまた生き返らせるようなもんだった。ドニーにとっても、多分」

「そいつは誰だよ」

「ドニーはマイルズの親友さ。まあ、昔のね。もう疎遠になってる。マイルズは多分、ドニーにも手紙を渡しただろう」

エティエンヌがマイルズとの一件をぼかしてトムを守ろうとしているのはプロフェットにもよくわかったし、正直、責められない――なにしろプロフェット自身、出会いからずっとトムを守ろうとしてきた。もっとも、トム本人がそれを求めているわけではないが。きっと、だからこそ、プロフェットもエティエンヌもあの男を守ろうとするのだ。

「脅迫メール、また見ていいか」

エティエンヌが彼に携帯を渡した。

「友達に、発信元を調べてもらったんだけどね。駄目だった、プリペイド携帯からでさ」

「俺も確認したいんだが」

「ご自由に。後で携帯さえ返してくれればかまわないよ」

もうすでに携帯なら山ほど持っているというのに。どれもトラブルしか伝えてこないようなのに。それでも、プロフェットはエティエンヌの携帯をしまって、たずねた。

「ドニーに連絡を取るには？」

「それは無理だ」

「いいだろ、エティエンヌ。そろそろ化かし合いも飽きてきた。てめえならドニーに連絡を取って、しばらく目立たないようにしてろって言えんだろ？　こっちもトムのお友達めぐりをしてる暇はなさそうだ」

「ドニーはあまり話したい相手じゃないが、ああ、それならできる」

エティエンヌが一息ついた。

「トムの過去が、きっとむき出しになるぞ。きれいなもんじゃない。受けとめられるとあんたに誓えるか？　わかるだろ、俺はな、ここまであんたにそれに首をつっこませないようにしてきた。それがトムの願いだと思うからだ。だけどあんたはムカつくくらい頑固だな」

「ああ、ムカつくだろ」プロフェットは口の中で呟いた。「それとな、今の俺に何を誓えってんだ」

エティエンヌはまたバックミラーごしにプロフェットを見て、何か言いたそうにしたが、気を変えて口をとじると、水浸しの道を走っていく。沼沢地《バイユー》の裏通りへと。バイユー、トムの苦痛のすべてが生まれた地へと。

11

バイユーの奥深く、エティエンヌが自分のアトリエと呼ぶ小さな小屋の扉を、プロフェットはひょいと開けて、そのままにした。だが中へ足は踏み入れない。今はまだ。

トムにエンジン音を聞かれないよう、離れたところでエティエンヌの車を下りて歩いてきた。どうやらブードゥーアンテナは働いていなかったらしく、不意をつかれた様子のトムがさっと振り向く。銃を抜いて。

一瞬、トムはその銃をプロフェットにかまえたままでいた。プロフェットが銃を見つめ、トムに目をやると、トムはゆっくりと銃を下ろし、床と同じように絵の具だらけの古い机に腕を載せた。

だがこの野郎は、そのままそこで、描きかけのキャンバスに囲まれて、ふてぶてしくプロフェットを眺めていた。顔には痣、拳は血に汚れて、たかだか八時間前にこの男とセックスしていたというのが嘘のようだ。二人の間で思いもかけないほど何かを分かち合えたことも。

中へずかずか上がりこみ、プロフェットはバタンとドアを閉めた。つかんだ椅子をぐるりと回し、逆から座って、背もたれの上で両腕を重ねた。

「ってことで、だ。お前と、コープな」

トムが眉をひそめた。

「俺とコープ?」

「奴とうまくやれてんだろ?　結構なつき合いになるよな」

「コープはストレートだろうが」

「知らないであいつにサカッたりしたんじゃねえのか」

「てめえは」トムが歯を剝いた。「そんな口を叩かれるとお前を殴ってやりたくなるよ」

まったく、見るからに、乱闘のせいで好戦的な気分になっている。アトリエ中に怒りがあふれ出していた。

「毎度のことだな」プロフェットが静かに返す。「いつも通りでうれしいよ」

「まったくだ。何も変わってねえ」

「わざわざ強調どうも」

沈黙が、二人の間で無人の道のように長くのびた。

「それで？　昔の男をぶっ殺したのはてめえか？」

「くそったれ、ふざけんな、プロフェット」

「理にかなった質問だろうが」

「神経通ってない奴にとってはな。大体マイルズは俺の昔の男でも何でもねえよ」

トムは髪を指でかき回した。プロフェットが覚えているより長い髪。ＥＥ社に在籍して数ヵ月もすれば、よくあることだ。

トムの手首にあった革のブレスレットが消えているのに、プロフェットは気付いた。テーブルを見やると、トムの拳銃と財布に並んでブレスレットが置かれていた。拘留された時に取られたものだろうが、それを戻していないのはトム自身だ。

「番犬を呼び戻せって言われたぞ」

静かに、プロフェットは言った。

トムがまたたく。表情とは裏腹に、この男は瞬時に理解している。

「へえ、それでここまでやってきたってわけかよ？」

「キリアンを追うのはよしとけ」

「あいつに言われりゃホイホイ聞くってか」

トムの声は低く、危険だった。

「俺は誰も関わらせたくねえだけだ」

「だよな。何人かの選ばれた相手以外はな？」

「誰も、俺のせいで必要以上の危険にさらしたくねえんだよ」

「だな」

トムの声に含まれた嫌味は、ぴんと張りつめる緊張感と同じほど濃厚だった。

「お前の昔の男を、俺は殺してないが」とプロフェットは話題をそらした。トムを挑発する狙いもある。「向こうから電話があった。俺に会いたいってな」

トムが拳を握り、開いた。

「何のために」

「お前のためだよ」

「デタラメぬかすな」

「どうして俺が？　エティエンヌと俺で知恵寄せ集めりゃ、お前がハメられかかった理由もはっきりするかと思ってな」

「理由なんかわかってるさ」

「いい子だからそれをクラスの皆にも教えてくれないかな？」

トムは椅子にドサッと身を沈めた。その顔つきからして、答えは断固とした「ノー」だとわかったが、そんな返事でプロフェットを止められるわけがない。

「お断りだね、先生」

「皮肉はお前より俺の専門だぞ」プロフェットは真顔で説いた。「マイルズってのはてめえの何なんだ？」

「俺の成長期を地獄にしてくれた男だよ。バイユーに住んでる連中の九割がそうだったみたいに。これでご満足か？」

トムが立った勢いで、椅子が後ろに倒れた。

「最高に」プロフェットは冷ややかに返す。「いいから座ってろ。授業はまだ終わってねえ」

座らせてみろ、と言い返したい衝動を、トムは呑みこんだ。事態をこじらせるだけだ。もう神経が尖っていて、ほんのひと押しで簡単に理性が切れる。

たのむ、プロフ、俺をそこに押し戻すな——無言でそう祈ったが、口に出しては言えなかった。プロフェットのまなざしに胃がトンとはねる。青灰色と花崗岩の間の色の瞳、揺らぐ鉄のような、嵐をはらんだ雲のような、迫りくる、危険な目。トムの息を止めるほど。

この目からは逃れようがない。トムは仕方なく、また座った。

やっと、プロフェットが立ち上がる。邪魔な自分の椅子を横へ押しのけて、ゆっくりと距離をつめた。

「てめえは、あの場で、俺を切り捨てようとしやがったな。ありゃ意見が合わないとか、もうそんな話じゃねえぞ。俺を切り捨てるな。二人で対処するんだ」

「お前と俺はパートナーでも何でもないんだろ」

「今日は、一緒に組んでたろ。くそ、T、わざとか？　誰もお前の言うことに耳を貸してくれねえとか言いながら、自分からパートナーに背を向けてんだぞ、お前は？」

「そんな言い方やめろ」

「挙句《あげく》にこんなところにコソコソ隠れて——」

立ち上がったトムも、椅子を横へ押しやった。

「隠れてない」

「へえ？」

「ルーは、俺がここにいると知ってる。保安官もだ。一帯の連中が知ってるさ」

「俺にお知らせが来てねえのは、俺がこの辺の住人じゃねえからか？」

「俺のせいで、お前をこのゴタゴタに巻きこむ必要は何もない」

トムがそう言い放つ。

プロフェットは顎をぐっとこわばらせ、沈黙して、二人のかつての立ち位置が逆転した、その言葉の皮肉さを噛みしめているようだった。だが、次の問いは、

「今日の乱闘騒ぎの中でてめえ、キレたか？」

トムは内心ひるんだ。

「覚えてないね」

答えた声は、自分の耳にも薄っぺらく聞こえた。

「当ててやろうか——ルーはてめえをガラの悪い連中と同じ檻にぶちこんだんだろ。てめえが保安官補だったたってことまで言ったんじゃねえのか、ああ？」

トムが答えるのを拒むと、プロフェットが高圧的に続けた。

「もしあのままだったら、いずれどこに放りこまれたかわかってんだろ。ムショの雑居房あたりか？　入ってる全員にお前が保安官補でＦＢＩだったたって教えてな」

プロフェットは深々と息を吸い、うなるように続けた。

「それと、もしかしたら——もしかしたらだがな、てめえがあの時俺を待ってりゃ、こんな目にあわずにすんだかもしれねえんだぞ」

「お前がいりゃ、床に死体が転がってる家に俺が駆けこむのを止められたってのか?」

「せめててめえも、もうちっとマトモな判断ができただろうよ。この腐りきったご近所での自分の悪評はわかってんだろうが」

プロフェットの狙い通り、その言葉はトムの急所を突いた。トムは、まるで言葉に貫かれたように心臓の上を押さえ、プロフェットは楽しげだった。まだかけらも気は済んでいないようだったが。

プロフェットに詰め寄られて、トムは下がる。だがすぐに壁に背がつき、逃げ場を失った。プロフェットは止まらず、灰色の目で食い入るようにトムを捕らえながら、まなざしは暗い憤怒をたたえ、どこか優美ですらあった。髪は前より長く、額に落ちて、ついさっきはその髪をつかんでプロフェットの動きを止めたのだと、トムの脳裏をよぎる。あの瞬間、トムが手にしていた支配を。

不完全な支配。

プロフェットの攻撃的な雰囲気からして、もうそんな支配の余地などないのだろう。プロフェットの動きは素早く、つかまれたトムは一瞬もがいたが、プロフェットに凄まれた。

「逆らうな。今は。俺に」

トムは動きを止めた。無造作にベッドに放り出され、何か、体勢や心の支えになるものにすがりつこうとしたが、プロフェットに馬乗りにされていた。

「まったくてめえはどうしようもねえな、T」プロフェットがぶつぶつ呟く。「どうすりゃその固え頭に俺の話が通じんだ？」

「いつもはお前が言われるセリフだろ、それ？」

トムはそう混ぜ返したが、大失敗だった。なにしろプロフェットの顔つきが二つのことを語っている——トムの言葉は当たりだ。その上、今の言葉で、次の行動のヒントを得たらしい。一瞬ひらめいた怒りに続き、プロフェットの表情がたっぷりと余裕をたたえたものに変わる。切札を握っていると知り、優位をつかんだ男の顔だ。

今やトムは、プロフェットの、何にも縛られない荒々しさに蹂躙《じゅうりん》されるしかない獲物だった。彼の獰猛《どうもう》さが、まるで暴走する野生馬の地鳴りのように、二人をつなぐ空間を震わせている。プロフェットを飼い馴らせた者はひとりもいない。トムも、この男が奔放に荒れ狂う間、彼の興味をつなぎとめておくことしか望めない。

ゴクリと唾を呑むトムの襟首にプロフェットの手がかかり、紙のようにたやすくTシャツを引き裂いた。中心から、まっすぐ二つに裂けた残りを、トムの肩からだらりと垂れ下げたままにする。

トムはじっと、腕を下げたまま動かなかった。プロフェットにそう命じられたわけではないが——少なくとも言葉に出しては。だがこんな時、今まさにのしかかってきているプロフェットがどれほど手のつけられない存在なのか、トムは骨の髄で感じるのだ。

そして、この荒々しさを求めている。焦がれている。

ふと、プロフェットが微笑む。秘密を抱えた男の笑み。トムの乳首に指を添わせ、ほとんど気のない仕種でバーベルピアスを引き、何かの企みを頭の中でまさに組み立てている様子だった。

次の刹那、空気が変わった。プロフェットが身を引き、その体温を恋しがる間も与えられずにトムは体をひっくり返されて、顔をシーツに押しつけられていた。腕が背中にねじり上げられ、まるで手錠でもされるような体勢で、かわりにTシャツの端で手首を縛られる。シャツが引きつれて、肩の動きも制限される。結び目は固く、強いられたこの体勢では布を引き裂くこともできない。

引き出しをいくつも開けては閉める音がしたが、まだプロフェットは片手でトムを押さえつけたままだ。それからプロフェットの手が体の下にすべりこみ、トムのジーンズの前を外して引き下ろす。ボクサーブリーフも一緒に——ピアスを気にして、慎重に。それからゆっくり、尻を宙に上げさせられ、脚を大きく開かされて、トムの体は無防備にさらけ出される。

シーツに顔を押しつけるだけでトムはほかになすすべもなく、自分がどんなふうに拘束されているか、この体勢をどれほど憎んでいるか、どれほど芯から求めているか、痛いほど思い知らされていた。動こうとすればどちらかに倒れそうだ。

プロフェットに支えられ、この男にたよるしかない。彼に好きにさせ、望むものを与える

——二人ともが欲しているものを。

それをはっきり告げるかのように、プロフェットのぬるりとした指がトムの尻の間にすべりこみ、指先が穴に押しつけられる。トムは呻いた。その指を体で押し返そうとするが、動けない。肩に置かれたプロフェットの手がトムのバランスを支えながら、トムの動きを封じて、欲望を追うことすら許さない。

プロフェットの指が入ってくる。あまりにもゆっくりと。トムは何とか呼吸をしようとしながら、目をとじ、感触を味わおうとした。それに応えるように、二本目の指が入ってくると、鋭いひねりでプロフェットの指先が性感をかすめた。もっと、と膨れ上がる飢えに、トムはか細い呻きをこぼす。

対するプロフェットのほうは、至ってのんびりしたリズムで、あくまでトムを支配しつづける。トムはシーツに顔をうずめてもごもごと言った。

「プロフ、もっと——」

叱るように、尻をぴしゃりと叩かれる。

いや、むしろご褒美か。

鋭く走った痛みにトムは荒い息を吐き出し、次の一撃を待った。来ないとわかると、せがむ。

「もっとだ、プロフ。そのつもりなんだろ」

「てめえは。てめえを楽しませるためじゃねえぞ」

だが、承知でやっている筈だった。トムの肌を覆うタトゥを見れば、快楽と痛みの狭間に惹かれるトムの性向はプロフェットにはもうはっきりと見抜かれている筈だった。

その思いを読んだかのように、プロフェットは前に手をのばして乳首のバーベルピアスをくいと引いた。トムが鋭く息をこぼすと、プロフェットの手がさらに強く、熱く、尻を打つ。今すぐ自分のペニスをしごきたくて、焦れたトムは手首の拘束を外そうとむなしくもがく。プロフェットが楽しげに笑った。今度はペニスのピアスをいじり出し、一本ずつつついていったものだから、しまいにはトムの体が刺激にビクビクとはね上がる。

そのまま続いた——平手で打たれ、ピアスを引っぱられる。絡み合う刺激にトムが完全に溺れ、もう、深く沈んでいくのか引き戻されているのかわからなくなるまで。プロフェットが手を止めない限り、どちらでもよかった。ついに、プロフェットがトムの後ろに膝を付き、トムの尻を自分のペニスでなぞりながら、前後に腰を動かし、かすかな、物足りない感触だけを与えてくる。トムの肌は汗にまみれ、この甘い拷問を仕掛けるプロフェットをののしるまいとシーツを噛む寸前だった。

それから、やっとプロフェットが中へ入ってくる——長く、かなり容赦のないひと突きに、トムは悪態を吐き散らし、拘束された手でもがき、自由になろうと、プロフェットに近づこうと身をよじる。

プロフェットは、ここまでのペースを保ったまま、トムをゆっくりと貫き、またゆっくりと腰を引く。トムの肩にのせた片手で彼をベッドに押さえつけ、もう片手は腰に置いていた。突きこむたびにトムの腰をぐいと引いて、より深く屹立を呑みこませる。トムの体の内も、外も、震え出していた。

「ヤリ倒せば、俺がおとなしくなるとでも思ってんのかよ……」

「そうやって、お前はまた自分で深みにハマる」

プロフェットはそう言い返しながら、すでにヒリつく尻をまた叩いてきた。どうせ、深みにハマるのはトムの得意技だ。

「プロフ――たのむ、どうしてほしいか、わかってんだろ……」

「ああ、トミー。知ってるよ。何がお前に必要なのかは」

プロフェットは静かに言った。

腰をトムに叩きつけ、肉を肉が打つ音が響くと、二人分の呻きと悪態が室内に満ちる。プロフェットの固さに性感をえぐられて、トムはビクビクと震えながら達していた。プロフェットをくり返し締めつけ、感じたことのない長いオーガズムに叩きこまれる。

やっと、まともな視界を取り戻した時になって、プロフェットがまだイッてないのに気付いた。しかも、イく気もないようだ。トムの中にとどまったまま、彼は体を倒し、トムの背中をさすって、たずねる。

「解放された時、警察になんと言われた？」

ろくなピロートークではないが、どうせろくでもない世界だ。

「ニューオーリンズ市や、周りの郡を勝手に離れるなと」

「拘置所で何があったのか、俺の推測は正しいか？」

トムは肩ごしにプロフェットを振り向いたが、口に出しては認められなかった。

「転んで、階段を落ちただけさ」

「ルーの野郎をぶっ殺してやる」プロフェットがトムの脇腹をなでる。「肋骨は？」

「痣だけだよ。何があったかお前に話す気もない、プロフ。お前に何も馬鹿なことをしてほしくないんだ。俺だけで充分だ、だろ？」

プロフェットがトムの頬をなでた手は、まるで、この言葉が今のトムに言える精一杯の告白なのだとわかっているようだった。トムのうなじにキスをして、呟く。

「まったく、トミー」

「釈放なんかしてもらえないだろうと思ってたよ」

「エティエンヌの話じゃ、検死医が自殺と判断したってさ」

「検死医がこんなに早く結論を出すなんて、ありえるか？」

「この町じゃどこまでアリか俺にはさっぱりさ。ま、お前の昔の男が、自分の親父ならお前を助けてくれそうだって言ってたが」プロフェットは間を置く。「エティエンヌは、今回はその必要はないだろうとも言ってたけどな。それで、つまり？　お前が出してもらえたのは、ルーが何か腹黒くもくろんでるからだと思うのか？」

　トムはうなずいた。手首の拘束を引く。プロフェットが両手をトムの手首にかぶせ、まだ終わりではないと伝えてくる。

「てめえはとんだパラノイアだって言いたいとこだし、マジでそうならいいと思うが――畜生め、俺の勘も嫌な感じがしてるんだよな」

　プロフェットはトムの上から体を起こし、己を引き抜くと、向き合って横たわり、続けた。

「だから、お前は俺のそばから離れんな」

「あんなふうに戦うつもりはなかった」

　トムの口から、突然そんな言葉が出ていた。だが、まるで、一生ずっと戦ってきた気がする。この腐りきった場所で、すべてのものを敵にして。

　自分の過去と戦いつづけてきた。いい加減、そんなことは無理だと思い知ってもいい頃だというのに。

「てめえはな、その怒りを自分で制御して、自分を見失わずに戦えたなら、とんでもなく危険な存在になれるだろうよ」

「なら、やり方を教えてくれ」

「てめえはもう充分危ねえからなあ」

　トムは顔を向け、じっとプロフェットを見つめた。

「ほどいてくれないのか」

「場合による」

「どんな場合だ？」

「お前がまた迷路に入っちまわないなら」

トムはシーツを見つめた。「……このままでいい」


短いうたた寝から覚めると、腕が痛み、尻と顔はもっと痛んだが、あんなことをしでかした割に気分は悪くなかった。

プロフェットに視線をとばすと、彼は携帯の画面に目を据え、何か打ちこみながら、唇に小さな笑みを浮かべていた。顔も上げずにトムへ言う。

「ソマリアでキリアンを尾《つ》け回したろ？　それから四つ、別々のホテルまで後を尾けた。二回、強盗に襲われかかってな」

「どうしてそんなことまで知ってる」

トムは喧嘩腰寸前の強い口調で問いただした。誰にも言ってないことだ。コープにもフィルにも。その地域にいる間、ＥＥ社の携帯にはさわってもいない。

やっと、プロフェットが顔を上げて彼を見た。それから、嘘をつく。

「キリアンから聞いたのさ」

「残念。俺に追われてることくらいは気がついたかもしれないが、そこまで細かく見えてたわけがないだろ。個人的な意見としちゃ、ただのあてずっぽうに聞こえるね」

　プロフェットははあっと息をついて、答えた。

「てめえがキリアンの動向についてつかんだ情報な？　あいつを追っかけるのに使ったネタ元。そいつの出所は、キリアン本人だよ。大体の場合、お前はぐるっとひと回りさせられてただけだ。一度なんか、知らずに俺を追い回してたね」

「また聞くが、どうして俺が襲われそうになったのを知ってる？　キリアンが俺を尾けてたとでも？　俺にわざわざ偽の手がかりを与えといて？」

「俺にもいろんな情報源があるってことさ、トミー」

「そのうち紹介してほしいもんだな」トムが言い返す。「お前、キリアンのために働いてんのか？」

「キリアンのためじゃない。仕事をもらったことはある。一度な。やるかと言われて、やっただけだ。ヒモ付きでもない、自由な案件。それとついでに言っとくと、キリアンはお前がたっぷり三日遅れて俺を追ってくるように仕掛けといてくれたよ」

　プロフェットが一息つく。

「かなり前のことだ。エリトリアでのお前の初任務の時。しかもお前は一人きりだった。コープもつれずに。バックアップもなしで、なじみのない場所に？」

トムは頭を垂れる。プロフェットは立ち上がり、携帯をポケットにしまい、トムの背後でベッドに膝を付いた。トムの手首からTシャツをほどくと、手首をさすって血のめぐりを回復させる。優しくしてもらえる理由などないのに、プロフェットにはもう怒った様子はなかった。

そのやわらいだ態度に、トムはますます気分が沈む。

「俺は、キリアンに遊ばれてたのか。あのクソ野郎、思ってたよりやるもんだな」

「あいつは腕がいいよ、T。相当な野郎だ。あいつからは完全に手を引け」

「お前も手を引いたらどうだ？　そうしないのはサディークの件があるせいか？」

「どうしてキリアンにそうこだわる」

「信用できない」

「そもそも、お前に信用されたり疑われたりするようなことはキリアンは何もしてないだろ」

「だがお前のために何か調べてるんだろ。お前に関わることなら、俺に……」

言葉を止める。こんなことを声に出すなんて自分が、半ばと言わず、愚かな気がして。メールで書くのはまだいい、だがこんなふうに……。

トムの首の後ろを、プロフェットの手がなでていく——いきなり熱をはらんだ肌に、ひんやりとした愛撫。

「ああ、キリアンに調べてもらった」

トムは向き直り、彼を見上げた。

「どうだった?」

ピクッとプロフェットの顎がこわばり、それから、言った。

「言われたよ。ジョンは死んだと」

「そんでお前は、あいつが本当のことを言ってると信じる気にはなれないんだろ」

「あいつが嘘をついたと疑う理由もない」

「そんなデタラメをよく言えたもんだな。プロフェット、いい加減にしろ。お前はジョンを二年間探して、何もつかめなかった。わかってるぞ、その二年がすぎても、お前はずっと探しつづけてきた。違うか?　ところがキリアンは、何週間か、そんなもんでジョンの死体を見つけてきたとでも?」

プロフェットは、トムに向けてまたたいた。

「そもそもどこにも消えてなかった、ってのはどうだ」

その答えに、トムがベッドに拳を叩きつける。

「くそ……何真面目に聞こうとしてんだか、自分がわからねえよ」

「まったくだ」

「ムカつく」

プロフェットはうなずき、あっさりその言葉を受け入れた。楽しんでいるかのように。それから、少しだけ歩みよる。

「いいか、俺があの仕事を受けたのは――ほかの山ほどの仕事もだが、キリアンの裏をかくためだ」

「どういう理屈だ」

「俺が嗅ぎ回るには忙しすぎるとキリアンが知っていれば――なにしろ奴だって、ジョンが死んだって話を俺が丸ごと信じたとは思っちゃいねえからな――そして、お前が近くまで迫ってないとわかってれば、あいつもあれこれ警戒せずいつものお仕事に励むだろ」

「本当は警戒する必要があるのに――って意味だな、それ」

「ああ。マルがひっついてる」

「てことはフィルも知ってる――」

「何も知らねえよ」プロフェットが鋭くさえぎる。「知られるわけにもいかねえ。あいつの安全のために。ＥＥ社の皆の安全のために」

トムはうなずき、今聞かされたばかりの話を頭の中で整理しようとした。

「じゃあ、お前のその計画を、俺が台無しにしたのか？」

「いや。むしろ、おかげでうまくいったくらいだ」プロフェットが嫌そうに認めた。「お前がキリアンを信じないのは、な……あの男が気に入らないからか、それとも――」

「奴が嫌いだからじゃない。あいつの話を信じてないだけだ。お前だってそうだろ？」

トムはプロフェットに指をつきつけ、その腕をパタンと下ろした。

「なあ、俺にもジョンを探すのを手伝わせてくれ。俺はお前の、くそッ、パートナーになりたいんだ。俺がコープを選んだのはわかってる——でもあの時は多分、そう決断しても、まだお前と俺は……」

「ファックできると期待してたか？」

「お前を失いたくなかったんだ、プロフ。あれは、そういうことだった」

プロフェットはくたびれたようにうなずいた。

「一度にひとつずつ片付けるってことにしねえか？　俺が十年探してきた男の話より、お前のハマった今の状況のほうが少しばかり急を要する」

「わかったよ。だがまず、ひとつだけ、いいか？」

「何だ」

「そいつを、俺にまた着けてくれないか」

トムはプロフェットの横のテーブルに置かれたブレスレットを手ぶりで示した。

「自分でやろうとしたんだが、それじゃ駄目な気がして」

なんと馬鹿なことを口走っているのか。だがもう逃げるのはうんざりだし、これが、トムの本音だった。

プロフェットはためらいもせず立つと、ブレスレットをつかみ、ベッドのトムの隣に腰を下ろして、細い革のブレスレットをトムの手首に巻き直した。最初にそうしてくれた時のことを思い出す。地下ファイトの寸前。あの時も今と同じくらい、トムの頭の中は取り散らかっていた。

だがあの時よりはずっと多くを知っている。自分のことも、プロフェットのことも。それを支えに、トムは手をのばしてプロフェットの手に重ねた。プロフェットは前より痩せていたが、不思議とより筋肉質になって、まさにジムではなく実戦で鍛え抜かれた体だった。

「俺は、お前をトラブルに巻きこんでばかりだな」

凶運。

「T、俺はてめえの勘がどこを指そうが、ついてってやる。そんなのはまるで問題じゃねえ。俺が心配なのは、お前のことだ」

「でも怒ってんだろ、プロフ。お前はその怒りをどうやって抑えてられる？　キレて、手近な奴に拳を叩きこんだりしないのか？」

我知らず声がひび割れ、トムは両手を拳に握っていた。

プロフェットもそれを見逃さない。手をのばして、トムの拳を指一本ずつ開かせた。

「しないようにしてるよ。そうなった時も、怒りで戦いはしない。怒りは相手を優位にする」

「地下ファイトで、アイヴァンはそう優位そうじゃなかったぞ」

「優位だったさ——お前は自分の判断を誤ってあの男を痛めつけ、そのことで永遠に祟られるんだ」

　真実を言うプロフェットが憎かった。トムは言い返す。

「お前はジョンの面倒も、ずっと、こんなふうに見てきたんだろ。そのうち、嫌になるほど」

「しばらく経った頃にはな、ああ。それにも、あいつに罪悪感を感じるのにもうんざりしてたよ。だがジョンは、暴力的になればなるだけ怒りを溜めこんでいった。エスカレートするだけして、しまいには俺は恋人っていうより世話係みたいだったね。あんな真似は二度とお断りだ。もう無理だ。何せ俺にとってもろくな状況じゃなかったが、ジョンにとっちゃもっとひどかったからな。ずっと、救われない。俺のせいさ」

「ほかの誰かの決断に、お前が責任を感じる必要は――」

「俺が自分で背負ったもんだ」

　プロフェットがさえぎる。これ以上は無駄だと悟って、トムは話を変えた。

「シャワーでも浴びてくるよ。そしたら、少し寄りたいところがあるんだが、一緒に来るか、プロフ?」

「当たり前だ、T」一瞬も迷いなく、プロフェットが答えた。「そのために、俺は来たんだ」

12

プロフェットはトムの後ろについて、背の高い草や、沼沢地《バイユー》を取り囲む様々な植物の間を抜けていった。日中の暑さは夕暮れが迫るにつれてやわらぎ、さらにハリケーンの名残りの風がまだ空気を動かしている。このすべての厄介事をもたらしたハリケーン。

まあ、嵐は悪いことばかりでもなかったか。再会もあった。ずんずん先を進むトムが、まるで死を覚悟した人間のように肩を固くこわばらせているのを見ると心が痛んだ。どこに向かうのかトムは教えず、ただ誰もここまでは決して追って来ないと、それだけをプロフェットに告げた。

どうしてか、今ならわかる。この沼地で、人は簡単に死ぬだろうし、誰も死体を見つけられまい。

途中までエティエンヌの古いジープで冠水した道を来た。太陽は雲を振り払おうとしていて、水もどこかへ引きはじめている。まだ通れない道もあったが、トムはこの地域のありとあらゆる裏道や近道を知り尽くしていた。

それから、二人でジープを下り、半マイル歩いてきた。

ぽつりと、プロフェットが言った。石の霊廟たちが、高く茂った草の間から、目の前に浮かび上がりつつあった。

「墓地だな」

「そうだ」

「ここは沈まないのか？」

「水がここまで来たことは一度もない。そういう、珍しい場所なんだ」

「そんな場所でも、やっぱり遺体は地上に安置か」

洪水の多いニューオーリンズでは、地下ではなく地上の埋葬廟に遺体を安置するのが習慣だ。

「ああ、こういう霊廟に死体をまとめてつっこむ」

トムは歩きすぎながら、両側の廟の名前のプレートを指した。

「おかしな話だな」

「おかしいのは、ここが水に沈んだことがないってところさ。皆そう言ってる。そんなに高い場所でもない。周りはいつも水に浸かるのに」

「つまり、何だ？　母なる自然が死者に敬意を示してるとか？」

「噂じゃ、邪悪なものが埋葬されてるからだとさ」

「邪悪」

「家族の墓に入ることを許されなかった人々。無縁の者。罪人」

トムの表情は苦しげだった。小さな空き地で足をとめた彼の横へ追いついたプロフェットは、小さな墓標を見た。風景に埋もれることもなく、育つ草に覆われることもなく。木の墓は、誰かの手で丁寧に守られていた。

「俺の母親の墓だよ」

トムがそう、プロフェットの無言の問いに答えた。

「一人だけ、離れてるみたいだが」

「うちの母親と並べて埋められるんじゃ、犯罪者も気の毒だろうって話でな」

トムは、固い声でそう言った。

プロフェットは彼の肩に手をのせたが、無理にはうながさなかった。その時は、いずれ来る。

「手入れは、お前が？」

「ここに来た時にはな。無理な時は、ブラウンって老人に金を払って来てもらってる。母を、忘れられたままにしておきたくはない。皆は、もう忘れてるから、せめて……」

重く、トムが肩をすくめた。

「彼女がここに埋められた時、俺はまだ何か言えるような年じゃなかったからな。でなきゃこんなところは選ばなかったさ。でも必要もないのに今さら死者を騒がせたくもないし」

「お前は、何歳だったんだ？」

トムはちらりと彼を見た。

「母は、俺を生んで死んだ」

「トミー」

トムが両手をポケットにつっこんだ。

「一緒に来てくれてありがとな。どうせくっついてくるつもりなのはわかってたけど、仕方なくてお前をここにつれてきたわけじゃない」

プロフェットに向けられたトムの目はかすかに笑っていたが、ぬくもりなどまるでなかった。

「いや……そうじゃないな。俺はここに、自分だけで来ていい状態じゃなかった。な、お前のおかげで少しは学んできてる」

プロフェットはトムの肩をぐっとつかみ、力を伝えてやる。

「二人きりにしてほしいか？」

「ああ。お前がかまわないなら」

プロフェットはかまわなかった。トムと、周囲の景色の両方に目を配れる位置まで下がる。決して信心深い人間ではないが、祈りの言葉ならよく知っているプロフェットは、トムの母のために祈りを送った。

山ほど、トムに答えさせたい問いがあるし、トムも答えたがっている筈だ。この場所にプロフェットをつれてきたのは、心の壁が崩れてきたひとつのきざし。すぐにでも奔流があふれ出してくる。

勿論、プロフェットの側も無傷ではすむまい。代償を払わされる――トムはまともな思考力が戻り次第、プロフェットからも答えをもぎとろうとするに違いない。だが、どうせ、もう取り返しのつかないところまでトムに踏みこませてしまっていた。

（たかが、表面の皮一枚にも足りない程度で、か？）

やがて、トムは墓に背を向け、プロフェットのほうへ歩き出した。

その足がぴたりと凍りつき、振り向いて、まなざしをどこかへ据える。ブードゥーのお知らせを聞いているのだと、プロフェットのうなじの毛が逆立った。墓場に不似合いなのはわかっていたが、銃を抜き、トムの援護にそなえる。

トムは、北側を見つめたまま、プロフェットのそばまで後ずさってきた。隣に立ち、プロフェットはトムも銃を手にしているのに気付く。

「誰かに見られてる」トムが言った。「2時の方角の小屋から」

「警察？」

「いや。全然違う」

トムのブードゥーが言わせているのだとわかった。次の言葉は、トム自身のものだった。

「急襲するぞ」

はあ？とうんざり呻きそうになるのを、プロフェットはこらえた。

「マジで言ってんのか?」

「ああ。やるか?」

トムが問い返す。プロフェットに届いた声には何の怒りもなく、ただ集中と決意の響きだけがあった。

その声が、プロフェットの気を鎮める。少しだけ。

「なら俺が裏から回るってのはどうだ?」


トムの答えをまるで待たずに、プロフェットの姿は消えていた。まったく、本物の幽霊のようだ。トムは少しだけ待ってから、その小屋めがけて走り出した。頭の中で、まだプロフェットの声がする。

(てめえは自殺願望でもあんのか、ケイジャン?)

その声を振り切って小屋の前まで突進したトムへ、すでに中にいたプロフェットはただ首を振った。

「マジでか」とトムに言ってくる。「てめえ、一秒か二秒くらいは待ったか?」

「ヤバけりゃお前が合図してくるだろ」

「ああ、まったくだ」

プロフェットは床に倒れている男を指した。

「この男、お前の知り合いか？」

トムはうなずき、たずねた。

「どのくらい強く殴った」

「ちょっと足りねえくらいだな」

プロフェットが答える間にも、男がもぞもぞと動き出す。

「よかった」

トムは身を屈め、武器を隠し持ってはいないかとチャーリーの体を調べた。袋が出てきたが、きっとチャーリーが育てた自家栽培のマリファナだろう。その袋を調べるプロフェットへ、トムは声をかけた。

「いい品だよ。自分で育ててるんだ」

プロフェットが、くいと眉を上げる。

「いや、頭痛によく効くんでな」

「てめえは、保安官事務所に勤めながらマリファナ吸ってたのか？」

「そうしないとチャーリーが情報をくれなかった」

「お前の情報屋か」

「ああ。いつもラリッてるのが役に立つんだ。誰もチャーリーは何も覚えてないと決めつけてるが、こいつの記憶力は写真並みなんだ」

　プロフェットは周囲を見回した。

「こいつはこの小屋に住んでるわけじゃないんだよな？」

「ああ。ここは俺と彼が会う場所だった。昔な」

「俺がいても話を聞き出せるか」

「問題ない」

　トムは早口のケイジャン・フレンチでチャーリーに話しかけながら、男の目が焦点を結ぶまで待った。まあ、少なくとも昔と同じ程度の焦点を。

「今からする話を人に洩らせばお前をＦＢＩに引き渡す」とまず警告する。

　その言葉がチャーリーの意識を引き戻した。熱心にうなずく。この男はいつもほめられたがっている。

「わかったよ、トム。でも一体何だってこんな……普通にくればよかっただろ、こんなクソッたれなんかをよこさないで——」

「どのクソッたれだ？」

　プロフェットが凄むと、チャーリーが両手を上げた。

「俺は、平和主義者なんだよ……」

「ただラリッてるだけだろ」とプロフェットが返す。

「まるでそれが悪いことみたいに言うけどさあ」チャーリーがトムに訴えた。「こいつも、ちょいっと一服してみりゃあ……」

トムはぐいとチャーリーを引き起こした。

「ここを離れてる間に、俺もやめたんでな」

「わあったよ。なあなあ、この辺にドラッグが流れこんできてんだよ。バイユーを通ってさ」

「昔からだろ。お前の儲けが食われてるのか?」とトムがたずねる。

「まさか、違う、俺はマリファナ《メアリー・ジェーン》の話をしてるわけじゃない。もっとヤバいやつが来てんだよ。ケタミン《スペシャルK》とかそういう」

「誰の仕切りで?」

「マイルズさあ。自分はヤクはやってねえって言ってたけど、そんなわけあるかよ」

「成程な」

トムは呟く。マイルズが死んだことはわざわざ言わなかった。

「最後にマイルズに会ったのはいつだ?」

「あいつが、あの下らねえアルコール依存症者会《AA》に行き出してからは会ってねえよ。まだヤクはやってただろうけど、俺からは買わなくなってさ。そんで先月、二、三回、あいつを尾けてやった。ありゃ保安官も一枚嚙んでんな」

「そうか」トムは窓から外を見た。「もう行っていいぞ、チャーリー」

チャーリーはうなずき、プロフェットに向けてかぶってもいない帽子を傾ける真似をし、小屋を出て背の高い草の間に消えていった。

「もっといい情報屋を探せよ」とプロフェットがトムに言う。

「チャーリーは嘘をついてる、と思う」

「ああ、そりゃビックリだねまったく」

「あいつはこれまで俺に嘘をついたことはなかったんだよ」

「それでお前は、チャーリーがお前の話を警察連中にバラさないと信じてんのか？」

「話せばＦＢＩに捕まると思ってるからな。口はしっかり閉じとくだろ」

二人も小屋を出ると、狭い小道を抜けて車へと向かった。トムはまた先に立ち、蛇やら他のあれこれに目を配る。なにしろ、プロフェットはテキサス出身だし――。

「いや、蚊なんか俺はへっちゃらだが」とプロフェットが文句を言った。「ただこの辺、ワニはいねえだろうな？」

「ワニならいつもいるよ」

「こんな時は俺に嘘をついてくれてもかまわねえんだぞ」

トムは突然くるりと振り向き、プロフェットとまっすぐ向き合った。

「コープはいい奴だ。けど、あいつはお前じゃない」

「俺のような奴が、ほかにいるわけないだろ」

まったく、本当に、この男にはかなわない。

「そんなことを堂々と言って、フカしてるみたいに聞こえないのはこの世界でお前くらいのもんだろうよ。たまにはそう聞こえるけどな」

そう言われたプロフェットが微笑し、トムの肩にずしりと手をのせる。その手の重みがどうしてか、トムにのしかかる世界の重さをすべて消してくれる。

「お前に背を向けたのは俺なのに……お前がこうやってここまで来てくれたなんて、信じられないくらいだよ。くそ、プロフェット。すまなかった」


プロフェットは声をひどく静かに保って、言った。

「あやまるな、T。ただ、俺のためにひとつだけたのむ——もう二度と、自分の迷信に負けるな」

「俺の迷信は大抵正しいんだけどな」

トムは低くそう言ったが、それは拒否ではなかった。

一瞬目を合わせ、ちらりとプロフェットのむき出しの前腕を見やる。その上に指をすべらせて、たずねた。

「どのくらいギプスをつけてた?」

「二ヵ月は。外してそろそろ一月と三週間てところか」

トムは腕の筋肉を見つめた。

「タトゥが似合いそうな場所だ」

「お前が言うならそうなんだろうな」

昨夜、自分がいかにトムの背中のハヤブサを、肩甲骨の間に広がったその翼を舌でたどったか、プロフェットは思い出す。激しく、美しく、比類なき猛禽《もうきん》。それを肌に刻まれたこの男のように。まるで今にもトムの肌から浮き上がり、トムを空へつれ去ってしまいそうな翼。

ハヤブサ。

頭蓋骨《スカル》。

邪眼。

航海の星《ノーティカルスター》。

ドリームキャッチャー。

数々の護りのシンボルが、トムの肌に鮮やかに刻まれている。そうやってこれらの力を常にまとっているのだろうと、プロフェットは思う。

トムの背の中心に翼を広げたハヤブサさえ意味を持っているように見えた。自由の象徴として——それこそ、トムがこのバイユーを去って見つけたものなのだろう。だが何かが、彼をここへ引きずり戻す。

（幽霊を本当に葬ることなどできないのかもしれねえな）

幽霊を真に葬り、死の世界へと送れるのは、自分自身が死ぬ時だけなのかもしれない。いや、その時になってすら、あやしいもんだ。

13

プロフェットの運転する車で、二人はエティエンヌのアトリエへ戻った。トムは車に乗りこんだ途端に眠りこみ、一時間半のドライブの間も、プロフェットが車を停めたその時ですら、目を覚まさなかった。

プロフェットはアトリエの周囲を確認する。もう夕暮れで、ポーチの明かりがついていた。すべて正常に見える。助手席のドアを開け、トムを軽くゆすった。トムはまともに目を覚まさず、結局プロフェットが半ば運ぶようにして玄関ポーチまで彼をつれていく。ドアノブを回した。鍵をかけずに出ていったし、エティエンヌもいつもそうするらしい。ドアを蹴り開けて入った瞬間、プロフェットは凍りついた。

「こりゃ幻覚でも見えてんのか」

呟く。その声にトムが眠りからはっきりと覚め、プロフェットをちらっと見てから、視線をたどって床の真ん中を見た。プロフェットはぼそっと言う。

「あまりいい話じゃねえよな」

「どう思う？」

「こいつは絶対お前のせいだろ」とトムに向かって言い切った。

「俺が、ここにワニを招待したって言ってるのかよ」

「だってお前らのお仲間だろ？」

「お前らって誰のことだよ？　俺がワニの仲間に見えるか？」

そう言って、さらにトムはプロフェットに向かってまくし立てた。ケイジャン・フレンチで。

「てめえが何を言ってんのか俺にはさっぱりだ――それはわかってんだろうな？」

床のワニに攻撃的な視線を向けられて、プロフェットはトムの方へ手を振った。

「何だよ？　お前のお友達はこいつだ――話があるならこいつに言え」

「放せって、プロフ」

「やだね。お断りだ」

トムをつかんで引きずりながら、プロフェットは後ずさりを始めたが、目の前の生き物ものそのそと前へ出てきた。

「プロフェット、放せ。それと動くな。後ろのドアを閉めるんだ」

「それでこのシロモノと一緒に閉じこめられろってか?」

プロフェットはそろそろとトムから手を放したが、もし何かやらかそうものならすぐまた引っつかもうとかまえていた。

「ああ、そうだ。ドアの外にはまだ何匹もいるからな」

「冗談だろ?」

「ここで俺と言い争ってる場合か」

プロフェットはそこから一歩も動かずに後ろへ体を倒し、静かにドアを閉めた。目の前のアリゲーター——最低でも体長一・五メートルはありそうだ——がじわりとにじりより、プロフェットはそれに向けて銃をつきつけた。

トムがその腕をつかみ、下ろす。

「これは、メッセージだ」

「なら俺が一発でわかるお返事をしてやる」

プロフェットはそう言いながら、また銃を上げた。

トムの方は、ドアそばのテーブルに積まれていたガラクタの山からロープをつかむと、何かゴソゴソしていた。プロフェットに自分の銃と携帯を渡し、銃をかまえる手をまた押し下げる。

「撃つな、いいか? 俺はこれに答えないと。これをつかまえないと」

「まさか、てめえ——」

その語尾が消えないうちに、トムはプロフェットの脇をすり抜け、ワニの横へ回りこんでいた。

プロフェットは息をつめる。呼吸を完全に止めた。

その目の前で、トムの体からごく自然に力が抜ける。肩を回した。自信に満ちている――ワニが迫ってきてさえも。

トムが、ワニの背にとびのった。ワニが噛みつこうとする。プロフェットは毒づいたが、トムが射角に入っていては撃つわけにはいかない。

トムへ向けて完全に体をひねるより早く、ワニは口をガチッととじ、体をローリングさせはじめた。その瞬間、トムがロープをワニの口にかけて、力強く引く。そいつの背中に全身でしがみつくと両手で顎をしっかりと閉じたまま、たちまちにロープを締め上げた。ワニはそのままデス・ロールを続けたが、部屋の大きさが足りず、ほんの数回転でワニとトムの体は激しく壁に叩きつけられていた。ワニが、トムの上になって腹をさらす。

「ダクトテープを」

トムが喘いだ。

プロフェットはポケットから取り出したダクトテープをかかげた。

「ほーら、さっきは笑いやがったくせにやっぱり――」

「文句は後にしてくれるか？」

「――持ってると便利じゃねえか」

プロフェットは勝ち誇る。

「テープを顎にぐるりと巻け」

「俺が？」

「俺は、このワニが俺たちを殺さないよう押さえとくので手一杯なんでな。お前の方が楽な仕事だぞ。こいつはまだ目が回ってる」

プロフェットはその爬虫類の口にダクトテープをぐるぐる巻きながら、しきりに悪態をついていた。

「次は前足をひとまとめに縛れ。それから、後ろ足も」

トムが指示する。

やっとプロフェットが作業を終えると、トムはワニを床の上へ横倒しに転がし、その背中にへばりついたまま、脱いだ自分のTシャツをワニの目の上にかぶせた。

「尾に気をつけろよ。こいつの体勢を戻したら、尾の一撃がお前の命取りだ」

「はあ？　そいつをキャッチ&リリースする気か？」

「いや。育ちすぎてる。有害と見なされて処分されることになるだろう。リリースするつもりならあんなふうに転がしたりはしないよ。神経系をやられてひっくり返ってるんだ」

「レクチャーどうも、アリゲーター・マン」

トムはあきれ顔でワニの尾を引っつかみ、外へずるずる引きずっていく。

「親父がこれをやってるもんでな」

「趣味でワニ捕りか？」

「仕事だよ。俺はワニの駆除要請をこなしながら育ったんだ」

プロフェットはトムのためにアトリエのドアを開けてやった。

「てめえ、さっき外にはもっといるとか言ってただろうが」

「お前はあっさり引っかかったよな。簡単すぎるだろ、プロフ」

プロフェットが距離を空けてトムを追いながら、会話だけでも続けようとした時、段の一番下に立って二人を待ち受けている背の高い年上の男の姿が目に入った。このメッセージはこいつが送り主に違いない。トムがワニを——その男へ——投げつけたところを見ても。男は驚きもせず、あっさり横へのいてそのワニをよけた。

「ここじゃ何もかもマトモじゃねえのかよ」

プロフェットはぼそっと呟く。

トムが手をつき出した。

「銃」

プロフェットが手渡した銃で、トムは見事に、ワニの両目の間を撃ち抜いた。

さっさとこれをやっといてほしかったものだ。トムがワニ使いと化す前に。

まあ、ワニ使いにもそそられるが。

「親父、こっちはプロフェットだ。俺のパートナー。プロフ、これは親父のギル・ブードロウ」

トムの父親はプロフェットをじろりと見た。

「お前もホモか？」

「イエス・サー」とプロフェットは応じる。

「退役軍人でもある」

トムがそうつけ足した。父親への当てつけ目的だろう、父親のほうでは「軍隊にホモが入るのを許すなよ」とか何とか呟いていた。

利用されたわけだが、プロフェットにトムの出方を邪魔するつもりはない。このギル・ブードロウが息子に対して持つ敵意が、トムの性的指向の問題などはるかに越えたものであるのはプロフェットにも伝わっていた。

「プロフェットは、俺の新しい仕事のパートナーでもある」

トムはそう続けていた。マジでか？　プロフェットが最後に記憶しているところでは——。

ちらりとトムが目を向けて訴えてくる——今はよしてくれ、プロフ、後で話そう……。

トムが彼のことを「パートナー」と、仕事でもプライベートの意味でも呼びやがるとは——

これは、この父親を追い払った後でじっくりつきつめてみる必要がありそうだ。ワニ狩りの興奮と勢いで口走っただけか、プロフェットへの独占欲の発露なのかはともかく。

父親はトムより少しだけ背が高く、恰幅がよく、ビール腹で、鼻の周囲に殴り合いで潰れた血管の痕が浮いていた。皮膚は干からびたワニ皮のようで、両手がやけにデカい。その拳の一撃で小さな少年がどれほど痛めつけられるものか、プロフェットは思わずひるみそうな自分を抑えた。

目の前のこの男に、弱さを見せてはならない。ギル・ブードロウは、まさに相手の弱みだけを狙っている。

「やっと帰ってきたかよ。随分長い間、女々しく隠れてたもんだな？」

「国外で仕事をしてたんでね」

「保安官のとこには顔出したか？」

「いや」

「まだそんな度胸はねえか」

「あのなあ、てめえより最低のクソ野郎ってのはこの辺にいないんじゃねえか？」

プロフェットが口をはさむ。ギルが前へ進み出ると、プロフェットも応じてずいと出た。

「やってみろよ、ジジイ。来い。俺はてめえの息子でも何でもねえからな、手加減してやると思うなよ」

「俺にまかせとけ、プロフ」

トムが、こんな緊張感の中では初めて見るほどの余裕をたたえて、そう言った。プロフェットは両手を上げ、ここは引き下がるとトムだけに無言で伝え、一歩引く。

「聞いたぞ、牢にぶちこまれたらしいじゃねえか」

ギルが息子に言った。

「これでやっとあんたの期待通りの息子になれたか？」

トムが言い返す。

やれやれ。

トムの父親は攻撃的なうなりを洩らすと、トムの方へ踏み出し、トムも一歩前へ出た。

「てめえなんか帰ってこねえほうがいい。トラブルしか持ってきやしねえ」

「ああ、そうだ。今回は、そのトラブルはどこにも行かないぞ。きっちりカタをつけるまではな」

「せいぜい、背後にゃ気をつけろ。あと、あのタトゥまみれのホモにも気をつけてやるこったな」

トムが小馬鹿にした顔になった。

「あんたにエティエンヌと俺の見分けがつくとは驚きだね。俺はいつも用心してるが、エティエンヌに何かあるとでも？」

「知るかよ、とにかくあの野郎のパパとママはとっとと息子と縁を切りゃいいんだ」

「あんたもそうすりゃよかったのにな。それとも、サンドバッグは手近に置いとくほうが楽しかったか？　殴っちゃ、それを口実に飲んだくれてな」

「随分とご機嫌な口叩くじゃねえか、ガキが」

トムが笑った。

「ご機嫌？　どうやって？　凶運としか呼ばれたことのない俺が？」

「行くぞ、T」

プロフェットがうながし、トムの腕をつかんでアトリエへの段を上り、部屋の中へと引いていったが、その間もトムは父親に目を据えたままだった。

「ありゃいくら言ったって埒が明かねえ。時間の無駄だ」

あれが、トムの中に棲む怒りの根源なのだ。そこに立ったトムの父親も気性が荒そうだし実際いくらか気質は遺伝もする。だが、育つ環境こそ、決定的に人を作る。

プロフェットはギルを外に残し、ドアを閉ざした。

この地で、トムは生きるために戦ってきたのだ。デラが言っていたように。そして、まだ戦いつづけている。だが今回は、一人きりで戦わせるつもりはなかった。

トムは汚れを洗い流しにいき、その間プロフェットはアトリエの部屋の中で、父親の存在がいかにトムを押しつぶしているのかと考えこんでいた。

トムは怒りで昂揚しているが、プロフェットのように苛々しているわけではない。実際、あのワニレスリングから始まって父親をわざわざ挑発までしている間に、トムはすっかり腹をくくったように見えた。

そのトムの目の中にともる火花のような光に、プロフェットがそそられているのも、たしかだ。

ちらりと、シャワーの音が続いているバスルームへ目をやり、プロフェットは窓の横にもたれかかって、アトリエへ続くなけなしの小道を視界におさめた。一時的な激昂によるアドレナリンの上昇とその後の下降が、肉体を惑わしている。この上なく勃起していた。落ちつき払って、何でもないようにワニをローリングさせたトムの姿が目から離れない。裸の胸筋も、ワニを外に引きずり出して撃った姿も大したものだった。

野生の存在に立ち向かって、素手でねじ伏せるには、意志と力と、とんでもない度胸が必要だ。

(そこにムラッときてんのか、それともワニとの絡みが趣味だったか、俺?)

水音が止まり、プロフェットが向けた視線の先で、トムが素っ裸でバスルームから出てきた。まなざしに気付き、トムはぴたりと足を止める。小さくニヤッと笑ったトムは、自分の欲情を少しはごまかせないかとポケットに手をつっこむプロフェットにあきれて首を振った。

じっとトムの目を見つめ、プロフェットは、何が——誰が——自分の欲情のスイッチなのか、思い知らされる。このブードゥー野郎にも、しっかり知られているときてる。

見抜いている。ご機嫌で。その力を振りかざして優位をもぎとろうしている。この瞬間も。

(それも俺をそそると、わかってやがる)

まったく、死地に戻っていたこの数ヵ月、あまりにすべてを押し殺してきたので、もう自分の芯まで凍りついたかと思っていた。それが、どうだ？　股間がうずきすぎて、ポロリと落ちてやしないかと、下を見て今すぐたしかめたいくらいだ。見なくとも、ドクドクと脈を感じられるが。

「何だよ？」

「お前のことも、ワニみたいにローリングで転がしてやろうか？」とトムがからかう。

「笑えねえ」

言い返しながら、股間がもうガチガチに固い。トムがずいと迫り、つめよってきたのもヤバい。

「まだダクトテープ、持ってるんだろ？」

「まあな。何でだ」

「いいだろベイビー《べべ》、アリゲーターごっこやろうぜ」

その誘いに自分の肉体が、それきたとばかりに反応するのがプロフェットは忌々しい。

「やってみたいんだろ。違うかい？」

今、トムの南部訛りは強烈なほど強く、プロフェットの背すじをざわつかせる。その間にもトムの手がプロフェットの腰にするりと回り、自分の勃起を、プロフェットのカーゴパンツごしの股間に押しつける。

「ああ」

「あれでサカってるって、認めるのは別に悪いことじゃないぞ」

トムが囁く。

「てめえだってあれでサカってんだろ」

プロフェットはそう言い返しながら、ケイジャンらしい含みのある物言いはやめろと言いたくて仕方ない。

「俺は否定してない」トムは腰を、ぐいとプロフェットに押しつけた。「お前は嘘が下手だよな」

「お前にだけはな」

「そう認めてくれてうれしいよ」

トムの手がプロフェットの首の後ろを包みこむ。

「ワニを転がすコツを聞きたいか？」

「当たり前だろ。教えろよ、ダーリン《シャ》」

トムは、その愛称に微笑した。

「コツは、欲望だ。欲の強いほうが勝つ」

「なら今回は俺の勝ちだ、トミー」

「そう思ってるのはお前だけさ」

なめらかな一動作でトムはプロフェットを倒し、背中を後ろからぴたりとかかえこみながら、二人一緒に、早く、床をローリングしていた。壁にぶつかり、続いて逆回りに部屋を横切って戻ると、プロフェットはすっかり上下の感覚を失っていた。

世界がぐるぐると回るのをやめた時、プロフェットは顔を上に向け、天井を見上げていた。さっきのワニと同じ体勢で。

「ダクトテープを貸せよ」

トムの声は、ニヤついていた。プロフェットの股間をなで下ろす。その手に、プロフェットは思わず呻いていた。

「畜生、T、どうやりやがった」

「軍じゃこんなの教わらなかったか?」

「訓練課程に入れとくべきだな」

「テープを」

トムがまた命じ、プロフェットはポケットに手をのばすと束にしたダクトテープを渡した。

「よし。両手を合わせろ」

「ああ？　ワニがてめえの言うことをいちいち聞くのかよ」

トムの素早い、強い手でペニスを撫でられ、プロフェットの体がはねた。

「ワニはこんないい思いもさせてもらえなかった。違うか？」

「クソが」

言われた通りにプロフェットは手を出した。トムが手首にテープを二周回すのを見つめる。ほとんどただの見せかけだけ。だがプロフェットに、またこのゲームが始まると知らしめるには充分。

トムはテープを床に落とすと、後ろからプロフェットの腰に手を回し、カーゴパンツの前を開いた。それからプロフェットの踵の内側に足先をひっかけ、ゆっくり脚を開かせて、そのまま固定する。

「ダクトテープは便利だって言ったろうが」

プロフェットは呟きながら、搦《から》めとられた両腕を眺める。

「これからは持ち歩くよ」トムがうなずいた。「お前用に」

トムの手がプロフェットのペニスを手に包み、リズムをつけて動きはじめると、プロフェットはそれから逃れたくも、求めたくもなる。

プロフェットはうなった。

「この男が、やっと俺の忠告を聞く気になったってさ」

「それずっと恩に着せるつもりだろ？」

「そりゃな」

返事を絞り出す。

「次には足も縛ってやろうか。その方がお前を好きにひっくり返せるからな」

「次にテープで巻かれて動けなくなるのはてめえだ」プロフェットはそう宣言した。「俺の膝にのっけて丸出しの尻をひっぱたく」

「プロフ！」

トムの、喉につまるような叫びに押し上げられ、プロフェットはぐっと目をとじると、精液を腹と胸にほとばしらせていた。あまりの勢いに顎にまでつく。

その時にはもうトムも呻きを上げ、プロフェットの尻に向かって腰を揺すり、絶頂に達していた。しばらくしてから、笑いをこぼす。もう一度笑って、言った。

「まったく、お前は。俺に勝たせることができないのか。こりゃ引き分けだな」

「つまり？」

「つまり、俺たちの欲望は同じレベルだってことさ」

「そりゃ悪くねえが」プロフェットが応じた。「てめえがワニ転がしのことをこれまで一度も言わなかったなんて信じられねえ。まだまだ俺に言ってねえことがあるだろ？」

「ああ、そりゃ悪かったな。お前には〈お互い様だろ〉ってクリスマスカードを送っとこう」

「お、皮肉を感じるぞ。ケイジャン連中の間にいたせいで、俺にもブードゥーの超感覚が芽生えてきたな」

「お前、バカだろ」

トムがそう告げた。

プロフェットは自分の手首をぐるりと巻いたダクトテープを眺めて、答える。

「この瞬間、異論はねえ」

14

二人でのシャワー、そして食事の後、トムはベッドに横たわり、頭の後ろで手を組んで、至っていい気分だった。

結局のところ、それはつまり、次のトラブルがじきやってくるということだが。そして、鳴り出したプロフェットの衛星携帯電話の音が、迫りくる運命の予兆のように響きわたった。

「デラからだぞ」とプロフェットが告げる。

運命と似たようなものだ。

「お前が出てくれ。俺は大丈夫だと言っとけ」

それを聞いたプロフェットが片眉を上げると、トムはつけ足す。

「嘘でいいから」

プロフェットはあきれ顔をしながら、電話には出た。

「やあデラ、そっちはどうだ？　ああ？　いいから、落ちついて――」

じっとデラの話を聞いていたが、プロフェットは口の動きだけで悪態をついた。

「たしかか？　ああ、わかった。そう、トムもいる。俺たちは無事だ。いいや、どこにいるか言うつもりはないが……トムのことは俺にまかせていい、大丈夫だ、デラ。じゃあな」

電話を切る。トムはまっすぐ顔を向けて、プロフェットは前置きなしで言った。

「一時間ほど前、ドニーが自宅で死んでいるところを発見された。マイルズと同じような状況で」

「つまり自殺か？」

「警察もそろそろその線を考え直す頃だろうがな」

「そいつは俺にとっちゃいい話じゃないな」

トムは起き上がって、足をドンと古い床板に下ろし、太腿に肘を置いて前に身を屈めた。この一時間で体から洗い流した筈の緊張が、一気に戻ってくる。

緊張と言うなら、プロフェットの顔も青ざめていた。

「プロフ、どうした?」

「俺が、ドニーに連絡しろと、エティエンヌに言ったんだ。警告しておけと」

プロフェットの声はしゃがれていた。

「まずいな」

トムはベッドサイドの自分の携帯をつかみ、エティエンヌにかけた。

プロフェットの携帯が鳴り出す。

「畜生」

プロフェットがエティエンヌの電話をポケットから出した。

「脅迫メールの差出人を探るのに借りたんだ」

「その話、いつ俺にするつもりだった?」

「少し忙しかったからな」ぴしゃりと言い返す。「店にかけてみろ」

トムは従ったが、応答はなかった。

「嵐の後だし、電話がまだ回復してないかも……」

そう言いかけたものの、プロフェット相手にごまかしは無用だと、トムは言葉を途切らせた。

「エティエンヌの電話を貸してくれるか?」

プロフェットからその携帯を受け取ると、トムは差出人不明の脅迫メールをざっとスクロールした。何ページも、それも数ヵ月に亘《わた》ってのそのメールの文面に、血が凍る。

「俺に知らせても来ないなんてあいつらしいよ」と呟く。「俺のことを守ろうとか、ふざけやがって」

「お前だって逆ならそうしただろ」

プロフェットがそう口をはさみながら衛星携帯で電話をかけた。

「なあ、デラ、たのみがあるんだが、エティエンヌに連絡取れないか？　ロジャーに店のほうに行ってもらうとか何とかして、俺に知らせてほしいんだ。悪いな」

電話を切ると、一瞬だけ間を置いて、トムに言った。

「エティエンヌがな……俺にこいつをくれたよ」

プロフェットのポケットから出てきた封筒を、トムは凝視した。次にプロフェットは注射器の入ったビニール袋を取り出す。

「こいつはマイルズの家にあったもんだ。俺は、誰かがマイルズにドラッグを投与して過剰摂取にし、手首を切ったんだと思う」

「誰だか知らんが、ドニーまで死んだ後じゃ自殺の線でごまかせなくなるのは犯人も承知の上だろうな」

トムは少し口をとじていてから、聞いた。

「お前、どこかのポケットからエティエンヌを取り出せたりしないか？」

「できりゃいいんだがな」プロフェットが応じる。「ヤバそうな感じがするのか?」

「ああ」

トムは、自分の名が書かれた封筒をつかみ、手早く開けると、中に目を走らせた。手書きの文面。そう、そこにすべてがあった。野外観覧席の下で起きたことへの謝罪。バイユーでのあの夜、自分たちがやろうとしたことへの謝罪。その後起きたすべてのことへの謝罪……。

ちらりとプロフェットへ目をやると、トムをじっと見てはいたがち何ひとつ聞いてこようとはしなかった。

「エティエンヌから、こいつの中身を聞いたか?」

「マイルズからお前への謝罪だと言ってた。償いのひとつだと。アルコール《A》依存症者会《A》に参加するのと同じ。何についてかは聞いてねえよ、ただお前らが子供の頃のことだってだけ。そろそろ手の内全部さらしていい頃じゃねえのか、T」

「かもな」トムはマイルズの手書きの文面を見下ろした。「それで、ほかには俺に何を黙ってる?」

案の定、プロフェットが悪態をついた。

「このブードゥー野郎が」それから、続ける。「デラの話じゃ……お前の指紋が、両方の現場にあったナイフから検出されたって、噂になってると」

トムはまばたきした。

「俺はマイルズの家を見て回ったよ――ナイフなんかどこにもなかった、T」

「俺だって自分でやってたら凶器をわざわざ現場に置いてくほど間抜けじゃない」

「だが二人死んで、証拠はお前を示してる。あの二人、本当にお前の昔の男じゃねえな?」

トムはうつろな笑いを立てた。

「かけらも。あいつら二人は、俺の子供時代を地獄にしてくれた。俺が保安官補としてここに戻ってきた時も、まだ似たような状況だったさ」

「つまり、お前には二人を殺す動機がある?」

「数えきれないくらいな」

「まずいな、T」

プロフェットは炭酸の缶をつかむとベッドへ歩みより、トムの横へ座った。カチッと蓋を開け、トムへ缶を手渡してたずねる。

「一体、ここで何が起こってるってんだ」

トムはぐびぐびと炭酸をあおってから、答えた。

「凶事《バッド・ローク》」

「それがどういう意味なのか、俺が知ってるとでも?」

「俺は、凶兆なんだよ」

なんとか絞り出す。

「ああ？　言葉の意味はわかってんよ、T。言っとくがまだ俺は生きてるぜ」

トムの視線がプロフェットの全身を這う。

「そうだな。お前は呪いを断ち切った、プロフ。それか、断ち切ったと、この間まで俺も思ってたよ」

「やめとけ、トミー。そんなセリフで俺を追い払えると思うな。いい加減、その程度のことかはわかってきてもいい頃じゃねえのか？」

決してプロフェットに知られたくなかった故郷の過去が、今、すべてさらけ出されようとしている——その恐れと同時に、プロフェットの言葉がトムの心を包む。こんな状況ながら、トムは微笑んでいた。

「段々わかってきたよ」

「そりゃよかった。俺たちが離れてんのは、安全のためにはいいだろうが、つまらねえからな。俺はとにかく、危険でも楽しいほうを取る男だ」

「お前はいつもそうだな」

トムは缶を下ろすと、手首のブレスレットをいじりながら、プロフェットの顔を見られないままに言った。

「俺は、七人目の息子から生まれた、七人目の息子なのさ」

それだけを告げて、反応を待った。

「それに何か意味があるってのか？」

プロフェットが探るように聞く。

「バイユーじゃ、ああ」

「てことはそろそろ次のワニが乗りこんでくる頃合いなのかよ？」

「お前のパートナーが居つかないのも当たり前だな」

トムがぼそっと呟き、やっとプロフェットに目を向けた。

「パートナーなんかいらなかったからだ」プロフェットがそう訂正する。「いらなかった。だからだ」

「いちいち復唱どうも。俺の育ったあたりじゃろくな教育もなくてなあ」

トムはわざと訛りを濃く響かせて応じた。

プロフェットはそれには何も答えなかった。軽口のように言う間も、その表情は厳しく、真剣だった。

「つまり、パートナーの運が悪いとかいうより、ずっと根が深い話になってんのか」

トムはうなずいた。

「俺が生まれるより前からのな」

「お前の母親があの墓地に埋められてんのもそのせいだな？」

「ああ」

「七人目の息子がどうこうってのが重い話なのはわかる。でけえ問題なんだろ？　七人目の息子の中に有名人がいるとか」

「ああ。ペリー・コモやレン・ドーソン」

「いい話じゃねえか」

トムは苦く笑って、両手を中に放り上げた。

「そいつは見方によるな。どんな相手に聞くかで」

「俺はてめえに聞いてんだよ。いや待て、てめえには兄貴が六人いるってのか？」

「死んで生まれた六人がな」そう答えながら、トムの喉が詰まる。やっと続けた。「俺は死者の山の上に生まれた。凶兆だ、プロフ」

プロフェットの、揺るがない手がトムのうなじにふれた。

「俺には違う、トミー。ほら、息を吸え」

トムは言われた通りにした。プロフェットの言葉に従うほうがたやすかったし、彼の言葉にいつも守られてきたからだ。トムが耳を傾けることさえできたなら。

「悪い。これを話すのはキツくて」

「お前は、自分の力じゃどうにもならなかったことを背負わされてるだけだ」

「その上、俺には皆以上のものが見えるから、皆は俺が凶運だと思ってるのさ。実際、そうだ。母さんが死に、家は火事で全焼。親父は酒に溺れるようになって……」

「そのどれがどうしてお前のせいになるんだ?」

「俺のせいじゃないって、証明しようがないからさ」

荒々しく、トムは言った。

「あの墓場は恥さらし者が埋められる場所だ。俺もあそこに埋められる」

プロフェットは、否定に首を振りながら、炎のような目でトムを見つめ、もう片手をのばした。

トムは続ける。

「あそこは古い土地だって話だ。呪われた地だと」

「呪いのほうがワニより百倍マシだよ」

プロフェットの返事に、トムはこんな時なのに唇の端が笑みに上がるのを感じる。

「馬鹿野郎」

指でプロフェットの指をとらえ、絡ませた。

「あの墓を囲む沼沢地《バイユー》一帯はな、俺が子供の頃にはある種の、歪んだ野外活動や躾の場所だったんだ」

「要は、おしおきの場か?」

「ああ。俺とエティエンヌ、マイルズ、ドニー……俺たちは四人で、あそこに送られた。あの時はバイユーの奥の、あの墓場にまでつれていかれたんだよ。俺がいたから、俺を狙ってしたことだ。一晩で終わる、その筈だった」

「そんなところで、お前らに一体何をさせようってんだ？」

トムはちらりとプロフェットを見てから、前を向いた。

「親父は言ったよ。俺を保安官に渡す前に。もし俺が生きのびられたなら、俺は凶運だってな。邪悪の中で生き残るのは邪悪なものだけだと」

「そんな御託を信じてるなんて言いやがったら、てめえのケツを蹴り上げるぞ」

「毎日ずっとそう言われ続けて、何度もそれを裏付けるようなことが起きると……」

トムは語尾を途切らせてから、くり返した。

「何度も、そうとしか思えないようなことが起きたんだ」

「てめえはちったあ考えたことがあんのか？　自分が、傷つけた以上の数の人間を救ってきたことは？」

めまいがする――プロフェットを信じたいと、祈るような思いと、無理だとわかっている気持ちとで、揺さぶられる。無理なのだ。これだけは。

「エティエンヌと俺は……俺は、あいつを地獄までつれていった」

「最後に俺が見た時は、あいつは元気そうに地上を歩いてたがな」

プロフェットがそう混ぜ返す。

「エティエンヌはいつも平気な顔をしてるんだ。お前と同じだよ」

プロフェットは最後の一言を聞き流して、トムのうなじに当てていた手を肩口にまで下ろし、肩を抱きよせた。トムはプロフェットに力なくもたれて、宙を見つめる。互いの指を絡めたまま。

「ひどいことになったんだ、プロフ。本当に、ひどいことに」

「その野外キャンプの前か、後か？」

「はじまりは前からだ。後になると、ただもう、すべてが、もっと駄目になった。俺も。エティエンヌも。マイルズやドニーまで」

プロフェットの携帯が鳴り出す。デラの報告を聞くまでもなく、トムにはわかっていた。エティエンヌの姿が、どこにも見つからないのだと。

プロフェットは待つ。相変わらず彼の肩にもたれたトムの肩に手をのせ、手のひらの下のドリームキャッチャーのタトゥを思い描きながら。今回ばかりはどれほど押しても無駄だとわかっていた。トムは話を横道にそらしたくて必死だろうし、そんなきっかけを与えたくない。

やがて、トムが口を開いた。

「ああいう罰があるのは知ってた。皆、知ってた。ただ誰も自分がやられたとは認めようとしなかった。罪の烙印になるからな。そりゃそうだ。それで、あれはただの、俺たちを脅しつけるための作り話なんじゃないかって思いはじめてた。筋書きは、不良少年の矯正キャンプみたいなもんで、保安官がバイユーの西の端でそいつらを放すだろ、二十四時間以内に逆の端までたどりつく。それでそいつらは成長できる、ってやつさ」

「命があれば？」

「まあ、この辺で育つガキは誰でもバイユーを自分の手のひらみたいに知り尽くしてるもんだからな。ただ墓地だけは別だ——あの場所は、誰も知らない。俺だけはあの辺にも詳しかった。エティエンヌも。俺の母親の墓に一緒に行ってくれてたから」

「その夜は、お前と、エティエンヌ。それと死んだ男二人の、全部で四人だったんだな？」

　トムはうなずいた。

「ドニーとマイルズは不良でな。エティエンヌがあそこにいたのは、あいつが親に——そして学校全体に、カミングアウトしたばかりだったからだ」

「そりゃドニーとマイルズが大喜びでとびついた話だろうな」

　トムは口を開け、それからとじた。唇をぐっと結んだ彼の顔を、どうしてもはっきり見ようとプロフェットは体をひねる。

「俺がそばにいる、T。いいな？　お前がこれからどんなことを言おうと、それは何も変わらねえ」

「本当にそう思うか？」

「俺がこれまで言ったことで、お前の気持ちが少しでも変わったか?」

思いとどまるより早く、そう問いかけてしまっていた。

「いや、プロフ。かけらも」トムがゴクリと唾を呑む。「どうしてこんなことに……」

「楽にゃ行かねえのはわかってたろ」

「お前の腹割った話も後でじっくり聞かせてもらうからな」

トムはそうプロフェットに予告して、なにやらケイジャン・フレンチで悪態をついてから、続けた。

「嘘もなし、半分だけ真実ってのもなし。最初から、キッチリと」

自分とプロフェットのどちらについての言葉かわからない。ただ、今この瞬間、語っているのはトムの方だった。

「俺たち四人は、同じ高校に行ってた。小学校、中学校とそのまま持ち上がりでな。エティエンヌと俺は、マイルズやドニーと友達ってわけじゃなかった——俺たちは孤立してたんでな。俺はさっき言った理由から。エティエンヌは、ふてぶてしい、攻撃的な態度だったせいで」

「だった?」とプロフェットが鼻を鳴らす。

トムは小さく微笑んだが、目は真剣だった。

「かなりあれでも丸くなったのさ。あいつはもう、出会った時からアーティストだった。アーティストの魂を持って生まれた男だ」

プロフェットは、エティエンヌの……魂についてなどトムが語るのを、聞きたくなかった。

「お前だってアーティストだろ」

「少し描く程度だ」

「エティエンヌの店で、お前のタトゥのオリジナルの絵を見たぞ」

トムの表情が砕け、彼は立ち上がると、迷うようにプロフェットとの間に距離を取る。

「こんな話はしたくないんだ」

「何があったのかわからなきゃ、お前を助けようがねえんだよ」

数秒、トムは目をとじ、着古したジーンズのポケットに両手をつっこんで足の前後に体重をかけながら体を揺らした。それから、固まったように止まる。

「マイルズとドニーは……あの二人は、エティエンヌをレイプしようとした」

また悪態をつき、激しく首を振ったが、その間もトムの目はプロフェットからそれなかった。

「レイプ、したんだよ。高校の、野外観覧席の鉄骨の下で。エティエンヌはカミングアウトしたが、それがレイプの原因ってわけじゃなかった。エティエンヌが俺をかばったから、奴らはそうやって、俺に思い知らせようとしたのさ」

プロフェットの喉がつまる。トムのそばへ行きたかったが、この瞬間を壊したくなくて、座ったままトムが乱れた息を吸うのを見ていた。

「エティエンヌは、被害届を出した。だが誰も何もしてくれなかった――エティエンヌの両親さえ。大人の中で、デラだけが彼の肩を持って、引き下がらなかった。裁判所は和解で片付けようとして――」

「和解？」

「そうさ。起訴なんて、話にすら出なかったよ。だがエティエンヌは訴えを取り下げようとしなかったし、俺もそうだった。俺たち四人が沼地の野外学習に送られたのは、そんなわけだったのさ。お互いを理解するために。な？　もしレイプされたのが俺だったら問題にもならなかった筈だ。だがエティエンヌとなると、保安官の体面にも関わる。両親からいくら説得されてもエティエンヌは訴えるのをやめなかったから、親だっていつまでも息子の話を正面きって無視し続けるのは外聞が悪い。保安官も、判事の息子の訴えを聞こえないふりで踏みつぶすわけにはいかない。判事の機嫌を損ねちゃ、裁判もやりにくくなるからな。エティエンヌの両親は、息子のカミングアウトにはいい顔をしてなかったが、それも関係ない。親がゲイの息子に眉をひそめていようが、これ以上恥ずかしい真似をするなと説教していようがね。マイルズとドニーがすべてを否定したことも、エティエンヌがすぐには警察にも病院にも行かなかったことも――あいつ俺にも言わなかったんだぜ――全部問題じゃなかった。保安官は、とにかく何かの形でケジメをつけなきゃならなくなったんだ」

「そこでお前ら四人を一緒に沼地に送りこんで、一体どうなるってんだ？　さっぱりわからねえ。周りは何を期待してた、一晩経ったら皆がお友達になって出てくるとでも？」

トムが首を振る。

「俺だってな、あの時は何もわかってなかったのさ。多分、エティエンヌに謝って訴えを取り下げてもらえとか、保安官がマイルズとドニーを言い含めたんだろうと思ってた。それか、俺たちには何の証拠もないんだから、脅しつけて黙らせろと言ったとか――結局、そんなような話だったみたいだが。とにかく、どっちでもいいことだったんだ、俺たちをそろって送りこむことではっきりするからさ――どう転がろうが、いつ、どこに俺がいようと、俺がトラブルの元なんだってな。もう皆、わかってたことだけど。エティエンヌの両親のほうじゃ、その試練で息子がマトモな男になるだろうと思ってた」

トムはポケットから両手を引き抜くと、髪をかき回しながら、壁にかかったエティエンヌの作品を見回した。ふたたび口を開いた時、その声は猛々しく尖っていた。

「エティエンヌはそのままで、俺が知ってるどんな奴よりちゃんとした男だったけどな。畜生、俺たちは十四歳だった――信じられるかよ？　十四の時に起きたことに、その後一生つきまとわれるなんて？」

「ここがそういう場所だから、お前は保安官選挙に勝てなかったんだな」

落ちた沈黙の中へ、プロフェットはそう問いかける。

「そうだ」

トムが認めた。

「お前はFBIを辞めた後、何に立ち向かうことになるか知りながらここに戻ってきた。立候補までした。くそ、T、そいつはまるで……」

「自分で自分を痛めつけてる、お前にもそう言われたな？」トムが毒を含んで言い返す。

「お前は、自分はそんな罰を受けて当然だと思ってるんだろ。ただ皆から認められる男になろうとした、それだけのことで」

トムは首を垂れ、静かにプロフェットの言葉を受けとめた。

「ああ、エティエンヌにも、とっととここを出てけと言われたよ。俺のせいであいつに迷惑がかかるからじゃない、俺がどんな思いをするかわかってたからだ。ああ、お前の言う通り、俺は自分を罰してた。情けない話だろ？」

ここでプロフェットが立ち上がり、ずかずか歩みよって、トムの顎をすくい上げた。

「違う。情けないのは、エティエンヌと俺以外の誰も、お前の強さを見ようとしなかったことだ。お前はいつも、ずっと、お前を傷つけようとする誰より強かった。身も心もだ。お前の父親。この町の住人。お前には、ひとつ逃げ場があった——エティエンヌだ。だがお前は彼のことまで守ろうとした。今のお前を見てみろ。誰がこんな傷と重荷を背負える？　お前だけだ」

トムは荒い息を吸いこみ、まるで初めてそんなことを聞いたという顔で、プロフェットを凝視していた。

「ここに戻ってくるたび、お前は見せつけてるんだ。お前が、ここの連中がどうあがいてもかなわないほど、強いと。連中の憎しみを強さに変えていると。連中の、凶運がどうのっていう寝言なんぞ本気にしてないと」

「だが、本気にしてるんだ」

「奴らは知らないさ。お前は折れなかった。お前はどこかで凶運なんぞを信じてなかったんだよ、でなきゃまたパートナーと組むような仕事を選んだわけがねえだろ」

トムは素早くまたたいた。プロフェットに毒づく。

「まったく、お前は俺にとってとことん最高で、同時に最悪の男だな」

「両方そろってなきゃ話になんねえだろ？」

両腕を投げかけるように抱きついてきたトムを、プロフェットは顔から手を離して抱き返しながら、トムが語る声を聞いていた。

「もう、これ以上はお前に聞かせたくないんだよ。思い出したくないだけかもしれない。もう、あの時のことがよみがえってくるのは嫌だ」

プロフェットは、自分が悪夢に見るすべてを思い返す。トムは悪夢のかわりに、頭痛に苦しんでいるのだろうか。それはしっくりくる。

「ほら、全部言っちまえ、T。全部吐き出して、そしたら――」

「そしたら今度はお前の重荷になるんだ。もう、充分以上にかかえてるお前の」

少し、プロフェットは身を引いた。

「お前は重荷じゃねえよ、トミー。これまでも、これからもずっと。わかるだろ？」

口から出たその言葉はあまりにも激しく、彼は胸の内で毒づいた。畜生、一体どっちが重荷だって？

だがトムには気付いた様子がなかった。二人はアトリエの中央にたたずみ、よりそって、プロフェットの手はトムの腰に、トムの手はプロフェットの二の腕に置かれていた。

口を開いたトムの声は、囁くようだった。

「あの時、俺はエティエンヌに、この墓地では何も心配いらないと言ったんだ。大丈夫だと誓った。あいつに助けが必要だった時、俺は守ってやれなかったから、せめて今度はと。はじめのうち、俺たちはマイルズとドニーと離れてたしな。エティエンヌが嫌がったから……大体、どんだけ残酷な仕打ちなんだ？　まだ子供なのに、自分をレイプした相手と一緒に沼地の奥に送りこまれて」

さっきからずっと続いていた話題だが、あらためてそう聞くと、あまりに——常軌を逸していた。

「俺なら奴らを殺す」

プロフェットはそっと呟いた。自分の言ったことに気付いて、「悪い」と毒づく。

「いいよ。俺も奴らを殺すだけの度胸がほしかった。だが奴らを助けたのは——俺に助けられたことが、あの二人への完璧な復讐になったんだ。二人を見る周りの目がすっかり変わっちまったからな。俺はあいつらの人生をぶち壊した――俺たちは誰にも言えない秘密をかかえこみ、そのせいで奴らは、人前で俺たちにマトモに接しなくちゃならなくなった。少なくとももう前みたいなナメた態度はとれなくなった……」

プロフェットが、うながす。

「どんな秘密だ、トミー？」

「物事が、あれ以上悪くなれるなんて信じられなかったよ。だろ？　でもまだ下があったんだ、プロフ」

トムは陰鬱に言った。

「あの秘密を……俺がバラすんじゃないかと、マイルズとドニーは恐れてた。俺だけは予測不能の因子だったから。凶運の元。トラブルの元。秘密が洩れるとすれば、俺からだと」

「恐れられるのは悪くない」

「少しは大事にされてりゃな」

「そんなもん無意味だ」

「とにかく、今となっちゃマイルズとドニーの二人が死に、俺はハメられた。沼の奥から俺たちが殺し合いもせず仲良く戻ってきたのがどれだけ異常なことだったか、この辺の連中が忘れてる筈がない」

「その割に処刑隊が押しかけてくる様子はねえな」

トムは笑い声を立て、ちらっと天井を見てから、プロフェットにまなざしを据えた。

「まだお前は何もわかってない、プロフェット。待ってろ。すぐだ」

「何を待てって？　松明とナタかざした連中が押しかけて来るのを？」

「気を抜くな、いいか？」

トムは窓の外を見つめて、またプロフェットへ顔を戻す。まるでこの世の中で、たしかなものはプロフェットだけだというように。

「続けろ、T。聞いてる」

トムがうなずいた。

「あれは……六時をすぎた頃だった。保安官が俺たち四人を車に乗せ、さっき墓地に行く時に車を停めたところまで行くと、俺たちを墓地まで追い立てた。四人とも懐中電灯、水筒、少量の食糧を持たされてた。マイルズとドニーがさっさと先に行った。俺たちのそばにいたくなかったし、完全に真っ暗になる前にどこか安全な場所を見つけられると思ってたんだ」

「そんな場所があったのか？」

「安全な場所なんてどこにもないさ」

トムは暗く、そう呟いた。

「エティエンヌは保安官との合流場所で親の車から降ろされてから、ずっと、茫然としてて……俺と二人だけになっても、まだ口をきこうとしなかった。だから、俺はあいつの手を握った。手を握ったのは、あれが初めてで――あいつとは友達だったけど、俺はずっとあいつが好きだった。本当に馬鹿な行為だったかもしれない。でもエティエンヌは後から、あれが自分を救ってくれたと思ってるって、そう言ってくれたよ」

　プロフェットはトムの手を握った。

「可愛い話だな」

「妬いてないよな？」

「今にもお前の手を握りつぶしちまいそうなくらいにな」

　トムが鼻を鳴らした。

「とうの昔に終わったことだ」

「わかってる」プロフェットはトムを見つめる。「先を話せ」

　トムは深く息を吸い、バイユーへと、そしてあの日へと戻っていく。プロフェットをつれて。


　闇はたちまちにすべてを呑みこんだ――トムが予期した通りに。墓地には何の明かりもないのだから。だが頭でわかっていても、実際に夜の中に立つのはまるでわけが違う。

　エティエンヌの手は冷たかった。二人とも、手は汗ばんでいたが。九月の終わり。蒸し暑い。エティエンヌが気を回してくれなかったら、二人とも生きたまま蚊に貪り尽くされていただろう。エティエンヌの持ってきた虫よけスプレーが役に立った。

「大丈夫さ、エティエンヌ」

トムはエティエンヌを安心させようとした。この友人を守るためなら何でもしただろう。この一月、彼がどれほどの苦しみを味わったかを思えば。

「保安官は、マイルズに武器を渡したかな?」

やっとエティエンヌが口をきいた。小刻みな震えがその全身を揺らしていた。

「わからない」

だが、トムも自分のナイフを持ってきていた。エティエンヌには言わなかったが。まだ。

「戻ってもいいんだ。このまま引き返しても。こんなことしたくないって」

トムがそう提案すると、エティエンヌが短く笑った。

「お前が、戦うのをやめるって? よせよ、トム。そんなこと一度もなかったろ」

「皆、なかったことにしろって、マイルズのこともなかったんだって、お前に言ってきた。でもあれは本当にあったことだ。俺は、奴らを勝たせたくないし、お前に嘘つきのレッテルを貼らせたくないだけだよ」

「レイプ被害者のレッテルのほうがマシだから? いや、誰にでもケツを貸すガキか。どっちのほうが最低だ?」エティエンヌは激しく吐き捨てた。「ゲイはレイプなんかされるわけないって偏見と、俺がマイルズに自分で脚を開いたって思われるのとさ——」

そこで、トムはエティエンヌのほうを向き、キスをした。優しく、ゆっくりとしたキス。ずっと夢見てきたような。夜闇の中でエティエンヌは身を震わせ、キスを返してきた。彼の腕がトムの体に回り、トムはエティエンヌの肩に片手をかけ、もう片手を髪にくぐらせて、握りしめる。

夜に包まれて、五分はキスしていただろう。キスをやめたのも、バイユーでこのままじっとしていたらあらゆる野生動物の標的になりかねないからというだけだ。その恐れを口にはできない、十四歳の少年たちだった。

「俺の初めてのタトゥの相手は、お前だ」

エティエンヌが宣言する。

「俺に拒否権は？」

「ない。さっきのキスで、なくなった」

エティエンヌの言葉の最後は沼地の空気を切り裂くような悲鳴にかき消されて、トムはぞっと凍りつく。エティエンヌも動きを止めて、ただ言った。

「マイルズの声だ」

トムはエティエンヌの手をつかみ、引いて歩き出した。こんな真っ暗闇は初めてだが、ここに何度も来たことがある二人は、この細い道が墓場の向こうへ抜けていく道だと感覚的にわかっていた。懐中電灯のたよりない光の下、道はなお細く見えた。一歩、一歩と、今もまだ続く悲鳴とそのこだまを追って、できる限り急いで、二人はじめついたバイユーの地を踏みしめていく。

半ば歩き、半ば走って、十分はかかっただろう。その頃にはトムにもバイユーの圧迫感が感じたこともないほど重くのしかかっていたが、エティエンヌのために心を強く保とうとしていた。その時、二人の周囲にこだまし、二人をマイルズのほうへ導いてきた叫び声が、ぷつりと途絶えた。そして沼地の奥、虚無と、ありとあらゆるものに囲まれて、二人だけが残される。

「トム、なあ……」

「大丈夫だ、E。俺から離れるな」

そううながすトムの声は、気持ちと裏腹に落ちついて聞こえた。つんと、金属的な血の匂いを嗅ぎつけて、トムの心臓は早鐘のように打っていた。その足が何かに蹴つまずき、あやうく転びかかる。

何か——いや、誰か。それも、二人。

立ちすくむ。エティエンヌの懐中電灯の光が、そこにいるマイルズとドニーを照らした。

ドニーは地面に膝をつき、マイルズを揺すっていたが、そのマイルズは気味が悪いほど静かだった。トムの意識は、マイルズの手を染める鮮血に集中していた。

「怪我してるのか？」

そうたずねるエティエンヌの手から懐中電灯をつかみ取ると、トムはその光を足元から周囲へと向け、ついに、一メートル半ほど離れた地面にある何かを照らした。

「マイルズの血じゃない」

トムは、静かに言った。

衝動的に、エティエンヌをつかんでマイルズとドニーを置き去りにし、道を走っていきたくなる。だがどうしてか、トムはそれに向かって近づいていた。

光の輪で、ごついブーツの足から上へと照らしていく。胸元からは、ナイフの柄がまるでオモチャの兵隊のようにまっすぐ立っている。マイルズにとっては、見事なまぐれ当たり。この男にとっては不運。これが誰なのかはともかく。

ためらった後、トムは顔を照らした。男の口は驚きに開き、その目は……その目は、やはり開いて、まるでまっすぐトムの方を見つめているようだった。立つ位置と偶然のいたずら。

トムは後ろへ飛びのき、それからまた見やった。知らない男だ。このバイユーに住む大人は全員知っているのに、妙だった。もっと近寄り、男の口元に手をかざしてみたが、息は感じなかった。ただ、無気味な静けさだけ。

死を見るのが初めてというわけでもない――トムと父親は生計を立てるためにワニを撃ち殺してきた。だが、これは、まるで違うものだった。

トムは男の肩に手を置いた。「ごめん」と呟く。ここにいる全員に対して、申し訳なかった。

「一体これ――」

エティエンヌが横まで来て、死体を見下ろしていた。それからくるりと身を翻すとドニーへつめより、膝をついているドニーを後ろの地面へつきとばした。

「てめえ何考えてんだ、ドニー、あのナイフ、本当は誰に向ける気だった？」

拳が肉を打つ音がしたが、その音にもう慣れきったトムは今さらたじろぎもしなかった。

「死んだ……のか？」

マイルズの声。よろよろ立ち上がって、震えながらトムの横に立った。

「ああ」

トムは、まだ膝をついた体勢で答える。大体もし息があったところで、彼らに何ができる？電話もかけられない——一番近い家でも、この闇の中、何マイルも離れている。

トムは立ち上がると、暗がりでマイルズの声のほうへ向いた。マイルズが手にすがりついてくると、何かがべったりとトムの手とシャツになすりつけられた。振りほどき、あわてて懐中電灯で照らすと、それは血だった。光をマイルズへ向ける。

「どういうつもりだ？」

「わかるだろ、トム、俺たちみんなで何とかしないと……」

トムは憤然として距離を取った。

「ここで待ち伏せしてたんだな、だろ？　この道を、俺とエティエンヌがやってくると思って」

マイルズは青ざめた。それだけで、充分な告白だった。

何故だ、と問うこともできたが、理由などわかりきっていた。自分の血まみれの両手とシャツを見下ろして、心底、よくわかった。

四人とも、もう取り返しがつかないところへきてしまったのだ。今や、彼らの運命はほどきようがないほどに絡み合って。

15

プロフェットの手に首の後ろをなでられ、少し揺すられて、トムはやっと、話し終えてから自分がしばらく黙りこんでいたのだと気付いた。

「おい、T、どっか行ってないだろうな？」

ああ、ここにいる——プロフェットのそばに。プロフェットの両腕に包まれて、トムは少し身じろいだ。

「悪い。ああ」

「俺の解釈をまとめるとだ、その遠足の出来事のせいでドニーとマイルズは殺されたってことか」

「ああ」

トムはただそうくり返したが、体と心がずれてしまったかのようだった。プロフェットが邪魔な椅子を蹴り、トムはぎょっとする。プロフェットは言った。

「来いよ、T。ベッドに行って薬を飲め」

そう言われてやっと、偏頭痛がドク、ドクと脈打ち出しているのに気付いた。おとなしくベッドにつれていかれる。

「お前、俺の隙につけこみたいだけだろ」

プロフェットが「当然」とニヤリとする。トムをベッドの上に座らせて、偏頭痛の薬をよこした。

「吐かないで飲めそうか?」

「多分」

呼吸をして、胃をなだめる。プロフェットがトムの手の、なにやらツボのようなものを押して頭痛をやわらげてくれる。トムは目をとじ、曲げていた膝がのびて、体がリラックスし、精神がどこかへ漂い出すのを感じた。

目を覚ますと、暗闇で、固く勃起し、腰をプロフェットの太腿に擦り付けていた。

プロフェットは、欲情に重くふちどられた目でトムを見つめ、額に前髪が乱れていた。目には警戒の色があったが、素顔のプロフェットだった。

　こんな時、本当のプロフェットを見ているのだと、よくわかる。この瞬間だけで、ほかの、仮面を見せられている時間も乗り越えていける。

「よお……」

「ああ」

　プロフェットはトムのペニスに手を這わせ、親指の腹で屹立のピアスをさすった。

「良くなったか？」

「そう願いたいね」だが肌はほてり、熱に浮かされたかのように張りつめている。「畜生、こんなにお前のそばにいたいなんて、いい加減どうかしてる」

　プロフェットが軽く鼻で笑った。

「そのセリフそのまま返してやるよ、トミー」

　頭痛と、少しずつやってくる薬の効き目が思考をぼやかし、プロフェットを信じてしまいたくなる。プロフェットが、トムのそばによりそって気持ちを立て直す支えになろうとしたり、頭痛の面倒を見たり、過去と向き合う手を貸してくれるのは、プロフェットがそうしたいからであって、それが手っ取り早くトムをあしらう方法だからではないと――はっきりと、そう信じたい。

　プロフェットは笑っているような表情でトムを眺めていて、数秒してやっとトムは、その理由を悟った。頭の中でだけぐるぐる回っている筈の問いを、トムはすべて口走ってしまっていたのだ。

「畜生」

「俺がここにいて、こんなことを――すべてひっくるめて――してるのは、俺がそうしたいからだよ。義務感じゃねえ。もう逃げるのはやめたと言ったろ。もしかしたら、まだ逃げようとしてるのはお前のほうなんじゃねえか?」

「違う。そんなことしたくない」

「ならもう拒むな、T」

その言葉に従う以外に選択肢は残されてないのだと、そんな嘘に、トムは喜んで自ら溺れる。

「お前には毎度驚かされてばかりだよ」

まるで数時間も経った気がする頃、プロフェットがトムに囁いた。

「びっくりするほど良かったか?」

トムはぐったりとしてたずねながら、プロフェットの胸の上に崩れたままだ。

プロフェットは笑って、トムの背中をなでた。

「俺は〈ベッドの中で合格〉か?」

トムが「馬鹿」と弱々しく笑った。

「お前が言い出したんだぞ」

「ちょっと待て――」トムはふと気付く。「どうして俺の薬が都合よくここにあったんだ？」

プロフェットにも、きまり悪そうにしてみせる程度の節度はあった。

「お前の荷物をあさってな。カーリーと家を出る時にポケットに入れた」

「俺が、叔母の家からたかだか少し離れたところで偏頭痛にやられる用心にか？」

「気圧の変化にそなえてな。わからんだろ、どうなるか……」

プロフェットが言葉を途切らせる。

「ありがとう」

「礼はまた後で聞く」

そう、プロフェットは流した。トムは、ほとんど運ばれるようにバスルームへとつれていかれる。

シャワーの下でプロフェットにもたれかかり、彼は呟いた。

「体が熱すぎる、プロフ」

プロフェットは湯の温度を下げ、ほてった肌を水の流れが打つと、トムは身を震わせた。ちょっとした運動でまたこめかみに痛みがうずき、プロフェットの首すじに頭を引き寄せられて背中をなでられると、小さな呻きがこぼれた。さっきのオーガズムのせいで頭痛が一気に増したのを感じる。強烈に全身を貫いていった、あの一瞬と引き替えに。

「俺がついてる」

プロフェットにざらついた声で囁かれて、トムは「お前には誰が？」と聞き返したくなる。だがこの瞬間、そんな余力すら絞り出せなかったし、どうせプロフェットも答えまい。プロフェットはトムを守ろうとしている。この男の何よりの得意技だ。二人の関係を解《と》く、それこそが鍵なのかもしれない――プロフェットが、トムを守りたがっているという点が。

トムも、それを許したい。それを通して、トムにもプロフェットを守れるだろうから。

やがて二人の体も冷め、落ちついてくる。プロフェットはタオルで二人の体を拭こうともしなかった。どうせ夏の熱気で肌はすぐ乾く。トムは逆らいもせずされるがままに、額に氷の袋を当てられ、薬を飲まされた。

ベッドにつれ戻される途中、足を止めたトムは、棚に置いておいたマイルズの手紙を取ってプロフェットに手渡した。

「全部ここに書いてある、プロフ」

「俺が読んでもいいのか」

「ああ、いいんだ」

そう答え、トムはやっと気付いた。この手紙を彼が読む時、封筒の封が開いていなかったことを。

「お前がこれを読まずにいたなんて、信じられないよ」

「俺がのぞき見していいことじゃない」

「俺の荷物はあさったのに？」

「そりゃ問題が違う」

「どう違うよ」

「俺とお前はセックスしてるだろ」

「最初に俺のバッグを引っかき回した時はまだお前と寝てなかったけどな？」

プロフェットのまなざしに見据えられ、トムは不意に本当の理由を悟って、胸が締めつけられた。

「畜生。あの映像――」

「ああ、あの映像」

プロフェットがくり返す。

トムの手の中の手紙は、ある意味で、プロフェットの過去を映したあの映像と同じなのだ。トムがくり返し、くり返し見た、あの映像と。

あの動画は、まだトムがプロフェットと出会う前に送り付けられてきた、それはたしかだ。だが出会ってからも……トムはその存在を明かさず、こっそりと、プロフェットの過去のかけらをのぞき見ていた。プロフェットに何の心構えもないうちから、彼の過去に踏みこんでいた。

プロフェットは、トムに同じことをしたくなかったのだろう。手紙を読んで、お互い様だと正当化するのなど簡単だっただろうに。

「すまなかった、プロフ」

「もう過去の話さ」

「過去はいつか這い出してくるもんだ」

「俺にとっちゃ、こいつは埋まったままだよ」

猛々《たけだけ》しく、誓いのように言い放ち、プロフェットはトムを引きよせて隣に座らせると、手紙を読みはじめた。あの夜バイユーの奥で起きたことを、トムが――いくらもがいても――記憶からも良心からも拭い去ることのできない、その澱《よど》みを。


トム――

俺からの手紙なんて、予想もしてなかっただろ。俺はアルコール《A》依存症者会《A》に参加してて、高校の時以来、はじめてシラフだ。それに、過去と和解しろと言われている。いや、本気で和解したいんだ。今回は。

あの夜、バイユーに行く時、俺はドニーがナイフを持ってるのを知ってた。ドニーは、一緒にやってやろうぜって俺に言ったけど、本当に、俺たちはお前たちをただ脅かすだけのつもりだったんだ。特にエティエンヌを。保安官は何も気付いちゃいなかった。俺たちがお前らを叩きのめすつもりだってのは知ってただろうけど、ナイフのことまでは……。全然、うまく伝えられてないな、トム。俺の親父は酔っ払いだった。言い訳にもならないけど、俺は毎晩殴られてて……それで俺は、ほかの奴をいじめて、いい気分になってた。それからたくさんのあやまちを犯して、長い時間かけてここまで立ち直ってきたんだ。俺はもう二度と逃げない。自分が、人をレイプしたってことや人殺しだってことと向き合うのが——そしてあの夜、お前とエティエンヌを傷つけるつもりだったことに向き合うのがどれほどつらくとも。

あのナイフを、俺はお前に向けただろうか？　あの時、あの男に驚かされたせいだと——怖かっただけだと、そう言えたならどれほどよかっただろう。あの闇の中、泥道をやってくるエティエンヌを待ち伏せしていたわけじゃないと、そう言えたら。でも俺は、待ち伏せしてた。エティエンヌをレイプしたせいで、周りに俺までゲイだと見られるようになって、だから俺はエティエンヌが憎かった。全部自分で蒔いた種だけど、あの時はそれすら見えてなかった。俺に見えてたのは、自分の中にかかえこんだ憎しみだけだった。

俺たちは、あの夜のことを、お互いにかかえてきた。もう長すぎる。今振り返るとあんなひどいことができた自分が信じられない——エティエンヌに対して、お前に対して。どれだけすまないと思っているか、それを証明するには、俺が皆に、すべて、自分のしたことを告白するしかない。

保安官の隠蔽に手を貸したってことで、お前にとばっちりが行くかもしれないが、お前は無理にやらされたんだって、皆にちゃんと言うから。

すべてを俺が告白するのが、お前の重荷を下ろすために最善の方法なのだと、どうかわかってほしい。

マイルズ

「そして、自分の重荷を下ろすためのな」

プロフェットはそう呟きながら、手紙をたたんだ。

「こいつはエティエンヌや、殺した男のことより、自分の話ばっかりだ。下らねえ」

「過去の償いについて、やけにわかった口をきくな」

トムはつい、口に出して言う。

「俺はエキスパートさ」プロフェットに真顔で返された。「この手紙の中身、マイルズらしいか?」

「いいや。あいつはいつも大体考えなしだった。いつも大体、ハイで酔っ払ってたから、もしかしたらこっちが本当のマイルズなのかもな。今となっちゃわからん」

ちらりと手紙を見下ろし、呟いた。

「この文章の感じだと、本気で告白する気だったみたいだな」

「そうなると、隠したいことのある誰かは、マイルズを黙らせたかっただろうな。お前らを沼の奥に置き去りにした保安官は今どうしてる？」

「死んだよ。その息子が、今の保安官だ」

「おいおいマジかよ、T。息子？　まったく……畜生、次に職探しをする時は俺を通せ、いいな？」

　トムがプロフェットの胸元で首をちぢめると、プロフェットは溜息をついた。

「つまり、保安官の息子も、こいつが明るみに出れば失うものは多かったと。前の保安官はルーを抱きこんでたと思うか？」

　トムは首を振った。

「あの二人は俺を毛嫌いしてる点では仲が良かったが、ルーは墓地で何があったかまでは知らない」

「今の段階では、俺は誰も除外する気はない。前保安官はどこまで知ってた？」

「保安官は、俺たちが約束した湿地に現われなかったんで、朝になってから、俺たちを探しに来た。エティエンヌが、男の死体を残しては行けないと言ったんだ。俺たちは一晩、死体をワニから守った。だから朝、保安官が見たのは死体と、血まみれの俺とマイルズさ。マイルズの野郎、約束したのに、いざとなるとごまかそうとしたんだ。エティエンヌは俺の肩を持ち、ドニーはマイルズの肩を持って、保安官は少しでも頭が働くなら全員口をとじてろと命じた。結局は、エティエンヌと俺の証言対マイルズとドニーの証言しかないし、どっちがあの男を刺したのか証明できない。ゲイのアーティストと凶運の主の二人組対、まともな少年二人組ってわけさ」

「証拠とか呼ばれるシロモノはどうした？」

「ドニーが、ナイフを沼に捨てた。俺とマイルズが血を洗ってなかったのは、むしろ後ろめたそうに見えると思ったからだ。ドニーが言った通りに、あれは事故だったのに、ってな」

「けっ。それで保安官はお前らにお互いをかばわせようとした。お前らはそれに従った」

トムはうなずく。声は張りつめていた。

「保安官は……優しいくらいだったけどな。脅したりもしなかった。ただ、死んだ男は行きずりだと言った。ホームレスだと。あれは事故だと。ただの事故のために、俺たちの人生を今以上に台なしにすることはないってな」

「マイルズはお前とエティエンヌを殺してたかもしれないんだぞ、T。それもただの事故か？」

トムはプロフェットの声の中に、怒りの響きを聞いた。

「あの頃の、この辺りじゃ、そういうことだ」

「クソが」プロフェットが髪に指を通す。「こんなとこからさっさとケツまくって出てくぞ」

「もう遅いよ」

あの頃、日々をどう感じていたが、トムは思い出す。家に帰り、シャワーを浴びる。ベッドで眠り、学校へ行く。

「俺もこれまでずっと、口をつぐんできた。保安官があの死体を川に放りこむのを見ていた」

「てめえは十四歳だったんだぞ。くそったれが。自分に責任があるとか考えたりするんじゃねえ」

「マイルズは、あの後すぐドラッグを始めた。あの手紙が、あいつからの初めての謝罪の言葉だ。きっと、エティエンヌにもようやく謝れたんだろう」

「エティエンヌもそう言っていた」とプロフェットがうなずく。

「あんなことがあったら、ちょっとは状況がマシになると思うだろ。でも全部が悪化したんだ。特にマイルズとドニーにとってな。あの二人がもう前みたいにエティエンヌをいじめなくなって、俺のことも凶運と呼ばなくなったもんだから、噂が立ちはじめた。あの二人がゲイだとな。二人とも呪われてるって」

トムは溜息をついた。

「そんな下らないことがいつまでもついて回るのさ。そして、いつか心が壊れちまう」

「お前はそんなものに壊されなかっただろうが、T。わかってるぞ。お前のことはよく知ってる」

プロフェットがトムの手首のブレスレットを、思い出させるようになで、それから二人の指を絡めた。

「つまり手紙によりゃ、マイルズは自分がバイユーで人を殺したことを白状するつもりだったと。それを隠蔽した保安官はとうに死んでて、そりゃ今でもスキャンダルには違いないだろうが、でもなあ……殺すほどの動機かよ、それが？」

トムは首を振ってから、ふとプロフェットを見据えた。

「もし——マイルズに殺された男が、ただの行きずりじゃなかったら？」

「今さらワニに聞くわけにもいかねえしな」プロフェットはむっつりと言った。「徹底的に調べてみるけどよ。でもな俺は、てめえがこんなクソみてえな目に遭ってこなきゃならなかったのがとにかくムカつくよ」

「おかげで耐えるすべを学べた」

「お前は充分強いよ、T」プロフェットが片腕でトムの肩を抱く。「はじめから、ずっとな」

「俺がこの程度のイカレ具合で済んだのはラッキーだったのかもな？」

「言っとくが、お前はもう充分ヤバいぞ」

プロフェットの指がトムの手首の革のブレスレットをもてあそんだ。

「どうしてこいつをお前にやったか、わかるか？」

「これはジョンのだったんじゃないのか」

「いや、俺のさ」プロフェットが微笑む。「うちの家族全員が持ってる魔除けだ」

トムはじっとプロフェットを凝視した。「デタラメだ」

プロフェットが笑い出した。

「ジョンはその説明で納得してたぞ。お前もだろ、何秒かは。ま、とにかくそいつは俺のだ、T。ああ、俺は魔除けなんぞに興味はない。だがお前たち二人を信じたんだ。ブレスレットはその証ってことだ」

喉が詰まるようだった。

「俺には、効いた」トムは絞り出す。「お前はロマンティックな根性悪だな、まったく」

プロフェットは奇妙なほど満足そうな顔をして、それでも言い返してきた。

「撤回しろよ！」

「誰にも言わないから安心しろ」とトムが保証する。

プロフェットはうなってから、また口を開いた。

「エティエンヌはお前に何も言ってきてなかったのか。マイルズがアルコール《A》依存症者会《A》に行ってるとか、あれこれ」

「ああ」トムはプロフェットへ視線をとばした。「それと、違う。エティエンヌがやったことだとは思ってない」

「まだ何も言ってねえ」

「いいか、俺とエティエンヌが最後に話したのは、エリトリアへ行く寸前だった。ここにはもう戻るなと言われたよ。俺はただ……いつもと同じ意味だと思ってた」

「どうしてエティエンヌはもっとはっきり警告しなかったんだ」

「知ったら俺が帰ってくるとわかってたからだろうな」とトムが認める。

「てめえのブードゥーアンテナには何も引っかかんなかったのかよ」

トムは肩をすくめた。

「そういうふうに働くもんじゃないんだ。ここに関しては。州境をまたいだだけで、いつも俺のブードゥーアンテナは最大ボリュームで警告音を鳴らし出す。もしエティエンヌが厄介に巻きこまれかかってるとわかってれば俺も――」

来ただろうか？　エティエンヌは昔からいつも、トムのせいでひどい目に遭ってきた。トムの味方をし、両親まで無理にその戦いに巻きこもうとして。エティエンヌはトムの側に立ち、そのお返しに、トムは故郷から遠ざかることでエティエンヌや自分の重荷を減らそうとした。何より、エティエンヌがここを離れていろと言ったから――。

「くそ、何か変だと感じてたよ。ああ。わかってて、ここに戻りたくないから、俺はそれを無視したんだ」

プロフェットがうなずく。ついさっき、トムがブードゥーアンテナについていてついた嘘など見抜いていたかのように。

「デラは事情をいくらかでも知ってんのか？」

「現在のことも過去のことも、もし少しでも感づいてるとしても、その気配も見せなかったよ」

「大丈夫だ、トミー」

トムが両手を宙に振り上げる。

「どこが大丈夫なんだ、いいか？　過去からは逃げられないんだ、プロフ。どれだけ必死に走ろうが、どれだけ時が経とうが。追いつかれちまう」

プロフェットはたじろぎ、それからトムをつかんだ。はじめは片腕だけのハグだったが、左手を上げ、ひろげた指でトムの頬をなで、親指で耳たぶを、指先で顎のラインをさする。

今、ここで、過去と現在が激しくぶつかり合っている。そしてトムの未来は、今彼を抱くこの男とともにある。その衝撃がトムを貫く――おそらくプロフェットをも、同じほどに強く。だが嵐の中の芝生での再会、キッチンの壁によりかかっての、そして床の上で、ベッドでのあの時間……そのすべてが、物語っている。

プロフェットは、トムがこのすべてを乗り越えるのを支えるために、そばにいてくれる。それが証だった。

「わかってるよ、トミー。逃げられないってな。お前を俺の過去に巻きこみたくないのは、だからだ」

トムは頭を上げ、プロフェットの灰色のまなざしを見つめる。言った。

「だが俺は、そばにいる。そろそろお前のことも聞かせてもらっていい頃じゃないか、俺のためにも？」

プロフェットの顔を苦悶がよぎり、ゴクリと唾を呑んでから答えた。

「ああ、そうだな。ただ、特に……昔の話なんて俺はしたくないんだよ」

「わかる」

「ありがとな、T」

トムはプロフェットの胸元にまた顔をうずめながら、プロフェットの腕が一度も彼を離さなかったのに気付いた。それが、そしてこの瞬間のすべてが、無言の約束のように思える。

「でもいつまでも甘い顔はしてやらないからな。お前を離す気もないし」

そう告げたトムの声はくぐもっていた。

「今、お前を抱いてんのは俺のほうだがな——」

プロフェットはそう混ぜ返そうとしたが、その声はやわらかく、おだやかだった。理解したのだ。

二人とも。やっと。

トムは寝苦しそうに眠っていた。頭痛がぶり返したのにそれ以上の薬を飲みたがらず、プロ

フェットも無理強いはしなかった。ベッドで、トムのそばに身を落ちつけ――そうするとトムの寝つきが一番いいようだ――プロフェットは携帯で地元のニュースをチェックした。

ニューオーリンズはまだハリケーンの余波がおさまらない。警察官の増員、帰宅しようとする住人たち、州外から押し寄せる電気の修理車、建築工事業者、医療関係者。こんな中でまともな捜査などできるわけがない。殺人者は今、その中を動き回っているのだ。

携帯が鳴った。メッセージだ。キリアンから。

ちらっとトムを見たが、聞こえた様子はなかった。

〈バイユーをたっぷりと楽しんでるかな？〉

〈周りが俺を殺しにかかってこない時はな〉とプロフェットは打ち返す。

〈どうも君にはそういう癖があるようだな〉

〈ああ。俺の何が悪いのかさっぱりだ〉

〈さすがに真面目な顔して打てないだろう、それ〉

プロフェットは顔を手でこすって、打ち返した。

〈親ってのがどれだけ子供の人生をぶち壊せるか、まったく呆れるしかねえよ〉

〈だから、俺は親になる気がしないのさ〉

プロフェットは溜息をついて苛々とベッドから転がり出ると、エティエンヌの製図テーブルに歩みよった。座る。

〈間が空いたな。君は、子供がほしいのか〉

「てめえはいちいち人の呼吸をはかりやがって」

プロフェットはぶつぶつ呟く。

〈誰もそんなこと言ってねえだろうが〉

〈君ならいい父親になれるよ〉

そのキリアンの言葉が、ありえないほどの衝撃でプロフェットの胸を貫き、あの男と顔を合わせていなくて幸いだった。ポーカーフェイスを通せたとは思えない。

携帯をテーブルに放り出しながら、答えないのが何より雄弁な答えになるとわかっていた。

誰かがまた襲ってきたとかなんとか、後で言っとこう。あのスパイ野郎がそれを本気にするかどうかは、奴の勝手だ。

手が少し震え、トムには禁じたことを自分がしたくてたまらなかった——酒で紛らわせたい。

〈君ならいい父親になれるよ〉

考えるな、と己を制する。考えはじめたら、遠い昔に切り捨てたものがどろどろと這い出してくる。

「俺の言う通りにしろ、T」

そう口に出して言っていた。

トムの手が彼の肩に置かれる。プロフェットは自分の手をのばして、その手にふれた。

　トムが首すじにキスしてくる。

「キリアンに、なんて言われたんだ？」

「俺をほめたのさ」

　それしか、プロフェットには言えなかった。

「そうか、俺はそんな心無いことはしないよう、よく覚えとくよ」

　プロフェットは鼻を鳴らして、話を変えた。

「お前、コープに電話しといたほうがいいかもな」

「どうして」

「あいつ、お前が逮捕されたことを知っているかも」

「かも？」

「知っている」

　トムがうなった。

「で、今になってやっとそれを俺に教えてくれたって？」

「色々忙しくてな」プロフェットはそう応じる。「心配するな、コープは俺のせいだと思ってる」

「なら放っとくか」

「お前ら二人そろって、まったくムカつく奴らだな」

「俺とコープがお似合いだとか言い出すつもりかよ」

「その手を食うか――」

プロフェットがそう言いながら、トムに指をつきつけた。

「何だよ」

「そういうつまんねえ引っかけを言い出す時、てめえは南部訛りが強くなるんだよ」

「俺のアクセント、気に入らねえか？」

トムは甘ったるい南部アクセントを無邪気に響かせようとして、物の見事に大失敗していた。

「まったく、かけらも、これっぽっちもな」

言い返すプロフェットのほうも、同じくらい説得力には欠ける。トムは少しだけ、プロフェットの頭頂部に顎を休めてから、体を離してプロフェットを引っぱった。

椅子から立とうとして身をひねったプロフェットの目が、ふとアトリエの、ほとんど見すごされそうな隅にかかった額入りのスケッチをとらえた。モデルはギル・ブードロウ。若く、微笑している――あの男が一度でも笑ったことがあるなど、まるで信じがたい。

「悪魔はいつも笑ってんだよ、プロフ」とジョンが、部屋の奥のベンチでくつろぎながら言った。「俺から何も学んでねえのか、ああ？」

プロフェットは両目をこすり、向き直って、視線を絵へ集中させた。

「どうしてエティエンヌがお前の親父の絵を描いたんだ？」

「俺が描いたんだ」トムが声を落とした。「どうにか、歩みよれないかと思った。親父を尊敬しているところを見せれば、もしかしたらと……」

「お前が描いたって？」

プロフェットはくり返す。トムがじっと彼を見つめた。

「父の日に渡そうと思ってたけど、結局喧嘩して、その後俺は、夏期学級で学校へ行かなきゃならなかった」

「ベッドへ戻ろう、T。ここなら話がややこしくねえ」

まるきりの真実ではなかったが、もうしばらく、二人して嘘を信じてもいい。そう、プロフェットは思った。

16

ギル・ブードロウにも居場所を知られていることだし、プロフェットとしてはこのアトリエを出てどこかもっと安全なところへ移りたい。あの父親のことだ、第二の殺人が起きたと聞けば、喜んで息子を売るに違いないのだし。

眠っているトムを眺める。それからマイルズの手紙を読み返し、話を整理しようとしていた時、アトリエの入り口で物音がして、プロフェットは起き上がると奥の小さな寝室から出た。そっと寝室のドアを閉め、銃を抜く。

正面の扉が開いて、少年が一人、いかにも当然の態度でアトリエへ入ってきた。十五、六歳というところか、不機嫌で、疑い深そうな顔をしたガキだった。

「あんた誰だよ？」

そのガキがたずねる。

「てめえは誰だよ？」

プロフェットも問い返したが、すぐにその答えを悟って態度をやわらげた。

「俺はトム・ブードロウと一緒にここにいるんだ。君の親父のエティエンヌの知り合いでね」

少年はじろりとプロフェットを上から下まで眺めた。

「あんた、タトゥが一個もないじゃん」

「法律違反か？」

「そうなってほしいよ」ぼそぼそと呟く。「父さん見てない？　俺、クラス旅行から帰ってきたところで、父さんに会いに家に入ってみたんだよね。でも郵便が三日前から溜まってて。たまに父さん、ここに来て絵を描くんだけど、すっかり没頭しちゃって俺が言わないと飯も食わなかったりするんだよ。シャワーとかも」

「お前、名前は？」

「レミー」

「レミーか。俺はプロフェット」

トムが起きていてくれれば、見知らぬ他人の口からこんなことを子供に知らせなくてもよかったのにと、プロフェットは胸苦しい。

「ハリケーンの日以来、俺たちもお前の親父を見てないんだ」

「嵐の中に出てっちゃった？　時々やるんだよ、嵐の写真撮りに行っちゃうんだ」

「いや、俺は嵐の後に会った」プロフェットはレミーを眺めた。「お前の親父な、前に、誰にも言わずに消えたりしたか？」

レミーは床を見下ろす。何か、言いたいが言うのはためらわれる、という様子に見えた。

「心配ない、エティエンヌに迷惑がかかることはない。少なくとも、俺とトムからは。俺たちは彼を見つけたいだけだ」

「たまに、父さんはどこかに行くことがある。うん。でも、大体は電話やメモで知らせといてくれるよ」

「エティエンヌの家に、何かいつもと違うところはあったか？」

レミーの表情が曇った。

「俺はただ……家に行って、何か嫌な感じがしたから、郵便が溜まってるの見て、まっすぐここに来たんだよ」

「車の音が聞こえなかったぞ」

「運転できる年齢《とし》じゃないから。少なくとも法律上はね。途中までヒッチハイクして来たよ」

プロフェットは、ただ首を振った。

「いいから鞄を下ろして、適当に何か食え」

レミーは従う。

「トムはどこ？」

「寝てる。頭痛でな」

「俺、ここにいちゃいけないんだよ」レミーが白状した。「母さんと住んでるんだけど、母さん、父さんとあまり仲が良くなくて……ってか、悪くて」

「お前がいないと、母親が心配するか？」

「それはないと思うよ」

レミーの答えは率直で、プロフェットはそのまま信じる。

「父さんは、俺を自分のところに引き取りたがってるんだ。いや、俺も父さんのところで暮らしたいけど、裁判所がそう決めてくれないと駄目でさ」

「しんどいな」

レミーは、小さな笑みをプロフェットへ向けた。そんなふうに大人に認めてもらったのは初めてだったのかもしれない。時に励ましの言葉などはただの逆効果で、何かに苦しんでもいいと認めてしまうほうが、のりこえる力を生むこともある。それかせめて、心が押しつぶされないくらいには。

レミーがバリバリとチップスを頬張った。

「一体どういうことなのか話してくれないの？」

そう言われて、プロフェットはマイルズのことを、殺人については適当にぼかしながらも、ざっと話して聞かせた。レミーがチップスを食べる手を止める。

「ヤバいね」

「ああ」とプロフェットがうなずく。

「父さんから、その二人の……ことは、聞いてる。昔何があったのかは」レミーは不安げな顔をした。「トムが父さんを見つけてくれるよね？」

「俺たちでできる限りのことはする。だがもしお前がママのところに帰らないと、ちょっと……」

「保安官はトムを探してるんだよね？」

「まあ、そんなところだ」

プロフェットは子供をこの状況に巻きこむのは嫌だったが、レミーはすでに自分の立場を理解しているようだった。

「うん、俺、帰るよ。ここに来たことは黙ってる」

「夜中のバイユーにお前一人で放り出したりはできねえよ」

レミーが笑った──面と向かって、プロフェットを笑ったのだ。

「マジで？　送ってもらっても、あんたじゃ帰り道もわかんなくなるのがオチだし」

「いやいや、そんなことはねえぞ」

「あんただって、誰かに見つかりゃ事情聞かれんじゃないの？　トムの友達なんだから」

いきなり、どうしてこのガキがプロフェットより利口になったものかは謎だ。レミーが、その疑問が聞こえたかのようにニヤつく。

「ああ、わかったよ」プロフェットは言い返した。「だがギリギリまでは車で送ってく」

「うちの父さんの車で？」

行方不明の男の車を乗り回しているところを見咎《みとが》められたらたしかに面倒かもしれないと、プロフェットは考えこんだ。

「ほかに、この辺で使えそうな車はあるか？」

レミーが短く考えた。

「道のちょっと先に、ジェンセンって年寄りが住んでるよ。ピックアップトラック持ってる。死人みたいにぐっすり眠るんだ」

「よし、行くぞ」

十一時半近くになった頃、戻ったプロフェットがエティエンヌのアトリエに入っていくと、トムの携帯が鳴っていた。レミーの家周りにはパトカーの姿もなく、レミーからのメールも十分前に受け取っていた。

〈異常なし。誰も俺がいなかったことに気付いてないよ〉

その意味については、プロフェットは深く考えないようにした。

トムがぐっすり眠ったままの寝室へ入り、鳴っている携帯をつかんだ。番号が非通知なのを見て、どうしようかと迷ってから「ハロー」とぶっきらぼうに出たが、もう切れていた。

数分後、やはり非通知からメールが入る——バイユーのあの墓地からほんの道一本離れたところの住所と、メッセージ。〈真夜中。エティエンヌについて教える。一人で来い〉

素晴らしい。じつにわくわくする。まったく、この辺りにやたら蔓延するこの陰謀めいた雰囲気は何だというのだ。ここはバイユーだろ、スパイがうろつく中東じゃあるまいし。

このメッセージを送ってきたのは、情報屋のチャーリーかもしれない。それどころか、エティエンヌが、このメールを誰に見られても安全なようにと非通知でかけてきたのかもしれない。だが誰が差出人だとしても、トムを一人にしようとしている。残念、そううまくいくと思ったら大きな間違いだ。

髪に指をぐいと通した。トムを起こして話し合うべきか？　だが鎮痛剤を多めに飲ませたせいで、トムはすっかり眠りの底だ。それでいい。とんでもない二日間だった。

警察に目をつけられている間、トムはできる限り外に出ないほうがいいだろう。

そして、明日になれば、プロフェットはトムをつれてさっさと州外へと脱出する。その後で誰か――ミックかブルーあたり――と一緒に戻り、トムのために真相を暴く。

ああ、そりゃ名案だな、と自分に呟く。毒をにじませて。

今ここを出れば、待ち合わせの時間より早く着く。指定の場所に直接行くつもりはない。まず墓地へ行き、あの小屋に誰かひそんでいないか見てやる。それから道を戻ってくる。

墓地へ行かねばならないと、どうしてこう強く感じるのかはわからないし、トムのようなブードゥー持ちでもないが、直感はいつもプロフェットをあるべき場所へと導いてきた。時に、それは決してたやすい道ではなかったが、大体にしていい情報というのはそう楽しい話ではないものだ。

たしかに、予想されるリスクはある。リスクは無視できないキーだ、バイユーは彼のテリトリーではないのだから。明らかな地の不利。

（なのにトムを一人で行かせるのはとんでもないって？）

最大の問題は、トムをこれ以上の苦しみから守ってやりたいというこの衝動が、プロフェットのいつもの判断力を骨抜きにしてしまうことだ。それでも、プロフェットは行動に出た。

自分の携帯のGPSをオンにし、拝借している車で指定の場所へできるだけ近づく。だがバイユーの道はカーナビだよりでは抜けられない。まるで人の目がない真夜中、プロフェットのような連中を嘲るためだけに道がこっそり位置を変えているかのようだ。

車を置き去りにすると、念のためにポケットに懐中電灯を入れ、塗りつぶされたような闇の中、丈の高い草を抜けていく。これまでもこういう習練はしてきた——暗闇の中、匂いと感触だけで動く。なにしろ、その手の事態に慣れておくのに早すぎるということはない。

もしこのバイユーの地形にいくらかでも秩序があれば、感覚だよりでうまくいったかもしれない。だがプロフェットにとってこのバイユーは、ただの沼や淵やワニやわけのわからない曲がり道の寄せ集めで、お化け屋敷よりなお悪い。

昔からお化け屋敷は嫌いだ。サプライズを楽しめたことなどない。

それでも、ルートをたどってくねる道を抜け、ついに彼とトムがチャーリーを見つけたあの小屋にともる明かりを見た。暗視ゴーグルを取り出し、向こう側の道が見えるかと遠い木々の間に目を凝らした。ここまで何の車も光も見なかったので、相手はまだ到着していないか、このバイユーを知り尽くしているかだ。

暗視ゴーグルを外すと、小屋のただひとつの明かりを目印に、ぬかるんできた地面を踏みしめて進んだ。靴底に泥が絡みつき、進むのも気配を殺すのも難しくしていた。小屋の中では、チャーリーが約束の時間が来るのを待っているのだろうか？

(カスみたいな情報屋が……もし奴がただトムにマリファナを売ろうとしているだけだったら……)

生き物が一斉に迫ってくる音に気付き、プロフェットははっと足を止めた。その音は高まって、彼を一瞬に通りすぎ、そして、無音になった。

つまり、捕食者から逃げている。野生動物たちは馬鹿ではない。

それに引きかえ、プロフェットはまだ前へと進んでいく。もしかしたら、ワニを手なずけたトムの姿にムラッとするより、もっとよくやり方を学んでおくべきだったか。

とは言え、プロフェットにはダクトテープがある。それに銃も。事態がこじれたなら。

やっと、小屋にたどりついた。ドアには鍵がかかり、その前にじっとたたずんで、中の気配を数秒うかがった。周囲を囲む静寂は異様で、墓場の中にいるという事実以上にプロフェットをぞっとさせる。

車のエンジン音がした——頭を道へ向け、ヘッドライトを目にする。よし。トムに会いに来た奴は待たせておくとしよう。その前にいくつか確かめることがある。

ポケットに手をのばして暗視ゴーグルを手にしたが、男の話し声と、バイユーに撃ちこまれたライフルの発射音がして、プロフェットは動きを止めた。

こいつらは密猟者だ。ということは——。

闇の中でくるりと振り向いたが、ワニの目がそこにギラリと光っていたりはしなかった。銃声で蹴散らされたか。また暗視ゴーグルをつかむ。やみくもに動いていい時ではない。だがゴーグルを装着する前に、首に何かがちくりと刺さった。手を這わせ、吹き矢《ダート》を引き抜く。すでに、そのわずかな一瞬で、針についていた薬が回りはじめていた。眩暈がする。闇の中でさえ視界がにじむのがわかり、それが何より恐ろしい。気が散らないよう目をとじ、動くなと己を押しとどめて、感覚を澄ませる。

さらに何発かの銃声、そして人の声がとびかう。道を目指して、その密猟者たちの助けを借りるのが一番マシな選択肢だろう。密猟者だろうといないよりは役に立つ。

一歩目で蹴つまずいたのは、どうやら隠れていた墓のようだ。ゆっくりと、静かに移動する。流砂の上をまるで何時間も歩いてきたような気がした後、もう道はすぐそこだという時になって、プロフェットの世界が闇に沈んだ。

トムが目を覚ますと、一人きりだった。薬が抜けていない。痛い。そんな余力もなかったので、プロフェットに呼びかけはしなかった。

だが正面の窓から警察車両のライトの点滅が見えて、トムはアトリエの中の電気がすべて消えているのを天に感謝した。もしプロフェットがここにいればとうにこの接近に気付いていた筈だ。

ということは、今すぐトムは隠れないと。

ありがたいことにエティエンヌはトムと同じほどのパラノイアなのだ。

トムはベッドから這い出すと、誰も寝ていなかったかのようにベッドカバーを手でのばした。銃、財布、服をつかむ。プロフェットの名残りは何もなし。アトリエ内は充分片付いて見えた。

室内の指紋を調べれば警察もトムがここにいたと知るだろうが、今はそこまで気にしていられない。

かわりにバスルームへ行き、トムは中にあるもう一つのドアを開けた。知っていなければ見つけられない扉だ。エティエンヌが壁をしぶきのような模様で埋め尽くして、扉の存在をすっかり覆い隠していた。トムはその奥へ転がりこむと、アトリエのドアがドンドンと響き出す中、扉を閉めた。

その小部屋は、記憶通りだった。エティエンヌの用意したやわらかなブランケットと枕がある。水も。こんなところに置かれていたにしては、水はきれいでカビ臭くもない。ひたすら暗いが、バスルームに通じる換気口から充分な空気が通じていて、息苦しくはない。

足音が迫り、トムは息をつめる。保安官が、両手を上げて出てこいとトムに怒鳴っている。膝頭に顔を押しつけ、トムはプロフェットが巻きこまれずにすむようにと無言で祈った。

皆が去った後、ここをこっそり出て、あの男を探しに行くのだ。

プロフェットは目を開け、顔に当たるじめついた草の中、まばたきした。唾を吐く。口の中に血とバイユーの泥がつまっている。それから、体を横倒しに転がした。

両手は、荒い麻縄できつく背中に縛り上げられている。黒々とした闇に向けて幾度かまたたき、現在地や、周囲の気配をたしかめようとした。だがまだ視界はにじんだままで、それが、薬か倒れた時に頭を打った脳震盪のせいであるよう祈った。

脳震盪という感じはなかったが。頬がズキズキ痛み、どうやら犯人に顔を殴られたようだ。必要もなかっただろうに、奇妙なほど感情的なものに思える。

まったく、後でトムにどれだけ絞られるやら。

何の明かりもない。小屋のそばにいるのか、道の脇かもわからないし、もう密猟者の動きも聞こえない。だがプロフェットの服はぐっしょり濡れ、どうもここまで引きずられてきたようだった。ここがどこかはさっぱりだが。

〈腹をくくれ。こんなとこでくたばってんじゃねえ〉

ジョンの声、だがジョンの幽霊のものではない。新兵訓練の中でかけられた言葉。くそ、ジョンの言う通りだ。

深く息を吸い、体を伏せ、膝立ちになった。体をやっと安定させて、足に力をこめて立ち上がる。足元のぬかるみより頭への一撃の後遺症のせいで少しふらついてから、バランスを取り戻した。

その時になって、自分の現在地を悟っていた。ワニのはびこる湿地のど真ん中。まるでワニをかき集めてきたかのように、至るところをワニがうろついている場所。闇の中にいくつもの目玉が光っていた。その目がゆっくりと近づいてくるようで、畜生、二度とこんなところは御免だ。こんなクソイカれた州にはもう一生足を踏み入れねえ。

ぎこちなく身を屈めると、ブーツに隠してあるナイフをつかみ、手を縛る縄を切りにかかった。近づいてくるワニから下がりながらの作業で、幾度か手を切ってしまう。

やっとのことで、手が自由になった。この連中を組み伏せるような余裕も技もないが。くるぶしの内側にしまってある小さな銃をつかむと、一番近くにいるデカい化け物の頭にさっさと二発撃ちこんだ。銃声が沼地に響きわたったかと思うと、何秒か、すべてがざわめいて、それからぴたりと静まり返った。

やっと、ワニどもがプロフェットはただの獲物ではなく、自分たちと同じ捕食者だと悟ったのだ。「それが正しい認識ってもんだ」と、誰にともなくプロフェットは呟く。

闇の中をよろめきながら――殴られた上、彼を殺しかかったクソ野郎が暗視ゴーグルまでかすめ取っていきやがった――悪態をできる限り抑え、銃をかまえて進んだ。それからなんとか立ちどまり、考えようとする。

頭に浮かんでくるのはトムからのメールばかりだった。

〈ここは地獄みたいに暑い。故郷を思い出すよ。ほら、俺のケイジャン・ブードゥーの生まれ故郷をな。沼地や小川の間を何時間も探検してたもんさ。目隠しして入ったってどこにいるかすぐわかるくらいに。闇の中でも周りの音をたよりに歩けた。木の幹や苔の手ざわりをたよりに。靴底に伝わる地面の感触や。

コツがある。水音が聞こえたら下がるんだ。でなきゃいずれ水中にドボンだ。簡単そうに聞こえるだろ？　でも人は闇の中で判断能力を失いやすい。お前は違うだろうけどな。お前は、戦う。俺は、抗うだけだ〉

プロフェットは深く呼吸をして、闇の中でパニックになるなというトムの忠告に従う。ただ進みつづけ、沼から離れたほうへと歩きながら、こうしていればいつか墓地につき当たると確信していた。

そして、やはりつき当たった——あやうく霊廟につっこみかかった。相当遠くまで引きずられていたのだと気付く。相手はプロフェットの武器は奪わなかった。そもそも、武器を探すという発想がなかったか。

奴は、かかった獲物がトムではないと気付いたか？

闇の中で方向を見定め、あの小屋へとたどりつく。小屋の明かりは消えていたが、空は白み、建物脇にエティエンヌのジープが停まっているのが見えた。

「トミー……」

プロフェットは囁き、足取りを速める。まだ暗い墓地で、激しくまたたく彼の目に、近づく人影が映った。

「トミー」

「プロフ」

囁きが返ってくる。

二人は互いへまっすぐ歩きつづけ、やっとプロフェットは手をのばしてトムをつかんだ。

「ひでえ夜だった、まったく」

「だろうな」

「ワニのことだぞ。人間相手はまだいい」

「来いよ」

トムがプロフェットの手をきつく握りしめ、二人は小屋へと戻っていく。中へ入ると、プロフェットはついにぐったりと床へ転がった。

トムがあらかじめ寝袋を広げておいてくれたおかげで、悪くない寝心地だ。

「どこに行ってたんだ？」トムに問い詰められた。「お前、俺の携帯まで持っていきやがって――」

「薬飲んでる間はブードゥーアンテナもお休みか？」

プロフェットはおだやかに聞いた。

「プロフ……」

「頭痛はもう平気か、T？」

「昨日よりはマシだ」

　トムが正直に答えたことに満足して、プロフェットはエティエンヌの息子のレミーが現れたこと、エティエンヌの行方不明についてどう話し、その後レミーを家まで送っていったことまで説明した。それからトムに携帯を返し、例のメールを見せる。

「それで誰かに薬付きのダートでやられてな、あそこまで引きずられて、ワニのエサにされかかった。どうやら俺は生きて朝を迎える予定じゃなかった感じがするな」

「つまり、俺が生きて朝を迎える予定じゃなかったってことだろ」

「ああ。野生動物の餌食さ――奴が誰だろうと、ゆっくりと、悲惨な死を狙ってやがるな」

「俺をつれてけばよかったんだ」

「お前に助けられたよ」

　そうトムに告げたプロフェットの言葉は、何の皮肉でもなかった。

「お前からのメールのことを思い出してた。バイユーの中に道を見つけて脱出する話の。だから、お前も一緒にいた」

「まだ隠してることがあるな。何だ」

　プロフェットは沈黙したが、結局、いつかは言わねばならないことだ。

「俺を殺そうとしたのは、お前の親父じゃないかと思う。ほら、言いにくい話だろ――」

「どうして親父だと」

「お前が描いた絵があるだろ？　親父が笑ってるヤツ」

「ああ」

「あの絵の中で、あの男はダークレッドの革の鞘を腰に下げていたな。昨夜、俺もろくに相手が見えてたわけじゃねえが、その鞘は見えた。かなり珍しいもんだよな」

「一点物だ。お気に入りのナイフ用にあつらえたんだ」

　トムの声は虚《うつ》ろだった。

「畜生が……それで、お前、怪我の具合は？」

「頭が痛む」

　プロフェットはそう認めながら、自分の携帯を取り出して短縮ボタンを押した。トムはその動作にかまわず、プロフェットの髪をそっとかき分けて頭の左側のこぶを探すのに気を向けていた。

　そしてプロフェットも、トムがあれこれ世話を焼くのにまかせた。トムのキーリングについたペンライトで瞳孔を照らされても。

「脳震盪じゃないな」

「そりゃわかってる」

薬のボトルを振る音がしたかと思うと、トムが言った。

「これを飲め」

「お前の発情頭痛薬かよ？」

プロフェットが問い返すと、トムは微笑んだ。

「ただの鎮痛剤だ。発情はお前がくっつけただけだろ」

「俺はアドビルだけでいい、今以上にラリるのはやめとくよ。あと言っとくとな、俺だってワニを転がせるんだぞ」

「お前、ワニを転がしたのか？」

「何だ、自分だけの特権だとでも？」

トムがまじまじとプロフェットを見つめた。

「俺は、何年もかかってあれを身につけたんだぞ」

「俺にはそんな時間はなかったからな。あの化け物が俺を殺しにかかるまでの何秒かしか」プロフェットは憤慨した顔になる。「しかも、二匹目がすぐ後ろに控えてた」

「転がしたんじゃない——銃で撃ったな？」

「同じことさ」

トムが笑い出した。

「いや同じじゃないって」

「それで、てめえは一体何やってんだ、銃声が聞こえたからただバカみたいにまっすぐやって来たってのか？　俺がお前に何を教えてきたと思ってんだ？」

だがトムにきつく、荒々しく抱きしめられていた。まるでどれほどの危険があったか、トムがやっと気付いたかのように。あれこれ気を使われるのに飽きてきて、プロフェットはトムを押しのけた。

「後にしろ」

「プロフ……」

「終わったことより、誰がお前を殺したがってるか考えたほうがマシだろ。まだそっちのが役に立つ」

「わかったよ」

「頭に当てる氷がほしいね」

プロフェットがぼやく。

「ここにはないよ」

「だな。てめえは何だってここに来たんだ、T？」

「アトリエに警察の手が回ったんだ」

「奴らを振りきりにバイユーに入ったのか？」

「いいや、連中がアトリエを探している間、隠れてたよ。誰もいなくなるまで。もう何時間か。

だが、陽が出る前に移動したほうがよさそうだったんでな」

トムはふとプロフェットを眺めた。

「ジープが残ってたのに、お前はどうやってここまで来たんだ？」

「ジェンセンって老人の車でな」

「ジェンセンの車を、盗んだのか？」

「借りたんだ」プロフェットが言い直す。「送っていく時、レミーが思いついたんでな」

「十五歳の子供に責任をかぶせるつもりなのか、お前が車をかっぱらった――」

「借りたんだ」

「――くせに」

プロフェットは肩をすくめた。

「少しな。本当にこの辺に氷ないのか？」

「あるのはウイスキーのボトルだけだな」

「悪くねえ」

17

「この土地が、お前の頭ん中を引っかき回してんだ」

蒸し暑い小屋の中、陽が昇ってから数時間、二人して汗だくになった頃にプロフェットがそんなことを言い出した。

トムはまた頭痛薬を飲み、プロフェットはジャックダニエルのボトルを半分空けていた。プロフェットは酔っているというより……気がゆるんでいた。それも、いかにもプロフェットらしく。

こんな状態のプロフェットでも、軍隊だろうと蹴散らしてのけるだろうが。

「へえ、そうか?」トムはジャックダニエル・グリーンが半分残ったボトルをかかげた。「じゃあ何だ、俺はただ全部水に流してきれいに忘れりゃいいのか?」

「いいや」

プロフェットが抑揚なく応じた。

「じゃあ、このまま二度と戻るな? お前にまかせて、全部……」

プロフェットがトムへ向き直り、その花崗岩の瞳に暗いものをたぎらせた。

「ああ、俺はてめえにここから出てってほしかったよ。かわりに俺が片付けてやりたかった。でも間違っていた。誰より、俺が知ってる筈のことだ――何かから逃げようとすればするほど、危険な道へとつっこんでいっちまうんだ」

「亡霊からは逃げられない。だろ？」

プロフェットがうなずく。

「ああ。その亡霊とどう向き合うか、俺たちはただそれを試される」

「自分の経験上？」

「そうだ」

「今のセリフを書き残しといて、本でも出せよ。〈預言者《プロフェット》の寝言集〉とか」

プロフェットが酔った笑みを見せた。

「てめえはこの呪いを自分の頭ん中から叩き出さなきゃなんねえ、T。でないと心が食われちまう。もうちっと食われてんだろうが。誰かに言われたたわ言をお前が信じちまうたびに、お前が自分でそれを本当のことにしちまってるのさ。お前が、奴らに力を与えてんだ。許す、忘れる、近づかない――どれも根っこは同じにすぎねえよ。呪いなんか信じるのをやめりゃ、そのどれもお前には必要ねえ」

「人に言うのは簡単だよな」

「簡単なわけねえだろ。やるのもしんどい。俺もなかなかうまくいかねえ」

その告白――プロフェットがここまで自分をむき出しにした、その言葉が、トムをこの地に縛りつける呪いの鎖を打ち砕く。プロフェットこそ、トムの知る限り誰より強い男だ。その男がまだ勝てないものがあると、自分の口から言うとは――。

「待てよ。お前も、自分が呪われてると思ってんのか？」

「俺は時々な、T、人間は一人残らず呪われてんじゃねえかって思うよ」

プロフェットはごく真剣に言った。

トムは身をのり出してプロフェットにキスし、「ウイスキーの匂いがするな」と囁く。プロフェットの唇へと。「ウイスキーは好きだ」

「そいつはよかった」プロフェットが応じる。「ジェンセン老人もウイスキー好きだといいんだがなあ。レミーに教わったんだ、運転席にウイスキーのボトルを置いて車を返したら、全速力で逃げろってな」

トムは短く笑って、プロフェットの額に自分の額を押し当てたままでいた。

「まったく、レミーには随分迷惑かけたみたいだな……」

プロフェットが溜息をついて、身を引いた。

「レミーの母親ってのは？　エティエンヌとぎくしゃくしてるって聞いたが」

「ま、そう言っていい。あの二人はとにかくどっちも子供がほしくて……エティエンヌはどんなことでもする覚悟だった」

「つまり、それでお互いうまく妊娠まではやったわけか」

「ああ、だが、互いを束縛しない自由結婚ってところまではうまくいかなくてな。執念深い女でさ、エティエンヌがいつか自分になびくと信じてた」

「本気で？」

トムが肩をすくめる。

「人間、時に自分の信じたいものしか信じないもんだ」

「レミーを親の家に帰すのは気がすすまなかったんだがな。だが、一番安全だろう」

「物理的には、多分」とトムが呟く。

「早くエティエンヌを見つけりゃ、それだけ早くあいつが親権争いに戻れるじゃねえか」

「だな。わかったよ」

トムは頭の中のすべてを脇に押しやって、エティエンヌの息子のために何が一番いいか、そこに目を据えようとする。

「もう後悔はうんざりだ。だから、そんな余裕もない生き方をしたかったんだがな」

「それで、うまくいったかよ、その手は？」プロフェットがたずねた。

「まあまあな。ここに戻ってくるまでは」

トムはまるで乾杯するようにボトルをかかげてみせた。たずねる。

「それで、どうするよ？」

「お互い、何かお利口なやり方を思いつくまで待つ」

「俺とお前は、キスした瞬間からお利口なやり方なんて忘れたんじゃなかったか」

そう言ったトムを、プロフェットがじろりと眺めた。

「あのキスこそ、てめえの人生で最高にお利口なことだったろうがよ」

「まったく、お前のことがちょっとわかってきたと思うたびにこれだよ……」

痣の残るプロフェットの頰を、トムは軽くなでた。

「とにかくここをどう脱出するか、まずはそこからだな」

「それは回収チームを呼んだ」とプロフェットが携帯をかざす。

なるほど、トムがせっせと、死んだり——とかなんとか——しないようにとプロフェットの面倒を見ている間、この男はそんな手を打っていたというわけだ。

「少し大げさすぎやしないか？」

「いいや」

プロフェットの返事は落ちついていた。

「そうか。その回収チーム……それともキリアンか？」

「おいおい落ちつけ、違う、奴じゃねえよ」

「EE社の人間でもないよな、お前はもう辞めてんだし」

プロフェットがじっとトムを見て、たずねた。

「ちょっと確かめておきたいだけなんだがな、お前、いつその話を聞いた？」

「噂が回るのは早いもんだ——エリトリアに行った初日かなんかだったよ。皆、驚いてたさ」

「へえ、フィルも随分グズグズしてたもんだな」

「どういうことだ、プロフ？　いや、フィルと何があった。お前を気に入ってる奴は多いから、みんな憤慨してたぞ」

「なら俺のケツにキスでもしてみるか」とプロフェットは呟いたが、満更でもなさそうだ。

「皆がどうしてお前を好きなのか、俺にはさっぱりだ」そう言って、トムも微笑む。

「俺もさ」

プロフェットが心から同意した。体を長々とのばす。

「この寝袋、まあまあの寝心地だな。こんなにクソ暑くなけりゃ最高なんだが」

「エアコンつけるか？」

「てめえは、ここにエアコンあるなら最初っからそう言えよ……」

「お前を少しのた打ち回らせときたくてな」

「そいつは悪くねえ考えかもしれないな」

プロフェットが応じる。トムの上へごろりと転がってくると、トムの乳首のバーベルピアスをねじりながら耳たぶを唇に含んだ。身をぞくりと震わせ、トムは何とかたずねた。プロフエットにすっかり気をそらされてしまう前に。

「じゃあ、この何ヵ月か、お前は一体どこで何をしてた？」

「クロアチアの解放で忙しかったかな」

大真面目な顔で、プロフェットが返した。

「お前のへらず口に勝つにはどうすりゃいいんだ」

「あきらめろ。慣れろ。だが狙いはそう悪くなかったぞ、俺が脳震盪を起こして薬盛られて酔っ払ってるところを不意打ちってところまでは」

トムは両手を宙に投げ出す。

「この酔っ払い」

「今はてめえの名前の泥をすすぐほうに集中しとけ。俺と違って、お前のは泥だらけなんだからな」

言いながらも、プロフェットの口元には笑みがあった。

「そういや、それこそフィルに電話とかしてねえのか？　ほら、サツに捕まった後、結局コープに連絡入れてねえよな？」

トムは首を振った。「お前のほうこそフィルに電話しとけよ」

「フィルは俺の声なんか聞きたかねえよ。俺が言うんだ、間違いねえ」

「何やらかした？」

「どうしてどいつもこいつも俺が悪いって決めつけるんだ」ぼやくプロフェットを、トムがただ凝視する。「わあったよ、大体は俺が悪いが、少しは信用……いやいい、俺もお前も、今のお前のボスへの連絡はやめとくか」

「そのほうがいい」とトムが賛成する。

「よし。とにかく今の俺たちは援護もいない哀れな逃亡者だ。ま、お前の叔母さんが持ってるゴツいショットガンはともかく」プロフェットの言葉にトムが笑いをこぼした。「俺のプランが計画倒れになりゃ、別のプランが要るな」

「俺のプランは」トムが告げる。「お前にファックさせてやろうかってところだ。どうだ？」

「いいねえ。まだ墓地でヤッたことはねえんだ」プロフェットはふと考えこんだ。「いや、思えば前に一度……」


トムはキスでプロフェットを黙らせてきた。プロフェットとしても望むところだ。暑さとはまるで違う熱を体に満たして、プロフェットはトムをひっつかんだ。結局、トムの存在にはいつも性欲を直撃される。

「おいおい、神かけてたのむから、救出隊がやってくるまではパンツくらい穿いたまま待っててくれ」

トムはプロフェットからがばっと飛び離れたが、プロフェットはただ気怠げに、小屋の入り口に立つ大柄な、黒髪の男へ目を向けた。

「俺のお楽しみをぶち壊すことはねえだろ、ミック」

ミックは、プロフェットとトムを見比べた。

「どうも、ミック」トムが挨拶する。「トムだ」

「そりゃ見りゃわかる」

ミックはそう言いながら中へ入ってきた。

もっと若い、小柄な男が続いて入ってくると、ミックの腕を拳でこづく。

「よっ、プロフ！　よおトム、俺はブルー。脱出用のボート持ってきてやったぞ」

「ボート？」

プロフェットが聞く。ブルーが説明した。

「観光客がバイユー見物に乗って回るみたいなデカいエンジンと高い座席のヤツさ」

「一体てめえらどんな脱出計画を持ってきやがった？」

「酔っ払ったクソ野郎とそのパートナーをここからつれ出す計画だが？」

ミックが真顔で返す。プロフェットはさらに言いつのった。

「しかもてめえらどうしてそんな田舎臭え格好してんだ」

「擬態だ」とミック。

「俺たちがエビ捕り漁師に見えるようにだってさ」

ブルーがそうつけ足し、ミックの視線にもそ知らぬ顔で相棒のほうを指し示した。

「俺はこんな格好イヤなんだけど、ミックは楽しいみたいだし、しょうがない」

「お前、俺に聞こえてるのはわかってるだろうな？　こいつわかってるよな？」

ミックは後半の言葉をトムへ向け、そのトムはミックを無視してブルーに「上は脱いだほうがいい」と忠告していた。

「ほーらな」

ブルーはそう言いながらシャツを脱ぐ。全員の視線が、ブルーの両腕を覆うタトゥに集中した。「そうかよ」とブルーがまたシャツを戻し、ぶつぶつ「汗で体が溶けそう」と愚痴ると、ミックもうんざり顔で「俺だって少しは頭使ってんだよ」などとぼやいていた。

「何いつまでもここでグズグズしてんだてめえら？」

プロフェットが凄む。

「こいつにもっと飲ませとけ」

ミックがトムにそう、心からの忠告をよこした。トムはプロフェットにウイスキーのボトルを渡す。プロフェットがそれをつかんで、トムの肩に勢いよく片腕を回しかけると、ブルーが小屋のドアを開けた。

「それほど遠くまで行くわけじゃない」

一行が墓地を抜けて淵へと向かう間、ミックが説明した。

「至るところが通行止めになってるし、警察がバイユーのあちこちをボートでうろついている。場所は移るが、バイユーの内側にとどまる」

「シャワー完備だよな？」

プロフェットがよろよろとブルーにぶつかりながらたずねた。

「ああ、そう願うさ」ブルーが呟く。「あんたも世話が焼けるよな、お姫様？」

「先週も言ったがよ……てめえには。躾が、要るな」

プロフェットが低い声でブルーを脅した。


ミックとブルーの手際は大したものだった。ミックはエンジン付きのボートの覆い付きの部分にプロフェットとトムを隠すと、至ってのんびりと、バイユーにはりめぐらされた川を抜けていった。途中でミックがほかの漁師に己を紹介している声がトムの耳にも届く。

「俺らはエバーグレーズのほうから来たんだけどさ。こっちで働き口がねえかなと思って……」

「あいつ何考えてんだ？」とプロフェットが問いかける。

「うまいもんだ、自分たちの存在をまともな形で知らせて回ってる」トムが囁き返した。「ここの住人は十マイル先からだって他所者を嗅ぎ分けるからな。保安官に通報されるような疑いは起こさせないに限る」

プロフェットはうなって、またボトルをあおった。

「もっと早く動けねえのかよ」

その調子で一時間ほどすぎ、やっと陽が落ちると、ボートは船着場の杭の間へすべりこみ、ミックが覆いを上げて、外へ出ろと二人に手で指示した。二人はそろって素早く動き、船着場の前に建つ、イトスギや垂れた苔に隠れた家に入った。

「ここは?」とプロフェットがたずねる。

「二郡離れたところだ。別荘地みたいなもんだよ」

トムが答えた。プロフェットは首を振り、信じられないとばかりに見回す。

「一体どこの馬鹿がこんなところで休暇なんてすごす？　人を見りゃぶち殺そうとするような――」

「もう飲ませるな」とミックがトムに言う。

「ほかに何もすることがなくてな」

プロフェットはそう言い訳すると、家の玄関扉を入り、ドサッとカウチに倒れこんだ。

「酔いざましだ。寝る」

「そうしとけ」ミックが応じて、それからトムを見つめた。「お前は平気か?」

「昨日よりずっといい、ああ」

「ブルーと俺は、お前の故郷に戻って何かつかめないか調べてくるよ。ヤバそうなら連絡してくれ」

「そうする」

ブルーが、トムの目の前にドサッと大きな袋を置いた。

「物資」

「どうも」

ミックがトムの肩に手をのせた。

「それとな、トム？　べろべろに酔っ払ってても、プロフェットは誰にも想像しがたいほどの惨状を作り出せるからな。そいつをくれぐれも頭に入れとけ」

トムの頭の中にはすでに山ほどのものがつまっていそうだが。なにしろ何もかもが脳裏で渦巻いていて、ミックとブルーが去った後も、トムは神経を乱すようなエネルギーをどこにもぶつける先がない。プロフェットと自分の携帯をたしかめた——デラからもエティエンヌからも連絡はない。レミーからも。

（くそ、E、一体どこにいる？）

エティエンヌの行方が知れないことについて、彼とプロフェットは、できるだけ話さないようにしてきた。二人とも、その意味を知っていたからだ。マイルズとドニーが殺された今……

エティエンヌが生きて見つかる望みは薄いと。畜生。

過去は、決して死なない——トム自身がその生きた証拠だ。だがその過去に背を追いかけられるのと、正面から立ち向かうのとではまるで違う。ぐるぐる回る思考を止めようもなく、トムはせめて、疲労に崩れそうな体だけでも休めることにした。

結局、カウチの隅に体を押しこむ。プロフェットの近くにいれば少しは心が鎮まるかと。

無駄だったが。眠るには疲れすぎていて、もぞもぞと動いていたせいでプロフェットまで起こしてしまった。何気なく膝に頭を乗せてきたプロフェットを見下ろすと、彼もトムを見上げていた。

「あいつら、もう行っちまったか？」

「ああ」

「あの二人がそう言ったのはわかってる。でも、本当にもういないか？」

トムは慎重な指先でプロフェットの髪の中を探った。側頭部のこぶは少しおさまってきていたが、プロフェットの動き方からしてまだ痛むようだ。

「ボートのエンジン音が出ていくのを聞いたよ」

「てことは、何だ、俺たちはもうここから動けねえのか？」

「そうみたいだな」

プロフェットが溜息をついた。

「てめえはよくこんなド沼地まで戻ってきて働こうとか思ったもんだな」

「少しは町をよくできるかと思ったんだ」

　プロフェットの手が持ち上がり、トムの頬をなでた。

「それで、変えられたか？」

　トムが故郷へ戻ったのは、またあんな沼地の、トムたちがやっと生きのびたような一夜のサバイバルを保安官の息子が行うのをやめさせるためでもあり、地元に溶けこめないでいる青少年たちをいびるのをやめさせるためでもあった。一つ目は成功したが、二つ目は……毎日、壁に突き当たった。保安官という壁だけでなく。故郷の人々はろくに変わろうともしなかった。所詮、はじめから勝ち目のない戦いだったのかもしれないが、それでも今、トムは誇りを抱いて、数人の若者たちの名を胸に浮かべる。励まし、教え、バイユーを出て大学へ行く手助けをしたり、大学とは行かなくともせめて同じ性的指向を持つ仲間に出会えるような都会へ出る力になった者たち。

「ああ」今になって、うなずくことができた。「できた。でももっとできればよかった。俺をいびってた前保安官の息子——ロブはあの頃、別の保安官について保安官補をしてた。前保安官が引退を決めた時、ロブが次の保安官になったらどんなことになるか、俺はそれをどうしても見すごせなかったんだ」

「だから対抗して保安官選挙に出たのか」

てから」

「三年間、戦った末にな。あいつの右腕として働いたところで、何も変えられないと思い知ってから」

プロフェットが片眉を上げた。

「バットマンのロビンみたいに尽くしたか」

トムが鼻を鳴らす。

「あいつの中ではな。ロブは、あいつの親父と同じくらい俺のことを忌み嫌ってたよ」

「そんなんで、お前よく保安官補になれたな。一体どうして保安官がお前を選んだ？」

それを聞くな、プロフ……。

「俺はあそこで生きる子供たちを助けるために、やれることはすべてしただけだ」

「五年間だぞ、T」プロフェットは優しい口調だった。「お前はここに五年間とどまって、泥水ん中で暮らしてきた。自分を罰するように」

トムがそれに答えずにいると、プロフェットはとまどったように見つめていたが、溜息をついた。

「クソ、責めたいわけじゃねえんだ……」

だがプロフェットのそもそもの問いに、トムは痛いところを突かれていたのだ。トムが保安官事務所へ入るのを許されたのは、あの夜のバイユーでの出来事があるからこそ——あれこそ、トムのたったひとつの武器だったのだから。

「そうだよ、前保安官からの口止めだ。あいつの息子もそいつを知ってた——俺たち以外にあの夜のことを知る唯一の人間だ。あれはまるで、俺たちがお互いを脅迫しあってるみたいだったさ。保安官は、俺が何も言い出さないってのはわかってた。どれだけ俺をみじめな目に遭わせてもいいと。でも、俺を絶対クビにできないのもわかってた。俺は、自分がどうなろうがどうでもよかった——それで、ここの子供たちの人生を少しでもいい方向に変えられるなら」

「お前の思いはわかる」

プロフェットはトムの髪を指で梳く。表情は固かった。それからしばらく、彼は何も言わなかった。

トムがたずねる。

「お前は？　変えられたのか？」

問いの真の意味を、プロフェットはよくわかっていたのだろう、トムに答えた。

「そう思う。本当にどうだったのか、答えを見きわめるのは難しい。すべての人間を救えるわけじゃねえからな」

「いい加減、俺たちもそんな馬鹿をやろうとするのはやめるべきかもな」

「だな。まずはお前からどうだ、ブードゥー」

「ケイジャンよりこっちのがマシだな」

「そのうちTシャツにしてやろう」

プロフェットの笑みは小さかったが、たしかにそれは笑顔で、この男の笑顔は本当に美しかった。

「フィルに、あのアタマのお医者さんとこに通わされてんだろ？」

「いくら何でもサラを面と向かってそうは呼んでないだろ？」トムが返すと、プロフェットはニヤッとして肩をすくめる。トムはうなずいて続けた。「ああ、エリトリア行きまで二、三週間、週に何度かカウンセリングを受けた。彼女、おもしろいんだ。スクリーンセーバー見たことがあるか？」

「レザーコスチュームの男二人の写真か？　俺が送ったもんだ」

「ああ、それでわかった」

プロフェットが目を細めて、たずねた。

「へえ、鞭とレザーにムラムラ来たかよ？」

トムが毒づくと、プロフェットは続けた。

「サラから、お前が聞くべきことは聞けたのか」

「ああ、きっと。お前とEE社のおかげで、何でもできそうな気持ちになれる」

そう言ったトムへ、プロフェットはまだ酔っているような笑みを見せ、頬の赤らみがトムにすべてを告げていた。もしかしたらチャンスかと、トムはもう少し踏みこんでみる。

「お前が外でやってた仕事ってのは——」

「ああ？」

プロフェットの笑みが一瞬にして警戒の表情に冷えた。

「ＥＥ社の仕事より危険なのか？」

「やるな、Ｔ。俺をおだてといてから話の水を向けるってか？　そいつは……いい手だ」

プロフェットは首を振る。

「さてと、そうだな。危険というか――俺は安全ネットなしの飛行には慣れてるもんでな」

「つまり具体的には？」

「具体的には、ＥＥ社の仕事の合間にも、いつも別から極秘任務を受けてたってことさ」プロフェットが打ち明ける。「フィルにバレたやつもあれば、バレなかったやつも」

「おしおきに尻をひっぱたいてやりたいよ」

プロフェットは少し考えていてから、問い返した。

「その時はレザーコスチュームを着てビシバシやってくれるんだろうな――」

その瞬間、プロフェットの腹が鳴った。派手に。

「ムードぶち壊したもんだな。ちょっと待ってろ」

「ああ、起き上がってメシを作るつもりなんかねえよ」プロフェットがトムの背へ声を投げる。

「装備ん中にレザーコスチュームが入ってねえか見てみろ」

トムは首を振りながらブルーがよこした物資の袋をあらため――そして、あきれたことに、レザー製の手枷を見つけた。それをポケットにしまい、炭酸の缶を二本とサンドイッチをつかんで、カウチまで運んでいく。プロフェットは隣に座って食べはじめた。

トムがたずねる。

「EE社に戻るつもりはないのか？」

「ああ」

鋭い返事だった。

「フィルは、お前を辞めさせて後悔してるぞ」

「へえ？　あいつがそう泣きついてきたか、それとも会社の広報誌に書いてあったか？」

「EE社に広報誌があるのかよ」

プロフェットが横目の視線をトムへ投げた。

「クリスマス号だけな。サンタ柄のパンツ穿いた写真でものっけてもらえ」

「サンタで抜きたいのか、お前？」

プロフェットは天井を見上げて、無言の祈りを呟く。

「俺は、EE社には戻るつもりはねえよ」

「どうして辞めたのかを話す気も、どうせないんだろうな」

「おっしゃる通り」

トムが眉を寄せた。

「わかったよ」プロフェットはふうっと息を吐く。「いいか、大方の誰よりも、フィルは俺のことをよく知ってんだ。俺が何者で、何をしてきたのか。それでもいいと言ったくせに、その約束をチャラにして、これからはもう駄目だと俺を叱っていいって話があるわけねえだろう。もう、生き方を変えるには、俺には遅すぎんだよ。約束を裏切られて平気な顔をしてみせるにもな、T」

トムは何も言わず、ただプロフェットの髪をなでていた。フィルに裏切られた痛みが、プロフェットの肩のこわばりや両目の冷ややかな鉄色からもにじんでいた。

「考えんな」

プロフェットがそう命じる。

「わかったよ」

「考えてるんだろ、てめえ」

「でも……俺は、フィルと同じ裏切りをお前にした、プロフ」

「いいや、お前はやってない」プロフェットの口調は平坦だった。「お前は俺を拾ってきたわけじゃねえからな」

「でもお前と会った後、俺は相棒になろうとしたんだ。結局、同じことだろ」

「少しな」プロフェットが言う。「あのな、俺とEE社についての話はもう沢山だ」

「わかった、だが……お前は、ＥＥ社の後継者なんじゃなかったのか?」

「物事は変わってくもんさ」

「てことは、お前が叔母の家にやって来たのは、本当に、フィルに言われたからじゃなかったんだな」

「あいつには何も言われてねえよ。たとえフィルが何か言ったって、俺はお前のためにやったよ、T。覚えとけ——お前のためだ」

そう言い切って、プロフェットは間を置いた。

「お前の叔母さんはすっかり俺に遺産を残してくれる気だしな」

「へえ、そうかよ」

そうは言ってもありえないことではない。なにしろプロフェットは人の心の中に入りこむのが得意だ。トムももう抗いはしない。拒むより、受け入れてしまうほうがずっと自然だ。

プロフェットの手が太腿を上下にさすり、近ごろトムにもなじみになってきた表情を見せる。エネルギーが余って、落ちつかないのだ。檻の中のライオンのように。目下の問題は、どこにも出口がないということだ。

だが、暇つぶしにやれることならある。トムがポケットから取り出したレザーの手枷に、プロフェットの目が見開かれた。

「もう話したくないんだろ。なら、こっちにするか」

ほんの一瞬、てっきりノーと言われるかと、それどころか手首の拘束などふざけるなとののしり倒されるかと思った。だが、刹那、プロフェットの瞳が黒ずみ、少し顔を紅潮させて言った。

「マジかよ」そして、「俺を好きに使え、トミー」

半ば命令、半ば懇願。プロフェットをじっと観察しながらトムが革枷を開くと、ベルクロテープのはがれる音が室内に響いた。プロフェットはその拘束具を見つめてゴクリと唾を呑み、視線を上げてトムの目を見つめ、わずかも引かない。一気にトムの血が沸騰し、ペニスのピアスがデニムの内側に押しつけられる。プロフェットはその股間をちらっと見下ろしたが、そのままただ待っている――ほとんど、トムが初めて見るほど、身じろぎもせず。

「そこで待ってろ」

そう命じると、プロフェットがひどく短いうなずきを返し、信頼を見せた。トムはプロフェットの後ろへ回りこみ、シャツの裾を引いて「脱げよ」と囁いた。

プロフェットはそれに従い、振り向かず、両手をおとなしく垂らしていた。彼の背中へ手を這わせ、筋肉をたどり、トムはこのなめらかな肌にどうタトゥを入れるか思い描く。トムがこうするたび、いつもプロフェットの肌が震えるのだが、今回も例外ではなかった。

プロフェットの腕をつかみ、背中のほうへ引く。手首にレザーの枷を巻き、閉じた。手枷をつなぐ金属のチェーンの音が静かな室内にやわらかく響く中、トムはもう片方の手首も拘束すると、プロフェットの首の後ろに唇を押し当てた。回りこみ、正面からじっくりと見つめてから、プロフェットの肩に右手を置いて力をこめた。

「膝をつけ」

自分の耳にも、その声はかすれを帯びて聞こえた。ざらついた声。息すら難しい――情動と山ほどの感情が絡み合い、プロフェットが命令通り床に跪いて歯でトムのファスナーを引くと、熱はますます膨れ上がる。

トムはプロフェットの髪に指をくぐらせ、頭を後ろに引く。自由な左手で自分のファスナーを引き下げ、ゆっくりと、ピアスをひとつひとつ見せつけながら、ペニスをあらわにした。

「探し物はこれか?」

「そうだよ、トミー」プロフェットが呟く。「さっさとしゃぶらせやがれ」

髪をつかむ手で引きよせると、プロフェットは舌を出してトムのペニスの先端をなめ、軽く口に含み、舌で上下になぶりながら、ちろりと舌先で一番上のピアスをつつく。

トムの体がビクッとはねた。プロフェットは幾度となく、様々にトムを翻弄してきたが、こんなふうに、跪いてというのは初めてだ。何よりこたえられないのは、プロフェットがトムを見つめる目つきだ。服従の体勢をとりながら、その目は、この場を支配しているのはまだプロフェットのほうだと告げていた。そのままでいい――それでもいい。だがそれは大きな考え違いだと、トムはこの男に思い知らせていく。

プロフェットは少し頭を引き、目をいたずらに光らせてトムを見上げた。ペニスに並んだピアスの列をなめ上げ、それから一本ずつしゃぶってはは歯でバーベルピアスを引っぱってみせる。しまいに、トムは息を切らせ、うなって、プロフェットの髪をつかむ手に警告の力をこめた。そのたびにプロフェットは従順にペニスから口を離しておとなしく待ってみせたが、トムが髪を引いてまたしゃぶらせるたび、またピアスをつつき、引っぱり、ねじってくる。快感と痛みが絡み合って、トムはついにその境目を見失っていく。ただ、突き上げてくる衝動だけ。

舌をピアスにかぶせながら、プロフェットが、喉深く、一番奥までトムの屹立を呑みこむ。指に髪を絡め、プロフェットの頭を押さえこんだトムは濡れた熱に吸い上げられて呻きをこぼし、乱れたリズムで腰を揺すっていた。プロフェットがくわえこんだまま何やらハミングする——あやうく我を失いかかっているさまを笑われたのかもしれないが、トムはまるでかまわなかった。そうだ。背骨を震わせる、このうずきだ——。

彼のペニスに押し広げられたプロフェットの唇が歪んでいるのを見つめ、その唇が赤くぼってりとなるだろう様を思い描く。その唇にキスされて理性を吹きとばされるところまで想像して、トムは呻きを立てる。

くそ、今すぐイキたい——二人ともギリギリだろう。セックス、快楽、それだけでなく、ここにあるのは餓えだ。二人の渇望がぶつかり合っている。

プロフェットの頭を押さえて、求められたようにこの男の体を使ってやる。口に突きこみ、犯して、きつく髪を握りしめ、さらに激しく腰を動かした。

その上、プロフェットは縛られている。トムのために。手枷を受け入れ、抗いもせず、猛々しい男が示すこの服従。それが、そしてトムのすべてを受けとめながら見つめ返す強いまなざしが、トムを限界へ押し上げる。熱い絶頂をほとばしらせる瞬間も、プロフェットの口から己を引き抜こうなど頭にも浮かばなかった——それにプロフェットの口はあまりにきつく、彼を吸い上げていた。

プロフェットの髪を握りしめて、その喉に熱を注ぎこむ。プロフェットはその間もじっと、下からトムを見つめつづけていた。その目にとらえられ、動けない。この男と初めて出会った瞬間のように。

「……お前はいつどんな時も、何か言い返さずにはいられないんだな」

トムは、体の震えが、大体はおさまってから、そう絞り出した。

「俺は何も言ってねえぞ」プロフェットはニヤニヤしながら応じ、ひょいと後ろにしゃがみこんだ。「まだ勃ってやがんな」

トムは膝をつくとプロフェットにキスをして、己を味わい、二人の体の間に手をのばして、やっと屹立がのぞく程度にプロフェットのズボンを下ろした。プロフェットに膝をつかせたまま、ペニスの熱い皮膚を手に包み、なでて、はっとこぼれたプロフェットの呻きをキスで吸いとった。

唇を合わせ、抵抗とも言えない小さな抵抗をかき消してやる。しごく手を強めると、ついにプロフェットが身をこわばらせ、二人の間に精を放った。トムの下唇を噛みながら。

そのまま、二人はそうして互いの額を押し当て、唇をふれあった体勢にとどまり、二人分の荒い呼吸がトムの耳を満たしていた。

プロフェットの肌を震えが抜け、彼は低く言った。

「外せ、T」

トムはすぐさま手枷を取り、放り捨てた。プロフェットの手首をさすっていると、プロフェットが両腕をトムに回して抱きしめた。

トムはまたプロフェットの髪を指で梳き、お気に入りのやり方で頭をマッサージしてやる。その手つきをほめるようにプロフェットが喉で低くうなり、目をとじた。

右手指を髪にくぐらせ、左手でプロフェットの首すじを探って、こわばった筋肉をもみほぐしながら、互いの情熱を醒ましていく。

つかの間の逃避は、いい気分だった。我に返るまでは。トムが溜息をつくと、プロフェットが囁いた。

「このゴタゴタを一緒に乗り切るぞ、トミー」

「ああ。今は、それを信じられるよ」

18

ほんの一分ほど、うとうとと、時間と食事で薄められた酔いと、セックスと糖分のもたらすまどろみを漂っていたと思ったら、次の瞬間には自分の両手首を見上げていた。

プロフェットの両手は荒縄でくくられ、その縄は天井の鉄骨から吊るされていた。両足は椅子の上であやういバランスを取り、吊られないよう、手首の負担をやわらげようと必死にのびた爪先が痛む。眠っていた間に肩が外れかかっていた。

視線を下ろすと、トムと一緒にとらわれた部屋だった。だがアザルの姿まである。そのアザルは次の瞬間、銃を手に部屋から出ていってしまった。

「よせ、クソ、やめろ——」

プロフェットは自分の声を聞いたが、それはかすれた囁きにすぎなかった。

「いつでも来やがれ——さっさとやれよ！」

響いたジョンの叫びに、プロフェットは心を固くする。この手で殺した男——核爆弾のトリガーの作り方を知っていた男について、知る限りのことをすべて吐かなければジョンを殺す、アザルがそうプロフェットを脅したのははったりではなかった。

二発の銃声。プロフェットは前を凝視したままだ。己の心が引き裂かれるのを見せて、奴らを満足させたくはない。

二日前、彼とジョンの身柄はアザルの手に落ちた。テロリスト相手に戦って切り抜けようとしたが、あまりに相手が多すぎた。あの時もうプロフェットは、この極秘任務の情報がどこかから洩れて、待ち伏せされたのだとわかっていた。

逃げ道など存在しなかった、きっと。

だがプロフェットは戦いつづける――それが彼という存在だからだ。その道しか知らない。生き残るために、ただまっすぐ。プロフェットを持て余す相手なら、その生き方に勝手にはじき飛ばされるし、どっち側なのか見極めがつくまで相手を遠ざけておく役にも立った。

人を踏みこませないと、トムに責められたのは、まさに否定しようもない。

(お笑いだ。とことんぶっ壊れてやがるな、お前は)

まばたきすると、目の前はバイユーの家の中に戻り、プロフェットはキッチンのシンクの前に立っていた。振り向くのが怖い。最後に見た時、トムはまだ眠っていたが……。

トムも、いつの日か、フィルと同じ結論に至って、プロフェットに背を向けるかもしれない。

「俺はそんな気分になったことはねえぜ」

ジョンがそう言った。右へ目を向けると、ジョンがカウンターに座っていた。

どうして、ジョンは耐えられた？

何故なら――ジョンはプロフェットのの家族であり、恋人であり、親友だったからだ。何故なら、そのすべてにも拘わらず、ジョンは決して己の本音をさらさなかったからだ。どれほどプロフェットに心を開いたふりをしてみせようとも。

ジョンは、芝居が上手だった。一方プロフェットは、自分以外の何かに化けようとしたことなどない。嘘の顔をして誰かとつながったところで、そんなことに何の価値がある？

「来やがった！」ジョンが叫んだ。「隠れろ！」

またたいたプロフェットの前へ、ふたたび砂漠がせり上がってきた。プロフェットは下がり、ハルを守ろうと……。

「なあ、プロフ。平気か？」

トムの声はおだやかだ。そして低い。まるでプロフェットの心が現実にあるかどうか探ろうとしているように――畜生、トムに全部見られてたのか？　クソが。わかっておくべきだった、トムに対してあんなふうに無防備に自分をさらけ出した途端、頭のどこかが暴走し出すと。

向き直り、心配そうなトムの顔を見つめた。頭上で雷鳴が轟いた。

雷鳴。爆発ではない。

「少なくとも、てめえもすっかりイカれちまったわけじゃねえってことかね」

ジョンの声がしたが、プロフェットはトムから視線をそらすのを拒んだ。トムこそが現実なのだ。トムこそが、ジョンなら決してありえなかった形で、プロフェットに寄り添ってくれているのだ。ひどい考え方かもしれないが、ジョンに関する限り、プロフェットは遠い昔にあらゆる期待を捨てていた。

ふたたびまばたきすると、プロフェットはカウチのそばに膝をつき、片腕をトムに回して、きつく抱きながら、襲いくる敵の銃火から守ろうとしていた。

トムを。ハルではない——。

腕をゆるめると、トムが少しだけ振り向いた。プロフェットがトムの太腿に額をのせると、トムの優しい手がうなじにふれた。

「よく起きるのか？」

「最後の任務からこっち、増えてる」プロフェットはそう白状した。「てめえはＦＢＩだったにしちゃ随分ぐっすり寝るもんだな」

「お前が思ってるほどよく寝てたわけじゃないかもな」

トムがそっと答える。

プロフェットの目の前がにじみ、まばたきでそれを払った。顔を上げることができないまま、言った。

「サディークは、俺をいたぶるためにクリスを殺した。俺をいたぶるためにお前を傷つけた。何もかも、十年前の任務のせいさ。俺が誰ともパートナーになれねえ理由がわかったろ？」

「その任務で、お前は地獄を見たんだろ。何があったのか、俺ははっきり知ってるわけじゃないが、それはわかってるよ。俺たちが捕まった時に見た。あの時お前は、昔に戻ってた。いや、ずっとそういうくり返しだったたんだろ。俺はそれを助けたい——」

「お前は助けてくれたよ」

「今、力になりたいんだ。お前だってそんなこと、永遠に一人でやってはいられない」

「やってみるさ」

トムが首を振った。

「やってみてただろ。それで四ヵ月かそこらで、俺にタックルして、ファックされたんだろうが」

「お前を侵入者だと思ったからだよ」と言い返しながら、プロフェットは顔を上げた。

「お前はいつも侵入者にヤラせんのか？」

「ポルノっぽくて燃えるだろ」

トムは小さく笑ってから、表情を引きしめた。

「フラッシュバックの原因になった任務について、何か話せることは？」

「ない。これまで話した以上のことは」

トムが、納得いかない顔で溜息をついている。

「あのな、てめえにはもう、巻きこまれても充分なだけは話しちまってんだ。ってか、てめえ、もうサディークに目をつけられてる」

「今あったことのどこがサディークと関係あるんだ」

「どこがってか、全部さ」

「まったく、プロフェット。どうしろって言うんだ」トムが、カウチからプロフェットの隣の床へすべり下りた。「お前が何を背負いこんでいるかわからなきゃどう助けていいかもわからないんだよ。お前を助けたいのに。俺に分けてくれ、プロフ」

　誰も、誰ひとり、こんなことをプロフェットに言った者はいなかった。

「それを言ってくれただけで、お前には想像もつかないほど、俺にとってはでかいよ」

トムの手はまだプロフェットの首の後ろを包んで、ゆっくりと揉んでいた。

「わかった、今は俺もここまでで我慢しとくよ」

そして、トムがその先を強引にこじ開けようとはしなかった、それだけでプロフェットは、己の良識に逆らってトムに自分を開き、踏みこませてしまう。これまで許した誰よりも、深く――。

　踏みこませる。このトムの問題を解決した、その時には。


ミックとブルーからは数時間後、高セキュリティの回線を通じて連絡が入ったが、エティエンヌの居場所の手がかりすらまるでなかった。エティエンヌの両親は失踪人届けを出し、保安官はエティエンヌの家の裏の芝生に小さな血痕を見つけて、その血が本人のものかどうか分析中だ。

『それで、トム・ブードロウはまさに容疑者ってわけだ』

ミックがそう結ぶ。

トムは呻いて、電話横のテーブルに顔を突っ伏した。今回はプロフェットが彼の首の後ろを揉んでくれる。こんな時なのに気持ちいい。

プロフェットのフラッシュバックの後、二人はシャワーを浴びた。セックスをした。またシャワーを浴びた。そして今、プロフェットはすっかり酒も抜け、この事件にとりかかる気満々だった。

「マイルズとドニーに関しては？」

プロフェットがミックに問いかける。

『お前がマイルズの家からくすねてきた注射器を調べた。ケタミンが出たよ。マイルズとドニーの血中からもケタミンが検出されてる。だがなあ、どっちもおかしな話さ。マイルズみたいなヤク中が今さらケタミンとは思えないし、報告書によりゃ、ドニーはヤク自体やらなかった。検死医はまだ二人とも自殺の可能性を除外してないが、今は殺人の可能性も視野に入れてる』

ミックが一息置いた。

『ま、俺たちにはこれが殺しだってわかってる』

「そして俺が第一容疑者だってこともな」

トムが口をはさむ。顔を伏せたままで、声がくぐもっていた。

「マイルズとドニーが俺が秘密をしゃべるのを恐れてたって、きっとそういう話にされる。マイルズがアルコール《A》依存症者会《A》に通って告白したがってたって話もねじ曲げられて、俺が何かバラさないか二人が疑ってたって話にされちまう」

「そんで？　町に戻ってあの二人を殺すために、てめえがハリケーンを呼び出したとでも？」

くそ、そうだった――トムは頭を上げた。

「どうした」とプロフェットが聞く。

「俺は……俺は、エティエンヌに、帰るって言った」トムは呟いた。「タトゥの予約を入れたんだ」

「いつのだ？」

「エリトリアに行く前に、連絡した。先月行くつもりだった。だが色々あって、結局、予約は取り消さないままで……」

「それでマイルズが、お前のための手紙を準備してたのか。自分でお前に手渡そうと――それをエティエンヌにも言ったのか。あるいは、お前をつれてきてくれとエティエンヌにたのんだ。それもあって、エティエンヌがお前に戻ってくるなと強く警告したのかもしれないな」

「で？　マイルズが、俺に会うことをＡＡの集会で話したと？」

トムが問いかける。

「依存者集会での話の秘密がどこまで守られるかは、連中が口をとじていられるだけ充分シラフでい続けられるかどうか次第だからな」

プロフェットがぼそっと吐き捨てる。依存者について個人的に知っているような口調はこれが初めてではない、とトムは気付いて、心に留めた。

ミックの声が電話口から問いかける。

『エティエンヌが一枚噛んでると思うか？』

そんなことは、トムは思いたくもなかった。だが目をそむけるわけにもいかない。

「エティエンヌは前に消えたことがあるのか」とプロフェットが問う。

「いや。それは俺だよ」トムは少し考えた。「エティエンヌは創作活動に没頭するたちで――描いてる間、静かなところに行きたがった。俺たちがいてあのアトリエは使えなかった以上――俺にはわからん。だがなプロフ、あんな状況で、エティエンヌが全部放り出して姿をくらますわけがないんだ」

「時々、人間はそういうことをするもんだ。お前が警察につかまってる間に俺はエティエンヌと話したが、いずれ自分も目をつけられると見ていた感じだった。血痕が、エティエンヌのものではない可能性もある。身を隠して危険が去るのを待ってるのかもな」

本当にそうであってくれと、トムは願う。彼の罪悪感の上にまたひとつ死が積まれるなど、考えるだけで耐えがたい。それに、エティエンヌは善人で、立派な男なのだ。タトゥを趣味と仕事にしているエティエンヌが、乳房再建手術を受けた女性や放射線治療で睫毛が抜けた女性たちのために病院でどれほどの時間を費やしているか、ほとんど誰も知らない。手や足を切断した患者には、その切断部分や義肢《ぎし》に模様の飾りを施していた——好奇の視線には、見つめるに足る何かを与えてやればいいと。

「エティエンヌは無事だ、そうだろ、プロフ。あいつは俺を救ってくれたんだ。子供の頃から、もう数えきれないくらい」

「ならあいつは無事だ」プロフェットはシンプルに、そう言い切った。「今のお前と同じくらい、エティエンヌもお前のことを心配してた。お前を見捨てるような男ではなさそうだった。それに、自分の責任から逃げるようなタイプでもない」

『じゃあ彼を犯人として探してるわけじゃないな』とミックが聞く。

「俺たちは、とにかく彼を探しているだけだ」プロフェットがそう訂正する。「あいつには、親権を争う息子もいる」

ミックの沈黙の間、トムは記憶をかき回して、エティエンヌが行きそうなところを探す。昔は二人だけのたまり場にしていた場所もあったが、大人になって周囲に二人がつき合っているのを知られようがかまわなくなると、そんな場所も必要なくなった。

「エティエンヌの家は、もう保安官たちが調べ終わった後だろうしな」

トムが呟く。プロフェットが応じた。

「なら今度は俺たちが行く番だ」

「俺たちはここを出られないんだぞ、忘れたか？」

「俺たちはな——だがブルーが、俺たちの目になってくれる」


トムは悟った。ブルーやその伝説についていくら聞いていようと、彼の真の凄まじさというものは、本人がどんなものだろうと登っていくのを自分の目で見るまではわからないのだ。まさに、スパイダーマンそのもの。

しかもブルーには、登ることがごく自然なことなのだ。今の瞬間、地面にいたかと思えば、次の瞬間には屋根の上、あるいは樹上。トムとプロフェットは彼の見る景色をかぶりつきで、すなわちブルーの暗視ゴーグルに取り付けられたカメラごしに、見ているのだった。

ミックの姿は、まさに危険そのものだ。ブルーはそれ以上に凶悪。第一印象にだまされる者は多いだろうが。

警察の立入り禁止テープはなく、少なくとも二人は法は一つしか破っていない。単なる、住居不法侵入。

「言っとくが、裏口のどこかの石の下にスペアキーがあるんだぞ」

トムはまたそれをくり返していた。

『キー？』

聞いたことのない外国語でも耳にしたかのような反応だ。ブルーは開いていた屋根裏の窓から暗い屋内へすべりこみ、周囲を見回す。

トムの見覚えのある絵が何枚もあった。エティエンヌは屋根裏部屋に、もう愛はないが捨てがたい物をしまっておくのだ。

『静かだ』とブルーが報告する。『涼しい』

いつも、エティエンヌがそう保っていた通りに。

『清潔だ。埃がいくらか——四日分というところだな』

「エティエンヌの失踪と一致するな」

トムはうなずいた。埃や乱雑さが嫌いな男だ。

「いい家だ」

階段を下りてメインの寝室へ入っていくブルーの映像を見ながら、プロフェットが呟いた。

ブルーはまずタンスに近づく。

「上段右手の引き出しを見てくれ」

トムはそう指示した。ブルーが従い、中からエティエンヌの財布を見つけ出す。

「畜生……」

ブルーが財布を開けた。

『現金もカードもある。免許証も。あと時計と、結婚指輪』

プロフェットがトムを見た。

「俺とのじゃないぞ」とトムが応じる。

「エティエンヌとレミーの母親は正式な結婚じゃなかったろ」

「まあ、一応、結婚みたいなもんで――」

ブルーが口をはさんだ。

『なあ、お二人さん、ゴシップは後にしてくれよな』

「てめえが何か役に立つものを見つけりゃな」

プロフェットがぶつぶつ言う。

ブルーが、ゴーグルにつけたカメラの正面に中指をつき立てた。

トムはプロフェットへ顔を向ける。

「お前は、俺とエティエンヌの仲にはかけらも嫉妬してないって?」

「うまく隠せてるだろ。てめえとは違うんだよ」

「俺が嫉妬を隠しきれないほうがお前は楽しいんだろ?」

プロフェットは同意するように微笑んだ。

「根性悪」

　ぼそっと言って、トムはふと凍りついた。

「T、どうした？」

　プロフェットがたずねた瞬間、ブルーからも声が上がった。

『足音が聞こえた』

「ブルー、さっさと引き上げろ」

　ミックが命じる。トムの視線の先でブルーのカメラ映像が眩暈を起こすような猛スピードで動き、ブルーは窓から身を投げて、下がったロープにとびつくと、半ばほどのところにぶら下がった。遠くからサイレンが響く。

　音から二百マイルも離れたところにいるというのに、トムはつい周囲を見回していた。

　プロフェットの携帯が鳴る。彼は相手の番号に眉をひそめた。

「ちっ、出ねえと」とボタンを押し、「ハロー」と出た。

『誰？』

　女の声がスピーカーフォンから響く。

「そっちは？」

　聞き返すプロフェットの顔には懸念の色があった。

『この番号がうちの息子の携帯にあったからかけてるんだけど？　一体、あの子をどこにつれてったの！』

プロフェットはトムへ顔を向けた。「レミーの母親か」と口の動きだけで聞かれて、トムはうなずく。緊張がまるで万力のようにこめかみを締めつけていた。

トムがブルーに何か言いかけた時、二人の背後で声がした。

「そんなに苦労してあいつを探すこたぁねえよ。俺が手伝ってやれたのにさ」

トムの視界の中で、プロフェットの表情が瞬時に冷えきり、すぐさま無表情に変わる。トムが、今やよく知る表情。危険に面した時の顔。

トムが振り向くと、チャーリーがプロフェットの後頭部に銃をつきつけていた。

「チャーリー、一体何してるんだ」

「それが知りたきゃ、今から一緒に来るんだな」

チャーリーが言った。

この、いつもラリッて記憶力のめっぽういい、単なるジャンキーだとばかり思っていた男を見つめながら、トムの頭の中に浮かぶのは、こいつに話を続けさせないと、ということだけだった。

19

「一体これは何だ、チャーリー?」

「すぐわかるさ」

「俺はてめえとどこにも行かねえぞ、クソ野郎が」プロフェットがそう言い返したが、不意に首筋を探ると、手にダートをつかんでいた。「一体こりゃ——くそ、またかよ、ふざけんなてめえ……」

「おい、プロフ」

近づこうとしたトムへ、チャーリーが銃を振った。左手に持った本物の銃を。ダートガンは右手だ。

「もしおとなしく来なけりゃ、レミーが助かる望みはないぞ? 時間切れになる」

チャーリーの言葉に、「クソッ」と呻いたプロフェットが軽く足をよろめかせた。トムが手をつかむと、プロフェットに握り返され、チャーリーの言う通りにしろと伝えられたように感じた。トムもそのつもりだ。

「そいつを外せ」

チャーリーがパソコンを指し、トムは渋々とケーブルを抜いて、ブルーからの接続を切った。

「このお前のお友達はおとなしく来やしないだろうしな。この間はお前の代わりにのこのこ来やがって、ワニに食われもせず生きのびやがったから、今回はお前ら二人、まとめてやる」

あれはチャーリーだったのだ。ギル・ブードロウではなく。ひとつ明らかになった。だがまだ——。

「何をやるって？」

「すぐにわかるさ。その前に、そいつを担いで車に乗っけてくれ、できるよなあ、トム？」

「置いていけばいいだろ。彼は何も関係ないんだから」

トムはギリッと歯を嚙み、言い返した。プロフェットはトムの肩に支えられて意識を失っていた。その首筋に二本の指を当て、たしかな——ゆっくりではあるが——鼓動にほっとする。

「そいつは無事だよ。もう一本薬を打ったら別だけどな」

「もう気絶してる」

「俺にとっちゃ、あんたがおとなしくしててくれるかどうかだけが問題なのさ」

チャーリーが言い、不意にトムの目にこの男の姿がはっきりと映る。まるで霧が晴れたかのように。

チャーリーが変わったわけではない——この間会った時トムがそう思ったのは間違いだった。そうではない、変わったのはトムだ。ようやく自分がもがいていた泥沼を抜け出し、ついに見ただけだ——チャーリーはいつも彼に嘘をついていたのだと。

ほんの刹那、トムはひどく皮肉な思いを噛みしめる。これまでのパートナーたちが誰ひとりトムの予感を信じてくれないと不平を抱きながら、実際は、トム自身も自分の勘を平気で無視していたのだ。できるなら、プロフェットに今すぐ言いたい。彼の指摘は正しかったと。

だが、どういうことだろう。チャーリーは、マイルズやドニーとトムが何をしたかなど知らなかった筈だ。知ったとすれば……。

点と点を結びつけようと考えこむトムをじっと見ていたチャーリーは、顔を上げたトムへ、銃を握る手の端を叩いてパチパチと拍手をしてきた。

「おわかりになった様子の保安官補どのに敬意を！　マイルズとＡＡの噂を聞いたもんでね。あいつがあそこでデカイことを白状したがってるってよ」

「俺は保安官補じゃない。大体、そんな噂をどうしてお前が気にする？」

チャーリーは銃でプロフェットを示した。

「そいつを車へ運べ。下手なこと企むなよ、トム」

「話し合いで解決できないのか、チャーリー？」

「できたかもなあ、あんたが沼地にやって来てりゃ。このお友達じゃなく。でももうこんなにこんがらがっちまったんだよ」

トムは、言われた通り動き出した。レミーの命がかかっているのだ、下手な真似はできない。チャーリーがプロフェットを撃ってここに残していくようなこともさせたくない。

仲間を置き去りにしない、という誓いは、戦場の兵士たちだけの合言葉ではない。一方、こうしてともにチャーリーについて行けば二人の脱出チャンスは狭まる。チャーリーが二人をトムの故郷のバイユーにつれて行くつもりなら別だが——そうなれば、トムには地の利がある。チャーリーがあそこに暮らしたのはたかだか五年だ。

プロフェットを肩に担ぎ上げる。意識はまったくない。ずしりと重い。歩いて家から出ると、チャーリーが車のトランクを指した。トムは仕方なくプロフェットの体をトランクに入れる。大柄な男を小さな車のトランクに収めるのはなかなか面倒で、横倒しの体を無理に押しこみながら、トムはひるんだ。

「手錠をかけとけ。後ろ手で」

チャーリーが命じながら、トムに手錠を放った。トムはプロフェットの両腕を後ろに回すと、血流が止まらないよう余裕を持たせて手錠を締める。

どうせ、プロフェットにはこんな枷は意味がない。

プロフェットの足も拘束するよう命じられた。トムにトランクを閉めさせると、さらにトム自身の手首を助手席側に手錠でつながせて、彼を目隠しする。だが、視界を奪われる寸前、トムにはチャーリーの足元に落ちている赤革のナイフの鞘が見えていた。数秒、チャーリーがトムの父親を殺してそれを奪ったのかと自問したが、結局、ギル・ブードロウはそうあっさりくたばるようなタマではないという結論に落ちつく。

「こんなことをする必要なんかないだろう」

トムはチャーリーに話しかける。

「俺を分析しにかかる気かい、保安官補？　ああそうだな、あんたはあのお仕事はクビになったんだっけ。どうした、保安官のひいきは賞味期限切れかね？」

トムの胃がぐっと縮む。両手首をこすり合わせて、革のブレスレットの感触を感じとろうとした。

「どうして、そんなことまで知ってる？」

腕にちくっと針が刺さり、これではチャーリーがどこへ二人をつれて行くのか見定められない。目隠しくらいは何とかなるが、ドラッグでは感覚が……。

意識を失うまいと抗ったトムが最後に聞いたのは、チャーリーの答えにもならない返事だった。

「そろそろわかってもいいんじゃないかい、あんたも？」

チャーリーが発進させた車は、背の高い草むらを勢いよく抜けていった。


プロフェットは呻いた。口の中は半ば痺れて苦く、かすむ目をまたたく。背中で縛られた腕がビクッとはね上がったが、今回は手首で吊るされているわけではない。

「それがお前の基準かよ?」

トムが聞き返し、プロフェットは自分が最後の部分を口に出して呟いていたのに気付いた。

「小さなことに幸せを見つけていかねえとな、T」

そう返事を絞り出しながら、プロフェットは二人が背中合わせに座らされ、椅子と、互いに縛りつけられているのだと気付いた。

「今、俺たちだけか?」

「チャーリーは三十分くらい前に出てったよ。もっと経つかな」

「ガキは?」

「レミーの情報はない」トムが憂鬱そうに応じた。「それにブルーやミックが警察につかまってないかどうかもわからん」

「くそ」

ミックには、風向きがヤバくなったらブルーを引っつかんでとっとと退避しろと言ってあった。あの二人がおとなしく聞くかどうかは別として。しかし仮にあの二人がまだ辺りにいたとしても、二人のどちらもバイユーには詳しくない。トムやチャーリーのようには。

「現在地の見当は？」

「どこかの古いボート小屋だ。あの墓地の近くにも水辺にいくつかまだ残っている。チャーリーはそこまで運転してきたのかもしれないが、目隠しされてたんでわからん。薬も打たれてたし」

「俺を運ぶ途中で落っことしやがったな、あいつ。コンクリにつっこんだ感じだ」

プロフェットは首を少し回し、自分の状態をたしかめようとした。

「お前を運んだのは俺だよ」

「てめえが落としたのか？」

「クッションのあるトランクの中にな。床じゃない」

ロープの結び目をいじるトムの手の助けになるよう、プロフェットも指を動かした。できるだけ安全に、慎重に対処しなければ。レミーの命が懸かっている以上、プロフェットのいつもの流儀でチャーリーをぶっ潰しに正面からつっこむのはまずい。

「細かいことはお前にまかせるぞ、T」

「ああ」トムが呟く。ロープをほどくのとは別の話をしているとわかっている。「チャーリーは追いつめたところで口を割らない。今回のことは全部、俺たちだったたんだ——あいつは俺たちに償わせようとしてるんだ」

「何か言ってたか？」

「マイルズのアルコール依存症者会での噂と、昔バイユーであったことを知ってた」

「ああ？　そいつと奴にどう関係が？」

「俺にもさっぱりだ」

トムは、プロフェットに協力してできる限りロープをゆるめようとする。それほどゆるみはしなかった。縛られたロープは太く撚られた麻縄にもっと細いロープが絡んで、とんでもなく複雑に結び合わされていた。チャーリーはこの間の教訓を生かした様子で、プロフェットの武器をすべて、ブーツの中にひそませてあったナイフまで持ち去っていた。

トムが結び目に抗ってもがく。

「お前、海軍だろ。水兵ってのはロープに詳しいんじゃないのかよ」

「この状況で俺にふざけた口叩こうってのか、トミー？」

その瞬間、チャーリーが大股に小屋へ入ってきた。あまりにも得意げな顔つきに、プロフェットはこの男をぶん殴ってやりたくなる。

「まだわかってないかな？」

チャーリーがそうたずね、プロフェットは状況を悪化させるようなことを言い返しそうになる舌をぐっと噛んだ。

どちらにせよ、悪化の予感はひしひしとしていたが。特に、チャーリーがいかにも昔ながらの牛追い用の電気棒などを取り出してみせては。

「俺はお前の力になりたい、チャーリー。お前はいつも俺を助けてくれたから」

トムが説得にかかる。チャーリーはニコッと、道理をわきまえた人間のような顔をして微笑んだ。それから腕をのばし、プロフェットの、シャツがまくれ上がった脇腹に電気棒を突きこんだ。

灼熱の電気が肌を焼き、まるで永遠とも思える時間、プロフェットの全身が歪んだ苦痛に反り返った。棒が引かれてもまだ体を振動が包み、思考は散らばり、全身を大きな震えがぶるっと抜けた。

トムの罵りと、チャーリーに「そんなことはやめろ！」とわめく声が聞こえる。

「こいつはもう俺のゲームなのさ、トム。俺はあんたをずっと助けてきた……あんたの正体も知らずに」

プロフェットが吐き捨てた。

「てめえは自分のケツ可愛さで協力してただけだろうが、チャーリー、ヤクの売人だったんだろ？　近ごろ俺が聞いたとこじゃヤク取引は犯罪だぜ」

チャーリーがまた電気棒をプロフェットの脇腹に当てた。プロフェットは身を固くし、電気が流されるのを待ち受ける。

「チャーリー、やめてくれ」トムが声をはさむ。「バイユーで起きたことはプロフェットには関係ない。俺のせいだ、そうだろ？」

「マイルズも同じことを言ってたさ。俺に殺される寸前にな」

　チャーリーはそう言いながら電気棒を引き、プロフェットはほっと後ろへもたれた。

「アルコール依存症者会《AA》での告白の内容を、俺に白状してからな。俺はな、親父が死んでんじゃないかと、ずっと探してきたんだ。あの時までは何もつかめないままな」

「お前の親父？」トムの問いかけはひどく静かで、プロフェットは嫌な予感がする。「そうか、お前の親父ってのは――」

「お前らが殺したのが俺の親父だよ！」

　チャーリーはわめいてまたプロフェットを電気棒で、今回はスイッチを入れて、突いた。

　やっと意識の焦点が戻ってきた時、プロフェットの耳にトムの懇願が聞こえていた。

「よせよ、チャーリー――そいつを俺に向けろ。お前が痛めつけたいのは俺なんだろ？」

「ああそうさ。俺が苦しめてやりたいのはあんたさ！」

　プロフェットは切れぎれの息を吸い、トムが手首の縄を解こうとしつづける動きを感じた。

「レミーはどこだ？」とトムが問いかける。「解放してやってくれ。あの子は昔のことには何の関係もないんだ、チャーリー。俺たちの人生みたいに、あの子の人生まで壊すことはないだろ？　ほかのことはいい、だがせめて……お前にだってあんな子供の頃があったろ？　あの子を可哀想に思うなら……」

「もう手遅れなのさ」

　チャーリーが吐き捨てる。

「このクソ野郎が」プロフェットは呟いた。「てめえはまず、ガキ四人を危険にさらした保安官を追っかけるところから始めりゃよかったんだよ」

「お前はその口をとじるところから始めたらどうだ？」

　チャーリーがそう言いながら、プロフェットの前へ回りこんでいく。

「口をとじてて得をしたことなんかここまで生きてて一度もないぞ」

　プロフェットは真面目くさってチャーリーに告げた。

「お前は電気ショックをもう一ラウンドくらいたいってのか？」

　トムがそうプロフェットへ言い返しながら、明らかにチャーリーの気をそらそうとしていた。何でもいいのだ、チャーリーをしゃべり続けさせ、何なら拷問を続けさせる。殺されるよりはマシだ。

「どっちにしたって一発食らわされるんだろうがよ。それならちったあ好きに言わせろ」

　プロフェットのその言葉は、また電気棒の長いひと突きで報われた。

「ファック！」

　身をはね上げながらも、プロフェットはトムがいざという時には手を抜けるところまでロープをゆるめたのに気付いていた。苦痛の中で呼吸をする彼の背後で、トムが肩ごしにたずねた。

「レミーを、殺したのか？」

チャーリーのクソ野郎は腕時計をのぞいてみせた。

「もうじきそうなるな。最後に見た時、随分と血が出てたから」

トムが息を強く吸いこむ。それだけはっきり言い切るなら、レミーの居場所は近い筈だ。そして、すべてが儀式のように象徴的である以上、エティエンヌもレミーのそばにいるだろう。

リスクは高い、だが——。

「わかってるよ、T」

訴えるように彼の手を握ったトムへ、プロフェットが答えた。

「何がわかってるってんだ？」

チャーリーが恫喝する。

次の瞬間、プロフェットはチャーリーにとびかかった。必要以上の力をこめてチャーリーの体を床へ叩きつけ、満足感を噛みしめる。床をすべっていく銃をトムがつかみ、チャーリーへ向けた。命じる。

「レミーのところへつれてけ」

「もう遅すぎるさ」とチャーリーが答えた。

「遅すぎることなんて何もない」

トムの声は猛々しく、この男が本気だと、プロフェットには伝わってくる。

プロフェットはチャーリーの首筋の急所を指で押さえた。ぐっと押しこむと、たちまちチャーリーが意識を失う。それから彼のポケットをあさった——懐中電灯、携帯、ナイフ、車のキー。

トムにたずねた。

「こいつの車にカーナビは？」

「見てないな。使ったとしても何も聞こえなかった」

プロフェットは、チャーリーの携帯のカーナビ機能を立ち上げ、画面をスクロールした。今夜は使わなかったとしても、事前の準備があった筈だ。

「何か見つかったか？」

トムが、二人が縛られていた椅子の片方にチャーリーをのせ、縛りながら聞いた。

「以前のＧＰＳ座標だ。ここから近い」

「行こう」

トムはプロフェットを先導し、ＧＰＳの位置情報をたよりに生い茂ったバイユーの草むらを、一歩ごとに泥にグチュッと靴を沈ませながら、かき分けていく。まるですべてが流砂のようだ

た。

……しかも、わずかな光もない。トムは目をとじ、ただレミーを思い浮かべ、静かに呼びかけた。

「レミー、トムだ。どこにいる?」

答えたのは、夜のバイユーの野生の音ばかり。プロフェットはトムのすぐ背後、体熱が伝わるほどそばに立っている。そしてトムはまたこの場所に戻っていた——十四歳の自分が、また闇の中で誰かを探して。

右手側に、墓地を思い描く。陽のある時にエティエンヌと通った頃は、公道の方へ向かわず、淵へと抜けていく小道を歩いたものだった。

何歩か進み、ふれた巨大なイトスギの木をたよりにしながら懐中電灯で足元を照らし、やがてトムの足はひとりでに道をたどり出す。その足がふと止まって、弱々しい泣き声がトムの耳に届いた。

「レミー?」

「トム?」

レミーの声。力がない。トムとプロフェットは続いて前に進み、ついに光の輪がレミーを照らした。レミーは、エティエンヌのそばに半ば膝をつき、半ば倒れていた。

くそっ。レミーのほうにはプロフェットが行ったので、トムはエティエンヌの横へ膝をついた。エティエンヌの首筋にふれてはみたが、その肌の冷たさを感じるまでもなく、そして胸元に広がった血を見るまでもなく、息はないと一目でわかっていた。

まばたきで涙をこらえたが、頭を整理する間もなくプロフェットにせき立てられた。

「トミー！　手を貸せ。出血が多い。胸に創傷」

トムはエティエンヌの目をとじてやると、レミーを助けに動いた。

「レミー、寝るんじゃないぞ」

プロフェットがうながし、トムは答えたレミーの声にぎょっとした。

「がんばる……痛いよ……」

「わかってる、レミー。ああ、わかってるよ」

プロフェットは呟きながら、自分のTシャツを当ててあふれ出す血を止めようとしていた。

「痛むだろうが、強く押さえるぞ。いいな？」

レミーの「うん」という弱々しい返事を聞きながら、トムはチャーリーの電話を使って救急にかけ、やがて遠くにサイレンが聞こえてくるまで通話を切らずに待った。

「到着まで十分」

トムは低く伝えた。

プロフェットの口元が曲がる。その時間が致命的なものになるかもしれない。闇の中、トムは亡き友を嘆き、プロフェットのほうはレミーを膝に抱き上げるようにして、何かレミーにだけ聞こえることを囁いていているらしく、レミーも囁き返していた。プロフェットは傷口を押さえつづけていたが、出血は止められていないようだった。金属的な血臭がたちこめ、ここに肉食獣が集まってきていないのが驚きなほどだ——。

ゆっくりと、トムが振り向くと、背後の闇に何対かの目が光っていた。近づく気配はなかったが、その場合にそなえてトムは銃を抜いた。

「ワニが狙ってるとか、冗談でも俺に言うんじゃねえぞ」

プロフェットが低く囁く。

「わかった、言わないことにするよ」

「トミーはワニ使いなのさ」プロフェットがレミーに言った。「だから心配するな」

レミーが笑いと咳の混じったような音を立て、トムの耳はゴフッと喉の鳴る音を拾う。サイレンが近づき、淵の遠い端にライトが見えてきた。

「父さん……は……」

レミーが、か細い声で聞く。

一瞬、プロフェットは答えなかった。それからうなずく。

「ああ、そうだ」

トムの胸が締めつけられる。

「チャーリーが……俺を殺そうと……。父さんが……俺を、かばって。俺、助けようとしたけど、チャーリーが……言ったんだ。俺なんか、生きてても、意味が……」

「お前は生きのびるんだ、レミー」プロフェットがサイレンを越えて、力強く言った。「わかるか？　お前には生きる意味が山ほどあるんだよ」

レミーの喉がまた不吉な音を立てたようだったが、急速に近づくサイレンにそれもかき消される。トムは救急車に向かって光をかざし、見逃されたり、車につっこまれないようにとこちらの位置を知らせた。プロフェットがレミーをかかえ、サイレンに向けて歩き出し、トムは続いて後ずさりに歩きながら、ギラリと光る眼が闇の奥にひとつずつ消えていくのを見つめていた。


八時間後、トムは集中治療室《ICU》の前の待合エリアで待ちながら、プロフェットに無理に食事を食わせていた。手術は終わり、レミーはまだ目を覚まさない。レミーの母親は二人を病室からは追い出したが、病院から追い出すことまではできないし、プロフェットは動かなかった。

レミーの母親に廊下へ蹴り出された時、彼女に喧嘩腰で挑んだトムは、挙句、プロフェットに引き戻されたのだった。

「一体どういうつもりだ、T？」

プロフェットに問いただされながら、トムは肩ごしに彼女をじっと、病室のドアが完全に閉まるまでにらんでいた。プロフェットに向き直って、言い放つ。

「エティエンヌが親権を取ろうとしてたのも当然だ」

「だな」

あの女の攻撃的な態度にはうんざりだった——レミーの母は、息子を案じるというより自分の体面が大事なのだ。

それに比べ、プロフェットのほうはレミーへの心配でいてもたってもいられない様子だった。そこでトムは、いつもプロフェットが他人のためにしていることをした——せっせとこの男の面倒を見たのだ。ブルーとミックも手を貸してくれたが、EE社からの呼び出しで二人は帰らねばならなかった。トムとしては、今回のゴタゴタがフィルの耳に入っていないことを願うしかなかったが、プロフェットも言ったように、フィルはまさに地獄耳の男だ。

州警察がチャーリーの身柄を拘留し、トムとプロフェットの両方から調書も取った。レミーからの聴取も予定されている。警察は保安官とも話した。前保安官の息子として、今となってはトム以外に唯一、あの夜の出来事を知る人物。彼が、かつてバイユーで何があったのか真実を語った。多少、表現をやわらげながらも。

これで真実がやっと明るみに出たのだろう、もはやトムには隠すことなどひとつもなかった。そして、はっきりとは言い切れないものの、聴取に来た警官たちの目には彼への同情があるようだった。いつものような猜疑《さいぎ》の目ではなく。

それでも、トムには弁護士が必要だった。同情的だとしても、警察からは、勝手に町を出るなど言い渡されてもいる。

　さらに二時間後、トムは手にしていたコーヒーを置いた。レミーの意識が戻ったと、その瞬間にわかっていた。ついに。

　立ち上がったトムを、プロフェットが顔を上げて見た。すぐさま、レミーのいるＩＣＵから悲鳴が上がった。看護師たちと医者が二人の前をすぎて部屋に駆けこみ、二人は中をよく見ようとガラス扉へつめ寄った。

　レミーが激しくのたうち回り、両足でベッドを蹴って、まるで引きつけでも起こしたように見えた。まずい。

　だが、すぐ、レミーの動きが少しだけ鎮まる。看護師が廊下に出てきて、二人を手招きした。質問で時間を無駄にしたりせず、二人はただ病室内へ駆けこんだ。レミーの母親が二人を怒りの形相でにらんでいたが、彼らの姿を見た瞬間、レミーはバタつくのをやめた。

「具合はもう大丈夫なのか？」とトムは看護師に聞く。

「相当な出血量だったけれど、安定してきてます。自発的に目も覚ましたし、それは何よりいいきざしだと思いますよ」

　トムの見つめる前でレミーがプロフェットの手にすがりつき、その手を握り返しながら、プロフェットが半ばベッドに膝をついて身をのり出し、低く、なだめるような声で少年に話しかけていた。

少ししてから、プロフェットは皆のほうへ顔を向けた。

「全員、今すぐ部屋から出ていってくれと」

「冗談じゃない、あんたたちだけにするなんて」

レミーの母がそう嚙みついたが、レミーが「出てって、母さん。たのむから」と絞り出した。

「お母さん、今はレミーを落ちつかせるのが一番です。そうしてほしいと言うなら――」

医者も声をかける。

母親はきっと唇を真一文字に結んでから、言った。

「五分だけなら」

看護師と医師は残った。彼らがレミーのチェックをする間、トムもベッドへ近づいた。レミーにいくつもの管がつながれており、ピッピッと間断ない音が鳴っている。レミーは青白く、幼く……あまりにも脆く見えた。

「俺、警察にどう言えばいい？」

レミーからまずそう問いかけられて、トムは心が二つに割れる思いだった。

「もう秘密はなしだ、レミー。知っていることを全部話していいんだ」

「だって……それじゃ……」

「俺のことは心配いらない」トムはそう言い切る。「プロフェットがついてるからな。俺にも、君にも」

その答えでレミーは安心できたようだった。プロフェットのほうはさっと横目でトムをにらんでいたが。

それから、レミーが言った。

「やめてくれってあいつに言ったんだ……父さんが十四歳の時のことだし、父さんは誰も殺してないんだって。言ったんだ。父さんは後悔してるし、苦しんでるって。父さんはいい人だって、言ったんだ……」

声が少し割れたが、レミーは先を続けた。

「チャーリーは、自分の父親もいい人間だったと言ったよ。だから今度は俺の父さんの人生を壊す番なんだって。父さんに人生を壊されたから――」

その間も、プロフェットはレミーの手をまったく離そうとしない。あるいは逆か。

「二人とも……俺が警察と話す時、一緒にいてくれる？」

「当たり前だ」

プロフェットはレミーをそう力づけ、少年がまた眠りに落ちるまで手を握りつづけていた。

「お前、大丈夫か？」

トムは彼に問いかける。

プロフェットは首を振った。

「わかんねえよ、トミー。どうしてチャーリーがこの子まで傷つけなきゃなんなかったのか」

答えを求めているわけではなく、それがトムにはありがたい。トム自身、答えなど持っていないのだ、ただ己のかかえた罪悪感以外は。プロフェットの目の中の痛みを見て、その肩に手を置いた。

「俺は、何年もずっとチャーリーから毎週話を聞いてた。なのに、まったく、何にも気がつかなかったよ」

「時々、人の心は自分には重すぎると判断したものを意識からしめ出すもんだ。それに、お前も自分で言ってたじゃねえか、お前のブードゥーアンテナはそんなふうに働くもんじゃないってな」

プロフェットは少し黙ってから、続けた。

「俺を沼地に置き去りにしたのはチャーリーだった、そうだな?」

「ああ。親父のナイフの鞘がチャーリーの車の中にあったよ」トムは一息つく。「家には電話しといた。親父が出たんで、切った」

「そうか。ま、せめて、俺を殺そうとしたのがお前の親父じゃなくてよかったな」

「お前は本当に気分を盛り上げるのがうまいよな」

プロフェットが小さく微笑した。

「やってみるだけさ、T。俺にできるのはそれだけだ」

それから、彼はレミーの姿を振り向く。トムが声をかけた。

「レミーは元気になるよ」

「そうでなきゃ困る」プロフェットはトムの手にふれた。「てめえも罪悪感を背負いこむな、いいな？　どれもお前のせいじゃねえんだ。信じろよ。俺のために」

トムもその言葉を信じたいのだ。痛むほどに。だから、この瞬間だけは、信じた。

20

二十四時間後、レミーの状態も格段に良くなり、二人はデラの家へと戻っていた。デラは二人をハグで出迎えた後、自分にこんな心配をかけるとはどういうことだと二人を怒鳴りとばした。

「あと、今夜はあんたたちにご馳走を作るからね――文句はないだろ」

レミーの容体をたしかめてから、デラはそう宣言した。

「ないよ」トムがうなずく。

「よろしい。ロジャーとデイヴが手伝ってくれてる。あんたたちは、さっさと……シャワーを浴びといで」デラが鼻に皺を寄せる。「どんだけ沼の中にいたんだい」

「あきあきするくらいだよ！」

プロフェットが、すでに階段の途中から肩ごしに怒鳴った。トムはその後ろをついて上がり、廊下つき当たりにある昔の自室へと入っていく。

もう室内にはプロフェットの荷物が置かれ、その隣に誰かがトムのバッグも並べていた。プロフェットは何かうなって、バスルームへ向かいながら、服を点々と脱ぎ散らかしていく。

トムは、二人のバッグからそれぞれ着替えをつかみ出して、ベッドの上へ投げると、プロフェットを追った。二人のどちらも、体の汚れを流す以上の元気はなかった。これほど全身がこわばっているのがいつ以来か、トムは記憶にないくらいだ。

「お前、手首は大丈夫なのか？」

プロフェットの背と首筋を洗ってやりながら、トムはたずねた。

「わからねえ」

プロフェットが正直に言う。そこに答えがあるかのように、両手首を見下ろした。拳を握り、また指をのばす。マッサージしようか、とトムが言いかけた時、ノックの音が注意を引き戻した。

「俺が出る」

タオルをつかみ、トムはドアを開けに行く。トレイを手にしたデイヴが廊下に立っていた。

「デラが、夕食までの腹の足しに持ってけってさ」と告げる。

「いい匂いだ」と言いながら、

「ありがとう、デイヴ」

「君らが無事戻ってきてくれてうれしいよ」

デイヴはそう言ってから、もうｉＰａｄを手に座りこんでいるプロフェットを指して「いい男だな」と口の動きだけで言った。

「そうだろ」とトムはうなずく。

デイヴがドアを閉めると、トムは盆をベッドの上へ置いた。「いい匂いだ」と言いながら、プロフェットはなにやら手ぶりで何か合図のようなものをしている。

何をしているんだ、と問いが口から出る寸前、横に座ったトムは事態を呑みこんだ。

プロフェットは、マルとスカイプをしている最中だ。

イカれたマル。キリアンよりはまだマシな存在に思えるが、ワニはガラガラヘビより安全、という程度の比較の話だ。

マルとプロフェットは二人して素早く——集中した真剣な様子で——手話を交わしあっていた。もっとも、マルは耳は聞こえるのだが。マルの喉を横切る凶悪な傷が、おそらく声帯に傷をつけ、声を奪った。命が助かったのはほぼ奇跡か、このサイコ野郎のしぶとさの証。とにかく、プロフェットはマルと手話でやり合うほうが楽なのか、話の中身をトムに知られたくないかのどちらかだろう。

マルはちらっとトムを見ると、プロフェットに向けて、手話の辞書にはとてものっていなさそうな手ぶりをした。

「あれはどういう意味だ」とトムはプロフェットを問いただす。

「ただの挨拶だよ」

「へえ、たしかに挨拶の躾が行き届いてそうだもんなあ、マルは？」

トムはそう呟きながら、衝動をこらえたが、すぐに負けてｉＰａｄへ向けて中指を立ててやった。

マルはニヤニヤして、返事のかわりに接続を切った。

プロフェットが笑う。

「皆、マルにはそれをやらずにはいられねえんだよな」

「フィルは何がよくてマルを雇ってるんだ？」

そう言い放ち、トムはすぐに反省した。マルは、トムにできなかった時にプロフェットの命を救ってくれたというのに。

「いや、聞かなかったことにしてくれ。悪い」

プロフェットがひとつ咳払いした。

「マルはな。厳密に言うと、ＥＥ社やフィルの下で働いてるわけじゃない」

「どういう意味だ、それは」

肩をすくめてみせながら、プロフェットは、一見無頓着な顔をしていた。だがトムは、そんな上っ面を信じる気はない。特にプロフェットの返事を聞いてしまうと。

「マルは、アレだ、臨時雇いみたいなもんだ」

「課外授業を手伝う臨時教師かよ」

「その授業がＣ４爆弾と山刀《マチェット》を扱うなら、ああ、そんなもんだ」

トムは口を開け、また閉じた。この茶番を無視できるかのように首を振ったが、結局、たずねていた。

「フィルは、お前がマルに連絡してるってのは知ってるのか？」

「俺は、なんて言うか、マルに連絡は取っちゃいけねえことになってってな」

「でも連絡してるだろうが」

「ん？　そりゃそうだ」頭がおかしいのはトムのほうであるかのような目をプロフェットに向けられた。「フィルが知らなきゃ何も問題ないだろ」

トムは頭を整理しようとしながら、撃たれたプロフェットがフィルではなくマルに電話した時のことを反芻していた。ということは、あの時駆けつけてきたドクも、マルについては秘密の共犯だということだ。

「フィルには何もかもバレるんじゃなかったのか」

そう言われて、プロフェットは考えこんでから答えた。

「どうかな、まだぶっ殺されてはねえからな」

「タイミングを狙ってるのかもな」

「かもな。ま、先に吊るされんのはマルの筈だ。あいつがギタギタにされてる間に俺はずらかる」

突然iＰａｄの画面がぱっと明るくなり、マルがプロフェットに向けて中指を突き立てた。

「やっぱ聞いてやがったなこの野郎！」

プロフェットが怒鳴る。

マルが何か手話で言い返した。

「そんな言葉を使って心が痛まねえのか？」

プロフェットがそう問いただす。マルはまた何か手ぶりで言い返し、トムを指したが、プロフェットはただ首を振っただけだった。

「俺が何だって？」とトムがつめよる。

「お前は聞きたくないと思うぞ」

「ああまったくだよ」

「ほらな」プロフェットはひどく悦に入った様子だった。「俺がお前に何も話さねえとか、もうその手の文句は言うなよ」

プロフェットが手話で何か告げると、マルがまた接続を切った。今回はプロフェットも。iＰａｄをナイトスタンドに押しやって、軽食の盆を引き寄せた。

デラは二人にシュリンプやほかのシーフードのフライをこしらえてくれていた。きっとガンボを作る気でいつものように材料を買いすぎたのだろう。二人は取り皿を無視してトレイからじかにつまんだ。

トムがたずねる。

「この四ヵ月、どこで何をしてきたか、いい加減話す気になったか？」

「言えねえ」プロフェットはシュリンプのフライを頰張ったまま言った。「こいつにアレルギーがあったかどうかも思い出せねえし」

「お前な、真面目に話す気はあんのか——いや、何も話さないですむように人の気をそらそうとしてるだろ？」

「言えることなら言うけどな」

トムはまるで、もう飽き飽きだ、というように両手を広げた。

「何があったかわからないままで、俺はお前をどう守ればいいんだ。お前を誰から——何から——守るのかもわからないってのに」

プロフェットはトムを見つめる。鼻でせせら笑われたりジョークやひねくれた返事が浴びせられるかと、トムは待った。トムにも、今の自分の言葉が、アトリエで言われたことをそのまま言った本人に返しているだけだとわかっている。まさに凶器そのもののような男を守ろうとするなんて、どれほど滑稽なことかも。

だが、プロフェットは何も言わなかった。かわりに手をのばすと、トムのシャツの前をつかみ、ぐいと引きよせる。チリソースの味がするキスをしてから体を離したプロフェットは笑顔だった。

「こんなキスで俺の質問をかわせたとか思うなよ」

「俺とてめえはあの腐れバイユーで死にかかったんだぜ、それだけであと一週間は尋問なしにしてもらってもいいくらいだと思うがな。もっとでもいい」

「俺に借りがあるだろ」

「てめえに?」プロフェットは疑り深い顔をしていた。「俺のほうこそてめえのケツを何回も助けてやったのにか。三回と半くらい」

「誰かの命を半分だけ助けるのは無理だろ。それに、俺たちが助かるよう俺だって手を貸した。お前をワニから助けてもやった」

「ハナからあのワニを撃ち殺して、一発で片付けちまったってよかったんだ」プロフェットが溜息をついた。「本当に、今ここで、こんな話がしたいのか?」

「俺が嫌なのは、次にハリケーンが襲ってくるまでまたお前と会えなくなることだよ」

「そこは俺だけのせいじゃねえぞ、トミー。まあいい」

プロフェットはトレイを押しやると、枕に頭をのせて、長い脚をひょいと組んだ。

「それで、何が聞きてえよ?」

「どこでも、好きなところから始めてくれ」

「俺が生まれたのは、とある小さな町で――」

「どうしてＣＩＡに入った？」

「入る気なんかこれっぽっちもなかったが、あっちじゃ別の計画があったってわけさ」プロフェットは首の後ろをさすった。「ＣＩＡは、俺が軍法会議にかけられないですむよう手を回してくれたんだ」

「それでＣＩＡにとっつかまったってことか」

トムはそう呟き、次の瞬間、自分の言葉がどれほど真実か悟っていた。

「あの映像にいた奴ら――あれは、ＣＩＡだったんだな」

二人が出会う前にトムに送り付けられた映像には、プロフェットが尋問されている様子が映っていた。プロフェットとジョンが、サディークの兄アザルの捕虜となった、その後に起きたことだ。あの映像の中のプロフェットは尋問官をテーブルで押さえつけ、あやうく相手の首をへし折るところだった。だが何度見ても、あの映像の中の何かがこれまでトムにはしっくりこなかったのだ。

プロフェットが言う。

「お前も、あの映像の中にいるのがアザルじゃないってことには気がついてただろ」

「たしかに、ＣＩＡって感じだった」トムはそう認めた。「テーブルの下敷きにされてたエージェントは今どうしてる？」

　プロフェットがニヤッと小さく笑った。

「まだ俺を忌み嫌ってるよ」

「少なくとも、生きたまま解放はしたわけか」

「かなり悩ましい決断だったがな。あのサド野郎は、俺を四日間縛りつけてたんだぜ。医者にも見せず、飯も食わせず。人のことを獣扱いしといて、いざ嚙みつかれて文句言えた筋合いじゃねえだろ」

　それを言うプロフェットの口調はおだやかだったが、首筋には強い力がこもっていた。

「ＣＩＡはトイレットペーパーみたいに人を使い捨てにする」

　そう言ったトムへ、プロフェットが妙な目つきを向ける。

「悪い。オリーが——俺のＦＢＩでの指導係が、よくそう言ってたんでな」

　一瞬、プロフェットの顔をおかしな表情がよぎったが、あまりに刹那のことで、むしろ目の錯覚に近い。トムも、きっとそうだったのだろうと思う。すぐにプロフェットが口を開いていた。

「ま、お前がＦＢＩにいたのも昔だ。それに、その格言は正しいね」

「マルとはどういう縁で？」

　トムがたずねると、プロフェットは溜息をついた。少しもぞもぞする。

「またマルに聞けとか言う気なら……」

「同じ隊だったんだよ」

「マルも海軍特殊部隊《ＳＥＡＬｓ》だったのか？」

プロフェットがうなずく。

「ＢＵＤ／Ｓを一緒にこなした仲さ。ＢＵＤ／ＳってのはＳＥＡＬｓ訓練生が受ける基礎訓練のことな」

　わざわざ説明を足した。

「それくらい知ってる」とトムは腕組みする。

「はあ？　てめえの質問に答えてやったんだぞ」

「最低限な」

　トムがそう指摘すると、プロフェットがうんざり顔になった。手首を揉む。

「マルのことをべらべらしゃべる気はねえよ」

「ジョンのことがあった時、マルも同じ部隊だったのか？」

「まあな」

「ほかの隊員はどこにいるんだ？」

「そりゃ、ほら……その辺とか」

　プロフェットは、まるで皆が宙からぱっと現れるかのように手をひらひらと振ってみせた。

トムもつい肩ごしに後ろを見て、背すじを冷やしたが、寒気を振り払う。

「てことは、皆、今も海軍に？」

「いーや」

「じゃあCIA？」

プロフェットが鼻を鳴らした。

「まさか。あいつらは……ちょっと……手配されているって言うかな。まあ、それも奴らが今どの国にいて、どんな名前を使ってるかによるけどな」

そう、ほとんど親切そうな顔をしてつけ足した。それで理解できるかのように。

「そんな状態で誰も問題ないのか」

「俺たちはこの手の訓練を積んでるからな。能力があったから、選り抜かれた。危険を何より愛してたから。今でもそうさ。なんて言うかな、優秀になりすぎるとあっちこっちからにらまれるらしいよな。まったく、つらい話さ」

プロフェットが語ってみせる以上のことが、まだ隠れている筈だった。

「その仲間の中に、フィルのために働いてる者はいるのか？」

「誰もフィルのためには働いてねえよ。俺もな」

つけ足すプロフェットの目に怒りがきらめく。

「フィルのところでは働いてない、と。それは皆が、ジョンを探しているからなのか？」

　プロフェットの返事はなかった。

「教えろよ。お前の隊員たちが今も互いに緊密で、信頼しあっているというなら――」そのトムの指摘にも反論はない。「どうしてその誰も、お前がサディークにつかまった時は助けに来なかったんだ？」

　プロフェットの顎がピクッと動く。彼はトムを見つめていた。

「ああ。あの、ニット帽のアイルランド男か」トムは、ゆっくりと言った。「マジか、プロフェット？　あいつらはずっと俺たちを取り囲んでたってことか？　それこそ幽霊みたいに？　お前がよく打ってたメール……てっきりＥＥ社かキリアン相手だと思ってた、あれは……お前、軍の仲間と……」

「俺になんて言ってほしいんだ」

「お前は、俺をパートナーにしたいと――お前のパートナーにしたいと。なのに、まだ俺を踏みこませてはくれないんだな」

　プロフェットが首を振った。

「てめえだって、殺人容疑がかかってなきゃ、俺に腹を割ってあれこれ話したりはしなかっただろうがよ」

「お互い様だって言うのか？」

「トミー、俺にはチームがある。過去もある。話せないことも山ほどある。お前が助けようとしてくれてるのはわかるが、そいつは無理な話だ」

「もしEE社を受け継いでたら、お前はお仲間を雇い入れる気だったか？」

「俺はEE社とはもう無縁だ」

「もし昔のお仲間とパートナーを組んでもいいと言われてたら、そうしてたか？」

「ああ」

「それでパートナーはいらないって？　聞いてあきれる」

「あいつらは俺の命を救った恩人だ」

「へえ、お前は自分で自分を救ったんだと思ってたよ、CIAと取引して自由を奪い返したって話じゃなかったのか」トムは真っ向から挑む。「そいつもお前がどんなバージョンのお話を聞かせてくれるかによるってわけか？」

「ああ、そうらしいな」

プロフェットの声はひどく苛立っていた。大股でずかずか出ていく彼を、トムは止めなかった。

「やりすぎたか」

自分に向けて、呟く。

かすかにアクセントのついた声が言った。

「ああ、やりすぎだ。あいつのことは放っといてやれ」

トムは凍りつく。すぐには振り向かず、応じた。

「それは、未来永劫って意味か？」

「場合による。お前はこの手の茶番をふっかけるのをやめる気はないのか？」

トムは、やっと振り返った。あの男が、同じニット帽をかぶって、窓のそばに立っていた。

「ああ、誰がやめるか。まず、あいつは俺のパートナーだ。俺にとっちゃ軽く流せる話じゃない。それに、俺はもうお前らの問題に足をつっこんでる。サディークは俺のことを知ってる。どうあがいても俺はもう当事者だってことさ。だから、断る、俺はプロフェットを放っておくつもりはない。ついでだから一体どういうわけなのか、その口で説明していったらどうなんだ？」

男はニヤリとした。

「成程、あいつに気に入られるわけだ」

「俺のほうは、今、あまりあいつが好きとは言えないね」

「お互い、そんな嘘は見えすいてるぞ。いいか、のんびりしてる暇はない。ここにいるのも本当はまずい」

「ならどうして来た」

「サディークの手下が辺りを嗅ぎ回ってる。ちょっとだけ近づいてきててな」

「あんたは逆に連中のことを嗅ぎ回ってるってわけか。ジョンを探して、か？」

男の目がギラリと光った。今日のトムは至るところで言いすぎているようだ。

「プロフに、連絡すると伝えといてくれ。奴以外の誰に聞かれても、俺はここにはいなかった、いいな？」

トムが何か言い返せるより早く、男はまるでブルーと張り合うかのように窓の外へ身を躍らせた。

21

二十分ほどして、プロフェットが新たなシュリンプフライの皿を手に戻ってきた。警戒の目をトムのほうへ向け、まるで次の尋問があるかとかまえているようだった。

ああ、せいぜい、覚悟しやがれ。

「お前のお仲間が来てたぞ。あのニット帽の男だ」

プロフェットが眉を上げた。

「キングが？」

「自己紹介するほどの暇はなくてね」

「お前のブードゥーアンテナには引っかかってなかったのか、トミー？」

プロフェットはｉＰａｄをつかんでホームボタンを押した。

「引っかかってたさ。ただ俺をつけ回してるのがお前のお友達だとは気がつかなかった」

だがすでに、プロフェットは画面に向かって強い口調で話しかけていた。

「一体どこでのんびりしてやがったてめえ？　俺はもう少しでワニのエサだったんだぞ」

聞こえてくるキングの声はさっきよりアクセントがあからさまで、はっきりとアイルランドの訛りが出ていた。

『お前がワニに食われかかってんのに俺が呑気に見物したりすると思うのか？』キングはハミングした。『つまり、俺としてもそんなひどい真似はするわけないと言いたいが、しかしな……いや。いやいや。見物してないですぐ助けると思うぞ、俺は』

「ムカつく野郎だな」

プロフェットはキングの悪態をさっさと切ると、タブレットをベッドの上へ放り出した。

「てことは――俺にはよくわからないんだが、お前のお仲間はただ……その辺をうろついて、お前がトラブルに足つっこむのを見守ってるって感じなのか？」

「ま、そんな感じだな」

「何人いる」

「キング、マル、レン、フック」

「どういう見返りで？」

プロフェットはどことなく侮辱されたような表情を作ってみせた。

「時々、奴らの命を救ってやってるし、むしろ俺があいつらに借りを返してもらってるようなもんだ」

「マルはどうなんだ」トムは問いかけた。「マルにはどういう礼を？」

「マルは、まあ、色々だな、お返しは」

「色々」

「そうだ」とプロフェットは片眉を上げた。

「体で返すとか、そっちも含めて？」

「複雑なんだよ」

「ちょっと待て、お前、撃たれた時もマルに助けてもらってたが、あれも――」

プロフェットが手を振ってトムの言葉を途中でさえぎる。

これに関しては、知りたい気持ちと裏腹に、知らないほうがいいだろうと、トムも口をとじた。それでも……。

「いつか、お前にはマルについて洗いざらい吐いてもらうぞ」

「まあな、いつかはな」

プロフェットにニヤリと微笑みかけられ、トムは勃起するのを感じた。

「お前、またそうやって俺を煽ってセックスに持ちこむ気かよ」

そう言われたプロフェットは、図々しくも、傷ついた顔をしてみせる。

「煽る必要なんかあるって言うのか。もしお前にファックされたいとか、お前をファックしたい気分なら――」

一瞬で、トムは床にうつ伏せにひっくり返され、プロフェットの重みの下敷きにされていた。

「――こうすりゃいいだけだろ」

「これが、お前なりの誘い方ってことでいいか？」

トムは、何とかそう言い返す。

プロフェットはトムの体をぐいと横倒しにすると、手の中にペニスを包みこむ。勿論、とうにトムの意志などおかまいなしにそれはいきり立っていた。

「気に入らないって感じにゃ見えねえな」

「俺たち、何の話してたんだっけな？」とトムがさえぎる。

「俺のそばにいないほうがお前も安全だって話さ」

「違うだろ。大体、俺が安全かどうかなんてお前にわかるのか。それにもう遅い。俺はとっくに巻きこまれてる」

プロフェットが毒づいて、トムの上からどいた。

トムはごろりと体を返す。「お前はほんと、困った奴だよな」

「おかげでうまくやれてるのさ」

トムの手がプロフェットの首の後ろをつかむ。床に叩き伏せ、プロフェットの体重と反動を利用して転がしてやった。

「聞かせろよ。お前の、チームについて。どうしてこうまで秘密にしようとする？」

「あいつらは、散らばってんだよ。連絡は取り合うが、俺たちは単独のほうがうまく動ける。目立たないしな」

「お前らが組んで動き出せば、ＣＩＡも……」

「俺たちが組めば、ＣＩＡがのり出してくる」プロフェットがうなずいた。「つるむなと、そう命令されてるのさ。ＣＩＡからな。細かい話はこれ以上できねえ。あいつらの身を危険にさらしたくない限り。だから聞くな。奴らだろうとお前だろうと、俺はリスクを増やす気はねえ」

トムはプロフェットの首筋に軽く歯を立てた。

「俺にマーキングするのが好きだよな」

プロフェットがそう指摘する。

嚙んだ箇所を強く吸って、トムはたずねた。

「じゃあ、お前、今までどこで何をしてた？」

「色々な」

　プロフェットの声はかすれていた。

「そうか、お前が色々やってる間に、俺はエリトリアでお前に連絡しようと必死だったけどな」

「キリアンと勘違いして俺を追いかけ回してた時以外は、だろ」

　プロフェットが反論する。お返しに、トムはその首筋をなめ上げ、耳たぶを噛んでやった。

　プロフェットの肌がぶるっと震える。

「卑怯だぞ、トミー」

「キリアンのために働いてたのか？」

「だから、そんなことしてねえよ」

「あいつの仕事でもない。お前のチームも今んとこバラバラ、と」

「ま、キングの姿があるところ、近くにレンもいるけどな」

「俺はレンの姿は見てないぞ」

「あいつの方から出てこない限り、そいつは無理だ。あの二人は対みたいなもんでな」

「対？」

「引き離せない」

「お前らの誰も、組んで働いちゃ駄目なんじゃなかったか」

「駄目さ。でもな、ルールってもんを無視するイカレ野郎はどこにでもいるもんでな」

トムは、プロフェットの頬を手で包む。

「話してくれ、プロフ。お前が一体、何をしているのか」

プロフェットはトムの、左右で色の違う目をのぞきこみ、ついに、自分がもっとも得意とする専門分野について語りはじめる。

「俺は、CIAや軍に見捨てられた人々を見つけてる。『もし身柄が敵の手に落ちればこちらは一切の関与を否定する』と国から言われてる人々だ。そんな事態になっても、俺は、彼らを見捨てない」

そしてプロフェットのSEALsの仲間たちも。たっぷりの報酬や栄誉で報われる仕事とは言えないが、感謝は得られる任務だ。

「彼らの家族も、俺が助ける。配偶者や親が極秘の任務に携わったからって、一般市民が苦しめられるようなことを放っといていい筈がないだろう」

「どういう成り行きで、それがお前の仕事に？」

「俺の最初の上官がな……彼の弟が戦争捕虜だったのさ」

ウイスキーの匂いが濃く漂っていたあの長い夜。プロフェット、LT、LTの弟――捕虜にされて視力を失った男だがトムにそこまで教える気はない――、彼ら三人で……すべてを話した夜。あの夜の言葉のこだまは今なおプロフェットの人生を満たし、選択の多くを左右し、行動すべてを支配している。

トムのことだけは、別だった。あの夜プロフェットが歩きはじめた道と、トムだけは、関わりのない選択だった。

そして今、そのトムの目が彼を見ている。じっと待っている。この話に先があるとわかっている。クソ忌々しいブードゥーアンテナめ。

プロフェットは深く息を吸い、トムがこの話にどう反応するか気にするまいとしたが、うまくはいかなかった。

「あと俺は、スペシャリストと呼ばれる人々を守っている」と説明した。「基本的に、彼らはこちらの手の内に確保しておきたいほど危険な知識を有する専門家《スペシャリスト》だ。だが、移送の間に彼らが敵の手に落ち、その専門知識が流出の危機だとする……」

「そんな時はどうする、プロフ？」

「阻止する方法がほかになければ、俺が、そのスペシャリストを殺すしかない」

それを聞いたトムから非難の言葉が浴びせられるのをじっと待ちながら、プロフェットの心臓は凄まじい早さで鼓動を鳴らしていた。

「俺には想像もつかないが……」とトムが口を開く。「そんな状況に置かれた時、自分がそれだけの決断を下せると、背負えると、どうやって言い切れる？」

プロフェットはトムを凝視した。

「お前、これが俺が自責の念とかヤケになって始めたことだと思ってやしねえだろうな。この仕事は、俺とジョンがとっつかまる前から始まってんだよ、T」

「それで？」

トムにごく静かに問いかけられたが、プロフェットはそれにかまわず、トムの元の質問に、その含みは無視して答えた。

「いいか、この手の仕事には——特にスペシャリストに関しては——良心こそ、一番重要だ。外から見りゃ、良心なんか必要ないと、持つべきじゃないと思われてんだろ。ない方が任務が楽だと。だがな、あんな任務は楽にやっていいことじゃない。もし何も感じなくなったら、その時はお前が歩く死人になったってことだ。俺はこれまで、多すぎるほどそんな連中を見てきた。その一人になる気だけはない」

「お前は、なってないよ」

ギリギリまでは行ったのだ、本当に。プロフェットは息をついたが、とにかく早く残りを言ってしまいたかった。嫌な話だ。

「アザルとCIAの後、俺は二年間、姿をくらましてた。その時にフィルが俺を見つけたんだ。俺を、そこから引きずり出そうとした。今日までフィルは、俺がしてた仕事の大まかな傾向や、ジョンを探してたってこと以上は何も知らねえ。それ以上聞かない方がいいってわかる程度だけしか。そういう意味では、充分よくわかってる」

「時には何もわからない方が深くまで行けるもんだけどな」

トムがそう呟いた。

まったく、鋭い野郎だ。

「フィルが俺をスカウトしようとした時、最初、俺は抵抗した。フィルには、俺が自分の能力を無駄にしていると言われたよ」

「お前が、抵抗したって？」トムが南部訛りで言う。「まさか、想像もつかないねえ」

「状況を全部見きわめるまでは俺はじたばたすんだよ」

プロフェットはそう言い返したが、トムはゆっくりと首を振った。

「お前はただ、誰からも愛されまいとしているだけだろ」

トムの顔を、プロフェットはまじまじと見つめた。

「トミー、わざわざそうするまでもなく、俺は誰にも愛せない男だ。それが、俺だ」

「ああ、お前だな。俺は、そんなお前にすっかりイカれてるけどな」

「そのうちお前にもわかる、T。いつか後悔する」

自己憐憫から言っているのではない。ただプロフェットが信じる真実。

「フィルみたいに、ってか？」

「そう、あんな感じにな」プロフェットはぼそっと呟いた。「フィルも、普通よりゃ随分持ったけどな」

「そうかよ。俺たちはこれからどうする」

「お前はコープのところに帰れ」

「また前の通りに戻るってのか、まさか?」

「まさか。そうじゃない。これは俺たちの関係がどうって話とは違う——俺はな、お前とつながってたいんだよ、マジで。ただ俺はもうEE社では働けねえ。お前はまだ大丈夫だ。だからあそこを離れてほしくはない」

「EE社で働きたくないのか、働けない理由があるのか?」

トムがそう切りこもうとする。

「俺の中じゃ同じことさ」プロフェットがかわした。「あそこならいい仕事ができる。お前も気に入ってんだろ」

「俺はお前と働くのが好きなんだ、プロフ。俺たちはいいチームだ、お前だってわかってるだろ。それにお前、これからも極秘の任務を受けるつもりなんだろ? 一人で行かせたくない」

「サディークは、チャンスがあればお前を俺の弱点として使う気だ。すでに一度やられてる」

トムは引き下がらなかった。

「二人でいると俺たちは強くなれる」

「二人でいると、凶悪にはなるな」

「犯罪者を片付けながら、一緒に年をとっていけるぞ」

表情を押し殺したつもりが少し遅かったのだろう、トムがさらにたたみかけた。

「年をとるのが不安か？　一緒に引退してもいい」

「だな」

プロフェットは思いめぐらせながら答えた。だが、いつか訪れる失明のことを、どうやってトムに言えただろう。

（もうこいつに多くを言いすぎてるのに？）

「何が不安なんだ、お前？」

「お前を傷つけることが」プロフェットは正直に答えていた。「俺のせいで、お前が傷つくことが」

「俺も同じだよ、プロフ。でもやっぱりお前から離れてはいられない」


二人の間の空気は張りつめていた。いい緊張感から、これからどうするつもりだ一体、という手探りの緊張感までをはらんで。トムは注意深くプロフェットを見つめ、その瞳の色合いから今の気分を読みとろうとしていた。ダークグレーなら危険。少し青みを含んだもっと明るいグレーなら喜び、時に安らぎ。ほんの一瞬のことであっても。だが今、プロフェットの瞳の色は感情を読む助けにはならない。その中の悲しみに、トムのすべてがとらわれる。

「俺が離れていられないと言ったからって、どうしてそう動揺する？　おかしいだろ」

プロフェットはうなずく。口を開いた彼の声は、感情でざらついていた。

「俺は、自分を危険にさらすのは慣れてる。ずっとそうだったしな。だが俺のゴタゴタにこれ以上、他人を引きずりこみたくない」

プロフェットに両腕を回し、トムはただ抱きしめた。

「お前は人を守ってきたけど、誰にも守られずにきた。プロフ、たのむ、俺に守らせてくれ」

「俺には、そのやり方がわかんねえんだよ」

プロフェットの言葉に、トムは内心大きく息をついた。それは「ノー」ではない——少なくとも、長い目で見れば。

「俺はいろんなことを駄目にしちまうんだよ」とプロフェットが呟く。

「これは、違う」

プロフェットは顔を上げもしなかった。

「よせ、プロフ。もう拒むな」

プロフェットは立ち上がるとベッドをぐるりと回りこみ、キングが出入りした窓の前で立ちどまった。

「お前は、仕事だけじゃなく、俺のそれ以上のパートナーになりてえって言うけどな。だがな

T、パートナーになるってのは片方だけの話じゃねえんだ。お互いに息を合わせるやり方を学ばないと。一緒に、ってことだよ。かたっぽを繭《まゆ》でくるんで守って、相手を助けようと自分だけ危険につっこむのとは違う。俺たちが互いの言葉に耳を貸し、そろって動いてりゃ、そんな真似はしないですむ筈だ」

「ならお互い声を聞いて、一緒に動けば――」

トムの言葉の途中で、プロフェットが片手を上げた。

「現状、お前は俺に依存している。俺はお前をいつも見てる。お前を心配しすぎて、うまく動けないくらいだ。お前は、俺が傷つくんじゃないかと恐れている。俺もお前に対して同じ不安を持ってるが、それについてお前にはできることもある。でもお前はやりたがらない」

「つまり俺にコープと組めと言うのか。それで、お前は姿を消すと？　お前の隊員たちがそう追いこまれたように？」

トムは問いつめた。

「しばらくの間、ああ、そうなるな」

「その間、俺たちのことはどうなる」

「トミー――」

「やめろ。その名で呼んで、同じ息で、俺を置いていく話をするな」

「お前がわかってくれりゃあもっと楽な話になるんだよ」

「俺に手伝わせてくれりゃ、もっと色々と楽になるんだ」

「お前には無理だ。俺も、今以上にお前を引きずりこみたくない。相手が誰だろうとそんなひでえ真似はできないし、特に、お前には……」

　言葉を途切らせ、プロフェットは首を振って呟いた。

「できねえよ」

「やらないだけだろ」

「これに限っちゃ同じことだ」

「いつまで」

「わからねえ」

「もしかしたら何年も？」

「ああ」

　トムはさらに粘る。

「ならどうしてここに来たんだ、お前は」

「お前に会いたかったからだよ」

「そりゃセックスしたくて来たって、そうじゃないのか？　俺からお前がほしいのは結局それだけなのかよ？」

「てめえは自分が面倒くせえパートナーだって考えたことはあんのか、トム？　凶運だのなんだのとは何ひとつ関係ねえところで？」

「どういたしまして、ファック・ユー！」トムはうなった。「もうたくさんだ、畜生」

プロフェットの言葉が、トムに痛いほど重くのしかかる。まさに正しく——的のど真ん中を貫かれたし、プロフェットは本心から、しかも傷つけるためですらなく、言っていた。

真実を言っている。それが、トムの世界を崩す。己がいいパートナーになれるなどと一度も信じられたことのないトムに、プロフェットもまた、同じことを言い聞かせようとしていたのだ。ずっと。

だが、古なじみの怒りが、押さえこむより早くつき上がってくる。

「なら帰れよ、プロフェット。まだ帰るところはあるんだろ？　あのスパイ野郎でもマルでもドクでも好きなところへ行って、誰だろうと必要な相手とヤッて自分の道を行きゃいいさ」

「はっ。このまま俺が消えた方がお前は楽なんだろ？　あれこれ悩まずにすむからな」

プロフェットは身をのり出した。

「俺は行かねえよ。てめえが隠してきたもんが全部陽の下に引きずり出されてくのを見届けてやる。どれだけ汚かろうが、どうしようもなかろうが。それから、わかるか？　その後も、俺はどこにも行かねえ。お前との関係から逃げることだけは、もうしない」

22

自分の傷を舐めながら、二日間をエティエンヌのアトリエですごした後、トムはやっと腹をくくって、フィルにメールを送った。それからシャワーを浴び、エティエンヌの葬式のために着替えた。

招待はされていない。なので、ひととおり式がすんだ後に行った。暑く、人が大勢いて、気分が悪い。プロフェットの姿を見たと思ったが、まばたきの後、人波の中にもうあの男を見つけることはできなかった。

病院に見舞いに行っても、レミーはプロフェットは来てないと言い張っていたが、トムはだまされない。レミーは今朝退院したが、レミーの母親がエティエンヌの葬式への息子の出席は許さないと騒いでいる話はトムの耳にも入って来ていた。

レミーの今後のことは、デラにたのんでおくしかない。レミーにデラの電話番号を渡しておいたし、今度デラにも話しておかなければ。デラがまた、トムに口をきいてくれれば。

今、トムは古き友への祈りを口にし、心は、こんなふうに終わらねばならなかったことに重く沈んでいた。自分だけ生きのびたことに。だがエティエンヌならそれも許してくれるだろう。いつも彼を許してくれたように。次は、トムが自分を許す番なのだ。

ベーカリーへ立ち寄ってから、デラの家へと車を向けた。家の前にはまだプロフェットの車が止まっていた。まだ、いるのだ。約束を守って。

玄関を入っていくと、家の中は生ぬるく、ペンキの匂いがした。その匂いを追ってキッチンを抜け、滅多に使われない正式な食事室へと歩み入る。プロフェットがペンキを塗っていた――天井のファンが部屋の空気をもったりとかき混ぜる中、単純作業に没頭するプロフェットのシャツは汗に重く濡れて、髪は緑のバンダナに包まれ、湿った肌が腕の筋肉を浮き上がらせていた。

今プロフェットの頭の中に何があるのかは、まるきり謎だ。

「俺がここにいるって、いつから気付いてた？」

やがて、トムはたずねる。プロフェットが凍りついた。

気付いてなかったのだ。

くそ。

トムはためらわずに近づく。プロフェットはまだ振り向こうとしていない。その手からペンキのローラーを取り上げて、トレイへ置き、トムはプロフェットをこちらへ向かせた。

プロフェットの目はかすみ、脱水症状のきざしのようなものが見えた。誰よりも、無茶をしていると自覚している筈の男が。

　だからこそ、こんなことをしているのだ。忙殺され、自分に余分な時間を与えないために。考えないために。感じないために。

　アイスティのグラスを手に押しつけられると、プロフェットはそれをごくごくと飲んだ。トムはキッチンにあるタオルを水で濡らし、プロフェットのところへ持っていく。プロフェットを座らせて、頭上でタオルを絞って水をかけ、それから顔、首と拭ってやった。

「……大、丈夫だ」

　プロフェットが絞り出す。

「だな、俺と同じくらいにはな」

　ちらりと、プロフェットの目がトムを見上げた。

「お前が来たら、この家から蹴り出せと言われてるんだがな」

「やってみろ」

「俺の世話を焼くのがそんなに好きかよ？」

　まるでやっと、そのことを受け入れたかのように呟く。

「お前だって俺の面倒を見るのが好きだろうが」トムは間を置いた。「フィルは、お前には選択肢を与えなかったと言っていた。もし選択肢があれば……」

「お前を手放せたかどうかは、自信がない」とプロフェットが認める。「俺は、相手の意に反して引き留めるクチの人間じゃねえけどな。問題はだ、俺には山ほどの過去があるってことさ。決して消えない過去がな。それに、お前は、俺が消えてほっとした筈だ」

「ああ」トムの声はかすれていた。「俺の望みじゃなかったが、くそ、プロフェット……俺の運を思うと――」

「下らねえ――運なんかこの話には関係ねえよ」

「俺たち……二人とも、逃げたのか」

「俺は戻ってきたぞ」

プロフェットが怒ったように言う。

「四ヵ月すぎてからな」

「わかってる」

そう答えるプロフェットの声は少しやわらかかった。

「もう逃げはなしだ。あれこれ御託でごまかす段階は終わりだ」

猛々しく言ったトムを、プロフェットは頭を上げて見つめた。

やがて、たずねてくる。

「どんな御託だ？」

「〝俺はパートナーはほしくない〟の御託さ。お前がＥＥ社で働いてなくたっていい、そんなのは関係ない。この先は、俺がお前を助ける。いいな？」

長い時間、プロフェットはトムを見つめていた。

「……てことは、俺たちは、二人で一組ってか？」

「そういうことになるな」

プロフェットは、ほとんど悲しげに首を振り、まるでこの瞬間、トムを哀れに思っているようだった。

「じゃあオフィスにある防水シートの中はのぞくんじゃねえぞ、それだけは言っとく」

「はっきり言って、アレに指一本ふれる気はない。だが俺は、お前と別れる気もない。本気だ」

「わかったよ」

「心から？」

「ああ」プロフェットはトムが持参してきたドーナツへ目をやった。「こいつで俺を釣ろうと？」

「そうだよ。効き目あるか？」

「ああ」

プロフェットの笑みは大きいものではなかったが、それはたしかに笑顔だった。

「お前がそうやって笑うとたまんないよ、プロフ」トムはプロフェットの濡れた髪を撫でる。

「お前がここまで来てくれたのも凄くうれしかった。命令でも何でもなく。お前は、ただ来たんだ。俺のために」

プロフェットはトムの言葉を否定しなかった。下唇をちらっとなめて、歯で噛む。何かを言うまいとしているかのように。

トムはプロフェットにまたがると、顎を指ですくい上げた。

「ずっと、こうしたかった」

キスをすると、プロフェットはトムの唇に呻きをこぼした。熱く、甘く。プロフェットの首の後ろを指で包みこみながら、舌で口蓋の上をなぞった。ゆっくりと、官能的に、急かすことなくキスを重ねた。情熱的に、唾液をピチャピチャと絡めて。頭を引きながら、プロフェットの下唇を歯で軽くはさみ、一瞬噛んでから放してやった。プロフェットはそっと呻き、言った。

「デラはお前に相当おかんむりだぞ。許してもらうのは骨だろうな」

「お前のせいで、何も、考えられねえよ……」

プロフェットがニヤッとした。「ちょろいな、お前」

トムは口を開く。そして閉じた。己の運命に身を投げ出し、すべてを預けてプロフェットに熱烈なキスをする。プロフェットの魅惑の口にされるがままに溺れ——ただこの男に溶けて一体になってしまいたい、そんな欲望だけになるまで。

プロフェットも、トムと同じほどどきつくトムを抱き返していた。しまいに、二人ともキスで疲れ果て、この暑さと、互いをふたたび抱けた余韻に浸り、相手の服を引きちぎるようなこともせずにじっくりと時を味わう。

やがて、トムは体を起こした。プロフェットの手をつかんだままだったので、その手をひっくり返して手のひらの線を指でたどった。

「なんだ、手相占いでも始めたかよ？」

プロフェットにからかわれる。

「占いはたっぷり経験済みだよ。この辺じゃ皆、人生の節目で占ってもらうんだ」

「占い師がデタラメ言ってるかどうか、お前には見抜けるのか？」

「そうだと言いたいけどね、でも正直、よくわからない」

「エティエンヌの店の隣にいる占い師な……あの女から、すべてうまくいくって言われたよ」

「そして、そうじゃなかった？」

「彼女にそう言われた後、ひとつでもうまくいったことがあるって言うのかよ」

プロフェットは語気を強める。

「そう悪いことばかりじゃなかっただろ」トムがプロフェットをさとした。「俺のほうは、もう長いこと占い師に見てもらってないな。十三歳の時、お前が会ったのと同じ女から〝お前はEから始まる名前の男と運命を一緒にする〟って言われて――」

プロフェットの表情を見た瞬間、トムは凍りつくように言葉を切っていた。その表情は素早くかき消されたが、トムははっきりと見ていた。

「どうかしたのか？」

「何でもねえよ。軽くクラッときてな」

その嘘を、トムは今は追及しなかった。プロフェットがたずねる。

「自分がゲイだってのは、その時にはもう知ってたのか？」

「それよりずっと前からな。周りに言ったりはしてなかったが。だから占い師に見抜かれて驚いたもんだよ。もうエティエンヌとは友達で、あいつに恋もしてた……その年のうちに、エティエンヌこそ一生ずっとそばにいる相手だと信じ切ってたよ。だって、初恋ってそういうもんだろ」

プロフェットがはっきりとうなり声を立て、トムとしても、ちょっとした嫉妬を向けられるとかなり気分がいいのは否定できなかった。

さらに続けようとしたが、ふと何かに引き留められるように止まり、トムはプロフェットをじっと見つめてから、問いかけた。

「お前、本当の名前は？」

プロフェットがトムを見つめ返した。

「本名だ」とトムはくり返す。

「また命令モードか」

「ムラムラするだろ？」

「逆だろ、俺が命令するとお前がサカるんだろうが」

プロフェットはそう訂正する。唇の端がかすかに引き締められ、笑みをこらえているように見えた。うまくいってないが。

「本名なんてそんなムキになるほど大したもんじゃねえよ」

「ならどうして、お前の本名がＥＥ社のどの書類にも載ってないんだよ」

「てめえはどういう了見で俺の書類をあさってんだ？」

プロフェットが凄む。

「いや、言わせてもらうと、お前の個人ファイルはＥＥ社のどのオフィスからもまったく見つからなかったぞ」

「質問の答えになってねえ」

「お前も質問に答えてないだろうが」

「いいだろ」プロフェットは鼻息をついた。「俺の本名がどこにも載ってないのは、安全対策だ。軍やＣＩＡに所属してる間、パスポートにのってる名前はいくつかの国で入国禁止にされたもんでな」

「どのくらいの人間がお前の本当の名前を知ってる？」

「わざわざ秘密にゃしてねえなあ」

トムはプロフェットをにらみつけた。

「なら、誰がその名前でお前を呼んでる?」

「ひとりも」

「誰も知らないってわけじゃないよな?」

「母親は知ってる。筈だ」

「プロフ、真面目に答えろ」

「名前が何だってんだよ?　俺の名前がEから始まってなかったら何か変わんのか?」

「何ひとつ」とトムは言い切る。

「コナーだよ」

そう答えたプロフェットをトムが引っつかみ、キスをした。何も変わりはしない。大事なのは、プロフェットがここに、トムのそばにいるということだけだ。

それに同意するかのように、プロフェットも激しいキスを返し、トムの下唇を噛み、強く吸い上げて、互いの舌を絡ませた。

唇をやっと離して、トムがプロフェットに囁く。

「本当にキスだけでイケるだろ、お前?」

「まかせとけ」

プロフェットはトムの下唇を親指でなぞり、拳の背で頬をなでた。そして突如として、ただそうやって、トムはプロフェットから嘘をつかれたと悟っていた。プロフェットの膝から下り、じっとこの男をにらみつける。両手を、震えないよう、きつく握りしめた。

プロフェットが、財布を引っぱり出した。身分証を手渡してくる。トムはただ首を振った。

「どこを探してもお前の本名の影すら見つけられなかったっていうのに、その間、お前の免許証にはずっと名前が載ってたってのか？」

「あちこち探し回るのに忙しくて、当たり前のことを見落としたな」

プロフェットはまだ免許証を差し出しており、トムはまだそれを受け取ろうとしていなかった。

「知りたいだろ、ベイベ。ビビるこたねえ。てめえのブードゥーが正解を嗅ぎ分けたんなら、尚更な」

「くそっ」

トムはかすれ声を洩らし、ついに免許証をつかんだ。不意に涙でかすんだ視界を通して、そのカードを見つめながら、呟く。

「こんなのアリかよ」

〈あなたはEで始まる名の男性と運命を共にする……そしてその男は、竜巻のようにあなたの人生を蹂躙するだろう。だけれども、竜巻だけが、あなたの煮えたぎるマグマを受け止められる〉

プロフェットの本名は、エリヤだった。エリヤ・ドリュース。

トムの、運命の竜巻。

トムはまばたきした。

「エリヤか。なるほど、預言者の名前」

「ああ、預言者《プロフェット》ってのは、ま、そこからも来てる」

「ほかの由来は？」

プロフェットの笑みが、顔全体を明るく輝かせた。

「お前にファックされたらしゃべってやる気になるかもしれねえなあ」

トムの息が、喉につまる。

「悪くないな」

エピローグ

二十四時間後、警察は予想外にあっさり、トムとプロフェットに州外へ出る許可を与えた。

ほぼ同時にフィル本人からトムへメールが届き、翌日の朝一番にＥＥ社のオフィスへ顔を出せと命じていた。

十六時間後、ということだ。

「間に合わせるぞ」とプロフェットが断言した。

「車酔いの薬が要るな」

トムが呻く。だが言葉通り、プロフェットはEE社の駐車場に、フィルと会う約束まで四分残して車を入れた。ほとんど休憩もなしで車を走らせてきた二人はひどい有り様で、ファストフードの匂いをぷんぷんさせており、トムは新しいシャツに着替えながら歩いていく。

車内で、二人は先のことはほとんど話さなかった。ただ音楽を聞き、映画についてや、とにかく殺人や銃撃とは関係のない会話を続けた。そして今になって、トムはすっかり緊張していた。フィルに何を言われるかが怖いのではない。ただ、プロフェットとトムは、二人にとっての始まりの場所へ戻ってきたのだ——EE社へと。

前とは違う、とトムは強く自分に言い聞かせた。その言葉を信じようとする。プロフェットは、信じているのだから。

もしプロフェットがそれを信じてくれていなければ、二人でここまでの道を走り通してくることなどできなかった。

「ニューオーリンズ警察はフィルにどんな話をしたんだと思う?」

今、トムは、メインフロアの扉を開けようとしているプロフェットをさえぎり、そうたずねていた。

「フィルが何をしたにせよ、警察内の誰かにひとつ借りを作ったってことだろうな」プロフェットが分析する。「ペーパーワークが山ほど待ってるぞ。でもいいか、俺たちは別に完全に違法なことをしてきたわけじゃねえんだ」

「そりゃほっとするね」

「だろ？」

「いいや」

プロフェットは肩をすくめ、ジーンズのポケットに両手をつっこんだ。建物の中に入りたくないのだ、だが、それでもプロフェットはトムひとりを行かせようとはしなかった。

そして、プロフェットが扉を開け、トムに続いて中へ入っていくと、忙しいオフィス中がぴたりと静まり返った。

「ああン？」

プロフェットが口の中で、歌うように呟く。

「来るぞ」とコープが二人とすれ違いながら、口の動きだけで伝えてきて、トムは足元がパカッと割れて呑みこまれそうな気がした。

顔を向けると、フィルが自分のオフィスから大股に出てくるところで、その全身に海兵隊員《マリーン》の気迫が満ちていた。廊下が一瞬にして無人になる。全員が逃げ出していた。

トムは、逃げなかった。

「どれだけ厄介なことになっているか、わかっているか」

トムへ歩みよりながら、フィルがそう口を開く。だが二人の距離をつめる最後の一歩の寸前、プロフェットが間へ割りこんだ。

まるで、トムを守る盾のように。

トムに向けられたプロフェットの背は、はっきりとこわばっていた——追いつめられているし、落ちつかないのだ。トムはプロフェットを激突の場から引き戻したい。だがそうはしなかった。

「こいつのことは放っておけ」

プロフェットの口調は静かだったが、立ち姿は威圧的だった。

「お前の指図は受けけん」

フィルがそう返す。彼の声とたたずまいも、プロフェットといい勝負だった。つまりは、危険きわまりない。

「俺もあんたの指図は受けねえよ」プロフェットが言い返す。「それに今回のことはこいつのせいでもねえ」

「言ってやろうか。お前のせいだな」

「いや、プロフェットのせいじゃない」

トムはプロフェットの後ろから歩み出ると、隣に立った。

「ほう、素晴らしいな——やっとお前ら二人が協調して働いてくれるようになったと思ったら、俺に逆らって組みやがったと来てる」

フィルは顔をしかめ、プロフェットのほうへ向き直った。

「お前は、ここに復帰できるかたのみに来たのか？」

トムは息をつめる。だがプロフェットはフィルの目をまっすぐ見つめて、「いいや」と言った。何の反発も、後悔も見せずに。

その返事はフィルの意表を突いた。このEE社のボスが驚きを表情に出したのか、ただトムがそう感じ取ったのかはわからない。どちらにしても、フィルはすぐその驚きを払って、言った。

「ならここで待て。トムにボディガードは要らん。トム、オフィスへ来い。今すぐ」

プロフェットがあっさりうなずいてそのまま行かせたので、トムは驚いたが、ありがたくもあった。フィルとプロフェットの間に立ちこめる緊張感で、自分のやるべきことから意識をそらされたくはない。

フィルのオフィスまで、彼について廊下を歩いていく。フィルはオフィスのドアを閉めると座るようトムに手で命じ、トムは従った。デスクごしにフィルと向き合う。待った。

やっと、フィルが言った。

「行くなといったのに、お前がどうして俺の命令に逆らったのか、理由はわかっている」

「俺も、あなたがああ命令した理由はわかっている。俺が聞かないだろうって、はじめから知ってたでしょう？　わかっていて、あえて言った」

フィルは否定せず、トムはさらにつけ加えた。

「そういうこと、よくしますよね」

「いや、お前にはあまり」

トムはふうっと、苛立ちの息を吐き出した。

「俺たちが命令破りをするのを期待しているなら、何だって――」

「俺がほしいのは、枠にとらわれず自分の頭で考えられるエージェントだ。命令に盲目的に従う人間などいらん、トム」

「もうプロフェットに手出しをしないで下さい」

フィルに見下ろされたが、トムはわずかも引かなかった。

「ここで働けと言うなら、俺は残って働く。だがもうプロフェットのことは放ってやっといてくれ」

「お前は、あいつがたよりにできる男だな」

「あなたも、前まではそうだった」

フィルの表情が険しくなった。

「プロフェットの奴がどんな泥沼に首まで浸かっていようが、お前はあいつを助けたいんだろう。俺は、詳しく知りたくもない。知るわけにもいかない。もういい、あいつについて行け。そしてお前は、いつかあの男を俺のところにつれて戻ってこい、トム」

「ここで俺がいきなりEE社から暇をもらってついていったら、プロフェットはどう思う？」

フィルはデスクの端に威圧的に積まれたファイルの山を、目を邪悪に光らせながら指した。

「お前のペーパーワークだ。法律と呼ばれる規則からコソコソ逃げ回るとこういうことになる。その上、二人のエージェントまで個人的な件に引きずりこんだしな。二人とも、言っとくと、まだ一言も口を割りやしないがな」

「全部が全部俺のせいってわけじゃない」

「だろうな。だがお前は、パートナーの分も責めを背負う覚悟なんだろ？　それとも考え直すか？」

いや、覚悟はある。そして、二人がこの建物へ足を踏み入れた瞬間に、フィルにはそこまで見抜かれていたに違いなかった。

「イエス・サー」

「サーとか抜かすな。それともう一つ」

「何です？」

「お前の住居にあった荷物の箱とハーレーだが、ここに移した」

「何故？」

「お前はあの家を立ち退かされた」

「どうして」

「住居の実態がないと疑われてな」とフィルが説明した。「新しい部屋が見つかるまでここの上の階の部屋を好きに使え」

廊下に出て、歩きながら、トムは彼のオフィス──彼とプロフェットのオフィス──が、プロフェットが去っていった時そのままで残されているのに目をやった。

プロフェットは、トムと別れた場所で、ドア横のオフィスチェアにどっかりと座っていた。いつの間にやら二箱の鉛筆と、トゥイズラーキャンディの大袋をかかえている。

「備品保管庫から略奪か?」

「ナターシャがくれたのさ。備品も頼めないような男でもいないと淋しいもんらしくてな」

小さな笑みがプロフェットの口の端にともっていた。

外へ出ると、二人は肩を並べてプロフェットの車へと歩みよる。道へ車を出してから、プロフェットがたずねた。

「で?」

「家を立ち退かされた」

「マジかよ?」プロフェットが問い返す。「お前の荷物は?」

「ＥＥ社の上の住居階だよ」

プロフェットは車をUターンさせ、元来た道を戻りはじめた。トムは何も聞かず、ただ続けた。

「フィルは、俺をEE社に残したいと」

「あいつのとこで働け、T。ここにも誰かたよりになる奴がいねえとな」

「そしたらお前はどうする？」

「俺とお前が無事でいるために必要なことをするだけさ」

「随分とロマンティックなことを言うな」

「今のがロマンティック？」プロフェットがたずねた。「ひょっとして俺、自分で思ってるよりロマンス向きか？」

「フィルは、お前がいなくなった時のままでオフィスを残してあるよ。誰がさわるのも許さないかのように」

「素晴らしい。まるで俺の墓標扱いだな」

トムは溜息をついた。

「そうじゃないだろ」

「なら俺が引退した記念碑か」

「そんな日が来るのかよ」トムは一瞬迷った。「なあ、ひとつ、俺の頼みを聞いてくれないか？　前も言ったが、とにかくお前、医者に一度、目を診てもらえ」

「定期検診は受けてる」

「わかった。でも……」言葉を切って、トムは首を振った。「いいよ。お祝いに行こう」

「家を追い出された祝いか?」

「立ち退きというより、家賃を払わなくなってすむようになったようなもんだ。大家のばあさんも、誰が芝生を刈りこんだり雑用を片づけてたのかそのうちわかるだろ」

「お前、いいハウスキーパーだったんだなあ」

「やかましい」

「俺も一人ほしいね」

「ハウスキーパーが?」

「ああ。お前は適任だ」

「報酬は」

「交渉次第。いつものように」

　ＥＥ社の駐車場にまた車を入れ、プロフェットは体を回してトムをじっと見つめた。

「楽に行くことじゃねえ、それはわかってんだろうな、お前も。この先へ進むのは」

　プロフェットが言っているのが、トムとの関係についてなのか、サディークとの確執についてなのか、プロフェットが危険な極秘任務を受けていることか、それともそれ以上の何かを指しているのか、トムにはわからない。だが、プロフェットがサディークを追うというなら、その時は、トムはこの男についていくだけだ。フィルに命じられたように。
たとえ命じられてなくとも、そうしたように。

ヘル・オア・ハイウォーター2
不在の痕

2016年9月25日　初版発行

著者　S・E・ジェイクス［SE Jakes］
訳者　冬斗亜紀
発行　株式会社新書館
〒113-0024 東京都文京区西片2-19-18
電話：03-3811-2631
［営業］
〒174-0043 東京都板橋区坂下1-22-14
電話：03-5970-3840
FAX：03-5970-3847
http://www.shinshokan.com/comic

印刷・製本　株式会社光邦

Printed in Japan　ISBN978-4-403-56028-6

一筋縄ではいかない。男同士の恋だから。